D1614872

7-NIGHT LOAN

Due Back
Anytime on the eighth day

Fine for Late Return
£2.50 per day

Short Loan Items
... cannot be renewed or reserved
... are not due back at the weekend

Opening Hours
Email
Telephone

La segunda mujer

Jurado del Premio Biblioteca Breve 2006

José Manuel Caballero Bonald

Adolfo García Ortega

Pere Gimferrer

Manuel Longares

Rosa Regàs

Seix Barral Premio Biblioteca Breve 2006

Luisa Castro
La segunda mujer

Diseño original de la colección:
Josep Bagà Associats

Primera edición: febrero 2006

© Luisa Castro, 2006

Derechos exclusivos de edición
en español reservados
para todo el mundo:
© EDITORIAL SEIX BARRAL, S. A., 2006
Avda. Diagonal, 662-664 - 08034 Barcelona
www.seix-barral.es

ISBN: 84-322-1217-2
Depósito legal: M. 2.057 - 2006
Impreso en España

Por esta razón deja el hombre a su padre y a su madre y se une a su mujer, y los dos hacen uno solo.

Génesis, 3.23

—Eres un verdadero encanto —le dice—.
Voy a invitarte a hacer una temeridad. —Vuelve
a rozarla—. Quédate. Pasa la noche conmigo.

Desgracia,
J. M. Coetzee

*The privilege isn't given to every one; it's not
enviable. It has never been seen by a young,
happy, innocent person like you. You must have
suffered first, have suffered greatly, have gained
some miserable knowledge. In that way your eyes
are opened to it. I saw it long ago.*

The Portrait of a Lady,
Henry James

Y dijo la pierna: «Como tú quieras, Oriol.»

Últimas tardes con Teresa,
Juan Marsé

1. EL ENCUENTRO

1

Después de sus conferencias, y tras la cena que siguió con los anfitriones de la universidad, la joven no-
velista invitada Julia Varela y el veterano crítico de arte
Gaspar Ferré se quedaron solos en el pasillo del hotel.
Antes de entrar cada uno a su puerta, Gaspar le pidió
que durmieran juntos. Julia no dijo que no.

Por la mañana ella fue a descorrer la cortina. El ventanal de la habitación del hotel daba a un hermoso patio con jardín. Quería que entrase la luz y ver la cara del
hombre con el que se había acostado. Gaspar se defendió con sus manos de la claridad:

—No abras, por favor. Ven aquí, anda.

A Julia le pareció que Gaspar se avergonzaba de su
vejez. Cerró las cortinas y se volvió a la cama. Humede-
ció con su lengua los labios secos de él, reconoció los
pliegues de sus párpados. Párpados que no se quieren
abrir, que prefieren la oscuridad.

—Déjame mirarte, quiero verte bien.

Gaspar cerraba los ojos, jugaba a no ver.

Julia le cogió la cara con sus manos, miró su frente.
Consiguió que él la mirara.

—Me das miedo.

—¿Por qué? —La chica se echó a reír—. ¿No estás contento?

Gaspar le tapó la boca. Se sentó sobre sus piernas:

—¿Podrías hacerme un poco de caso, no? Soy treinta años más viejo que tú, sé muy bien lo que pasa después.

—¿Qué pasa después?

Volvieron a hacer el amor. Un hombre de cincuenta y siete años que ama a una joven que va a cumplir veintiséis. Qué cosa tan sorprendente, pensó Julia, se había sentido confiada como nunca, jamás nadie la había amado tan a conciencia, con semejante contención. Tenía algo de hazaña para la joven acostarse con él, ella que miraba a los hombres con un asco singular, desde la superioridad de su juventud. ¿Cómo habían llegado hasta allí? ¿Por qué no lo dudó, cuando él le pidió quedarse en su habitación? No esperaba que fuera tan valiente, lanzarle aquella propuesta al final de la noche, delante de su puerta, como quien extiende la mano delante de una iglesia para pedir; y lanzársela a ella, que ya se despedía, que ya había dado las buenas noches, y muestras más que sobradas de su soberbia durante todo el día; pedirle quedarse con ella, que le había desoído durante toda la jornada en la universidad, que se había dedicado a contradecirle, a dejarle atrás. A ella, que había leído su conferencia ante el auditorio sin mirarle siquiera, aquella joven sin duda cruel pero con alguna moneda de ternura en el bolsillo. Alguna señal debió emitir aquella joven. Julia se preguntaba cuál podría ser. Después de una jornada insoportable corriendo tras ella, huyendo de ella, de su inaguantable y sorprendente compañera de charlas, Gaspar había demostrado mucha humildad. Y Julia, que no daba limosnas, a aquel hombre se la dio. Ahora sabía por qué. Se sentía como una diosa dominando la escena, de igual a igual, al lado de un hombre que no había dejado ni por un momento de sentirse superior, ni cuando habían pronunciado sus conferencias, ni cuando habían compartido mesa con otros comensales, aquel hombre al que odió intensamente nada más verlo en el vestíbulo del hotel. Había sido una mirada fulminante, en cuanto lo vio aparecer. «¿Qué se cree este tipo?», pensó Julia; luego le miró los pies. Iba descalzo, como Jesucristo nuestro Señor. Unos pies delgados, dentro de unas abarcas menorquinas. «¿De dónde sale esta chica?», pensó Gaspar, y le miró el culo, un culo redondo, dentro de unos vaqueros de joven intelectual. Ahora Julia lo tenía en sus brazos, el odio se había convertido en amor. «¿Puedo quedarme contigo?» Algo en el interior de Julia dijo que sí, la mano se fue sola al bolsillo. «Pasa», le dijo, «quédate». La noche le dio las razones que no le dio el día, y ahora, después de hacer el amor por segunda vez con aquel enemigo, con aquel extraño mendigo, una energía nueva se adueñaba de cada músculo de su cuerpo. Gaspar seguía en la cama. Ella no podía estarse quieta. Se levantó por fin a descorrer las cortinas, abrió los grifos, quería vestirse, salir.

—Voy a ducharme. ¿Vienes?

—Dúchate tú primero, yo me ducho después.

«Tiene vergüenza», se repitió Julia. Lavaba su cuerpo y se sentía más limpia que nunca. Gaspar acudió enseguida. Julia lo enjabonó, lo aclaró, lo envolvió en la toalla. Aquel hombre era un niño arropado después del baño, un niño de cincuenta y siete años. Gaspar hizo un mohín.

—¿Por qué estás triste? ¿Por qué estás así?

Se quedó mirando su boca. La boca de un hombre al que ya no le corresponde ser besado. Lo besó.

Después de aquella primera noche vinieron tres más. En los mejores hoteles de Nápoles y Sicilia, la joven escritora de veintipocos y el catedrático de arte de cincuenta y tantos durmieron juntos tres noches. Los cincuenta y siete años de Gaspar se traducían en un control absoluto de la pasión, un dominio perfecto del arte de amar. Desde sus primeros movimientos Julia lo notó. Era otro durante la noche, diferente en la oscuridad. Él ponía un cuidado que no había sentido con ninguna de sus parejas anteriores. «Por algo no le dije que no», se repetía mientras paseaban por Sicilia. «No podía negarme a esto, de ningún modo.» La última noche, al filo de quedarse dormidos, Gaspar empezó a hablarle de cosas en las que Julia ni siquiera había pensado.

—¿Y qué haremos cuando volvamos a España? Tú vives en Madrid.

—¿Qué tiene eso de malo? Duérmete, anda.

—No creo que nos veamos mucho. Te olvidarás de mí.

Mejor así, pensaba Julia. Mejor que tú y yo no nos veamos mucho. Mejor que te largues tú por tu lado y yo por el mío. Para no seguir hablando de semejantes payasadas, la joven se dio la vuelta y fingió dormir. Pegado a su espalda como un remordimiento Gaspar no dejó toda la noche de susurrar:

—Querré verte cuando estemos en España. Quiero que nos veamos cuando estemos en España. No quiero que me prometas nada ahora. Te quiero, guapa.

Guapa. ¿Se puede llamar guapa a una mujer a la que se ama? De ningún modo se la llama guapa. Y si tanto me quieres, idiota, por qué te vas y me dejas aquí. Te levantarás. Te largarás. Después de hablarme de amor, de terror, después de decirme que ya no somos los mismos, que estas noches juntos nos han unido, después de tanto romanticismo, te levantarás a tu hora, te irás. Julia no pegó ojo en toda la noche; fue Gaspar el que durmió. A las pocas horas el despertador sonó. Cuando lo vio levantarse con aquel gesto raudo, y cuando oyó el chorro de la ducha, fue ella la que cerró los párpados. Los apretó. Pero por el rabillo del ojo le veía peleándose con la maleta, forcejeando en silencio con la cremallera, apresurado para no perder el avión. «Querré verte en España.» ¿Qué frivolidad era ésa? ¿Y me preguntas qué haremos en España? Seré la última en salir de este hotel, hemos entrado juntos pero saldré sola. ¿Has pensado en el botones que nos abrió la puerta? ¿Y en el recepcionista que nos vio de la mano, a ti y a mí, un señor con traje y corbata y una chica en vaqueros y camiseta? ¿Por qué no te quedaste esa noche a mi lado para siempre, Gaspar? «¿Nos veremos cuando volvamos a España? Querré verte cuando estemos en España.» ¿Qué es lo que querías? ¿Que no nos volviéramos a ver?

Gaspar seguía metiendo cosas en la maleta. Julia se levantó en dirección al baño y atravesó desnuda la habitación. Cuando se acercó a él vio que Gaspar sacaba con rapidez una cámara del bolsillo. «Dios mío, que no lo haga.» Gaspar disparó.

—No te importa, ¿verdad? Así tengo un recuerdo —Gaspar guardó la cámara.

Julia. ¿Te acuestas con un tipo que te lleva treinta años y luego te escandalizas porque te saca una foto sin avisar? Aquél no era sólo un gesto frívolo, le pareció también el de un desaprensivo, o el de alguien desesperado que camina ya muy cerca de la muerte. Ésa fue la imagen que más predominó en la mente de Julia: alguien que camina ya muy cerca de la muerte. Y sintió que se apiadaba aún más de él. «Pero ¿qué derecho tienes, salvaje, a sacarme una foto sin preguntarme? ¿De verdad crees que tienes algún derecho porque me acuesto contigo? ¿Acaso piensas que esto te iguala a mí?» Me he acostado con un chalado, qué he hecho, pensó Julia, mientras seguía hacia el baño. Sus pies desnudos caminando sobre la moqueta; Gaspar recogiendo los últimos trapos. «Yo he sido respetuosa, no he dado nada por supuesto, ¿no es acaso acostarse con alguien un acto supremo de amor y respeto?, ¿por qué me habla este hombre de mañana? ¿Por qué, si no me conoce de nada? ¿Y por qué me deja sola y se va? Me ve como una joven a la que nada le importa. ¿Es eso lo que soy?»

Cuando salió del baño, hubiera preferido que ya no estuviera en la habitación, no tener que despedirse de él. Estaba vestido, con la maleta en la mano, con su chaqueta de hombre y su corbata de profesor. Julia, desnuda, se ocultó bajo las sábanas. Hubiera preferido estar inconsciente en el momento en que la puerta se cerró.

2

Lo primero que hizo Gaspar después de volver de su viaje fue ir directo a las rosas de su balcón. Mientras las regaba, contemplaba las venas que surcaban sus antebrazos y pensaba: «¡Dios mío, pero si corre sangre por ellas!»

Se metió en el despacho y marcó el número de Eladi.

—Tengo lo tuyo. Puedes venir cuando quieras. ¿Por qué no vienes a cenar?

Era viernes a las ocho de la tarde. La Vía Augusta y la calle Balmes estarían a esas horas colapsadas, y Gaspar seguía envuelto en el recuerdo de Julia Varela. Lo que le apetecía era meterse en la cama con un vaso de leche caliente y fumar tres pitillos viendo la tele antes de dormir.

—¿No te importa que venga mañana? Estoy agotado, Eladi.

—Pues claro. Descansa. ¿Qué tal el viaje?

—Muy bien.

Gaspar se dio cuenta de que su estado de ánimo había trascendido el cable del teléfono.

—Vale, vale, ya me contarás.

—... Te contaré, sí.

Mientras deshacía el equipaje, encontró la cámara de fotos con el carrete terminado. Fue lo primero que puso a salvo para que a su secretaria, al día siguiente, no se le ocurriera ir a revelarlo. Él mismo iría al Fotoshop de Sarrià a la mañana siguiente. ¿O ahora? Se asomó al balcón y vio que la noche caía con tonos azules y rosa por detrás del jardín de su casa de la Bonanova. Se llevó consigo el carrete y lo colocó encima de la mesilla, junto a las pastillas para dormir. En aquel carrete estaba Julia Varela. ¿Pero quién era aquella chica? ¿De dónde salía semejante hechicera? Mañana volvería a verla, aunque sólo fuera en foto, y el corazón se le aceleró hasta la taquicardia sólo de pensarlo. Se sentó en la cama. ¿Cómo podía ser? ¿Además de llevárselo a la cama, aquella chica iba a matarlo de un ataque al corazón? Corrió deprisa al neceser donde llevaba la cafinitrina. Mientras rebuscaba entre la ropa sucia recuperó su latido vital. No se la sacaba de la cabeza, le dieron ganas de masturbarse para quitarse el estrés, y recordó su cuerpo atlético, su cuerpo de veinticinco años, pero se quedó a medias; era mucho mayor el placer de la ternura que le inspiraba aquella niña, y la admiración que le producía el recuerdo de su actuación ante el público, que toda su sensualidad. Traía todavía su olor en las ropas, el olor de aquella salvaje inteligente, de aquel monstruo de impudor. Era mucho mayor el aporte que le llegaba a la sangre cuando se abandonaba a este sentimiento de ternura que la excitación sexual. ¡Pero si hacía veinte años que no le pasaba tal cosa, Dios mío! ¡Pero si la quería! «Llevo dos horas implorando a Dios como un imbécil, pero si yo no creo en Dios.» Y cogió un libro que no le interesaba nada, se caló los lentes en la base de la nariz, leyó treinta páginas hasta que el somnífero empezó a hacer su efecto y se durmió.

Cuando despertó, el sol ya estaba en las doce. Era una espléndida mañana de mayo, y a Gaspar Ferré le hubiera gustado creer en Dios para darle las gracias por aquella mañana y por todas las que estaban por venir. Hoy, como los últimos quince años de su vida, se levantaba solo. Pero eso iba a acabarse pronto. En aquel lado de la cama, ahora vacío, estaría Julia dentro de poco. Cuánto se alegró de estar divorciado. Lo que le pesaba tanto, su soledad de cincuenta y siete años, fue de pronto un motivo de regocijo. No en vano se había mantenido solo durante los últimos quince años de su vida, lo que le permitía saber con una claridad cercana a la iluminación que aquella joven de veinticinco, aquella chica seria, brillante y tierna iba a convertirse en poco tiempo en su mujer.

Ése fue su primer pensamiento al abrir los ojos: «Julia, ven aquí.»

Se pasó por la ducha, se vistió con rapidez, cogió la moto que su hijo Frederic había dejado medio tirada en las escaleras del portal y se lanzó a las estrechas calles de Sarrià para dejar a revelar el carrete.

—¿En una hora podré recogerlo? —Gaspar notó al preguntarlo que le temblaba la voz.

—¡Y tanto, señor Ferré!

Se subió a la moto, se lanzó como un rayo a la Vía Augusta, sorteó los tubos de escape de los coches, se saltó tres semáforos y se plantó delante del número 79 de la calle Mallorca.

Eladi estaba todavía en bata. En cuanto vio entrar a Gaspar le entregó el sobre que tenía dispuesto en la mesa del recibidor. Gaspar lo guardó en su maletín. Las manos de Eladi temblaban, pero es que siempre le temblaban un poco las manos a Eladi cuando se encontraba con Gaspar.

—Muchas gracias, no me voy a olvidar de esto, Eladi. Sé perfectamente lo que haces por mí.

—No te preocupes, hombre —su amigo cambió rápidamente de tema—. ¿Cómo te fue por Sicilia?

—Muy bien, como siempre...

Gaspar hubiera preferido abreviar el encuentro. Eladi no le dejó:

—¿Cómo que como siempre? Si se te ve en la cara.

—¿El qué?... —se rió Gaspar.

—Venga, suéltalo. ¿Has desayunado? Me visto en un momento y bajamos a tomar algo.

Eladi se fue a vestir y Gaspar se quedó solo. Le pareció extraño que no estuviese Carmen, la mujer de Eladi, por allí.

—¿Estás solo?

—No hay nadie —contestó Eladi desde su cuarto—, puedes hablar.

Y de pronto Gaspar se puso a hablar para las paredes, lo cual le causó un gran desahogo. No lo hacía desde sus años de juventud.

—Que me he enamorado, Eladi, eso es lo que me ha pasado.

—¿Que te has enamorado? —la voz de Eladi sonaba amortiguada. A Gaspar le pareció que no podía haberlo oído.

—De una chica más joven que yo —se acercó a la puerta, lo susurró.

—No jodas. ¿Cuántos? —Eladi se volvió hacia él mientras se abrochaba el pantalón.

—Veinticinco, tío —Gaspar usó aquella palabra que él nunca usaba, que usaba su hijo.

—¿Que le llevas veinticinco o que tiene veinticinco?

—Las dos cosas —dijo Gaspar, burlándose de sí mismo.

—O sea, que le llevas treinta.

Eladi estaba hecho un pincel. «¡Será hortera!», pensó Gaspar mientras bajaban en el ascensor hasta el bar de la esquina. Con unos simples vaqueros gastados y un jersey de lana de cachemira roto por los codos, Gaspar caminaba a su lado. En la barra del bar había toda una colección de bocaditos apetitosos. Eladi pidió tapa de ensaladilla con caña de cerveza. «Será chorizo», pensó Gaspar. Y pidió para él una coca-cola con un poco de ron. Pero Eladi no era mal chico. Había sabido medrar hasta auparse a una importante y discreta segunda fila en la Generalitat y, como su padre, el viejo Eladi, portero durante toda su vida en la casa familiar de los Ferré, también él era una persona fiel. Fueron los Ferré quienes le consiguieron su primer empleo en un bufete de abogados, y treinta años después Eladi había podido acceder a las preguntas del examen de las oposiciones a las que se presentaría el hijo de Gaspar. Pero aquél no era el tema de su conversación.

—¿Y quién es, cómo es? —preguntó Eladi, demostrando un gran interés.

—Una tía normal, lista como el diablo, de Madrid.

Eladi no recordaba cuándo no le había visto así. Aquella energía, aquel entusiasmo de cuna, de toda la vida.

—¿Y cómo se llama?

«Hay que ser gilipollas», pensó Gaspar. «¿Tiene nombre el amor?» Y le pareció de pronto que pronunciar aquel nombre era profanar algo sagrado. Lo hizo titubeando:

—Julia... —y luego, contra su voluntad, le añadió el apellido—... Varela. Firma así.

—Ese nombre me suena. Creo que he visto cosas suyas en la prensa. Mis hijas... ¿No escribe novelas?

Gaspar enrojeció. ¿Las hijas de Eladi conocían a Julia? A su hijo Frederic no necesitaba preguntarle; estaba claro que no tendría ni idea de aquella joven que andaba a su edad escribiendo en los periódicos de Madrid.

—¿Y qué vas a hacer? —le preguntó Eladi, abriéndole el camino.

Gaspar se tomó un trago de su cubalibre y encendió un pitillo. Con una determinación que más parecía la asunción de una condena, lo soltó:

—Pues me casaré, Eladi. ¿Qué voy a hacer? Me casaré.

Eladi lo miró de pronto como a un Dios.

—Serás capaz, cabrón.

—¿Y qué quieres que haga si no me ha ocurrido en la vida? ¿O me has visto alguna vez perdiendo el culo por una niña? Con lo bien que estoy yo solo. Tú tienes hijas de esta edad. ¿Tú qué harías?

Eladi se quedó pensando. Pensó veinte cosas, pero luego contestó:

—Las mujeres son asombrosas —dijo—, nos dan muchas vueltas. Una chica a los veinticinco es más vieja que tú.

Gaspar se quedó muy satisfecho con la respuesta. De repente pensó en su hijo. Tenía dos años más que Julia. Se acordó del motivo que le había llevado hasta allí. Pensó en la fecha de las oposiciones de Frederic, arrimó la cartera contra sí, luego miró a Eladi y sintió que tenía al menos que preguntarle por Carmen.

—Yo también tengo novedades —Eladi lo miró con su tristeza de raza habitual—. Carmen y yo nos vamos a separar.

—¿Qué me dices? ¿No hay forma de arreglarlo? Eladi se restregó las manos.

—Hay cosas que cuando las ves delante las reconoces, Gaspar. A nuestra edad eso se sabe.

Eladi viaja cada dos por tres en representación de la Generalitat y ha conocido a una mujer maravillosa de la que se ha quedado completamente prendado en su último viaje a Grecia. Por mucho que lo ha intentado, no está sin embargo tan convencido como Gaspar de la fuerza arrolladora del amor.

—¿Estás seguro de lo que vas a hacer? —Gaspar se esmera en no parecer un desaprensivo con Carmen, sin dejar de ser comprensivo con su amigo—. No sabes cómo te entiendo. Es una putada, pero así es.

Hizo el esfuerzo de compadecerle, se sintió por primera vez cerca de él. Luego se oyó a lo lejos el motor de la grúa llevándose un coche. Gaspar se excusó:

—La moto —dijo Eladi.

—Vete tranquilo. —Su amigo se levantó para acompañarle. Se quedó esperando la cuenta en la barra. Gaspar salió con su moto como una bala.

—Pero llámame —le gritó Gaspar, cuando ya volaba—. Llámame.

—Claro, claro, te llamaré —Eladi sacó la cartera. Y, como de costumbre, se dedicó a pagar.

3

El mundo es injusto, pensaba Gaspar volviendo en moto de casa de su amigo Eladi. Mientras subía la Vía Augusta hacia el Tibidabo, el aire suave de la primavera le daba en la cara, y a sus cincuenta y siete sentía en el vientre la semilla de la adolescencia. ¿Cómo puede ser, se preguntaba, que a esta edad en que todo empieza a quedarse atrás aparezca de pronto el amor? Toda su cabeza era un tiesto de preguntas. Preguntas que estallaban en su pecho como dalias, como orquídeas, como las buganvillas de la Vía Augusta en aquella mañana de la primavera del 96, él que toda su vida había vivido cercado por las respuestas. El crítico de arte respetado, el político de izquierdas luchador contra Franco, el buen padre de familia que acababa de casar a su hijo, se abría ahora a la delicia del no saber, a la dulzura del no querer saber cómo ni por qué había llamado el amor a su puerta y le había encontrado en un estado tan tierno como los capullos de rosa que florecían en las macetas de su jardín.

Por amor valía la pena cualquier cosa en esta vida. Eso fue lo que le dijo Gaspar a Eladi para consolarle de su desgracia. Pero qué afortunado se sintió cuando llegó a su casa: él no tenía que abandonar a nadie por su amor. Abrió el cajón de la mesilla de noche, metió allí las fotos de su viaje, y guardó también el sobre con las preguntas de las oposiciones que le había entregado Eladi. Por un momento se le nubló la razón. Luego cerró la gaveta. Y sin saber por qué, se acordó de Matilde, la profesora del instituto de Frederic. Era la única mujer con la que había estado a punto de comprometerse. Gracias a ella su chico había aprobado la selectividad. Cuánto se ocupó de su hijo Matilde, como una verdadera madre, después de que la madre auténtica desapareciera de la escena. Había llegado a quedarse embarazada, pero aquel hijo nunca llegó a nacer. Gaspar le pidió que abortara. Era una de las cosas más dolorosas después de su divorcio, el verse entrampado en las redes de un compromiso sin que se hubiera sentido enamorado jamás. Pero Gaspar no podía engañarse a sí mismo, y a Matilde tampoco la engañó. En ese camino del autoconocimiento le acompañaba el remordimiento. Y dónde estaba Dios para perdonarle. Bastante infierno tenía con guardar aquel sobre. Lo escondió en el último rincón de su mesilla de noche. Ésa era la segunda cosa que Gaspar sabía, que el planeta lo mueve una rueda de injusticia y que sólo es cuestión de suerte que te toque en el lado bueno o en el regular. Pero ¿Julia Varela? ¿De qué lado estaba aquella hechicera? ¿Cómo le había dicho que se llamaba su pueblo? Con qué seguridad se había enfrentado a él. La recordaba en el vestíbulo del hotel. Recordaba el miedo que le dio, y luego la sorpresa al oírla hablar, y en su recuerdo le pareció una heroína en peligro, aquella muchacha frágil que se hacía la fuerte, aquel obús inocente.

Sobre la mesilla tenía la foto de la boda de Frederic.

En el segundo cajón, el de los preservativos y los somníferos, guardó a Julia Varela desnuda. Antes de llamar a su hijo la contempló. No. No le diría nada de momento.

¿Y a Montse? A Montse se lo tenía que decir. Desde hacía diez años se acostaban de vez en cuando. Antes que a nadie, necesitaba comunicarle a Montse que amaba a otra mujer. Pero ¿cómo se le cuenta a una amante con la que no te has querido casar, que te has enamorado de una chica más joven y que cuelgas los hábitos de una relación madura y descomprometida que dura quince años? Gaspar asumía con entereza los cambios que en su vida se empezaban a producir. ¿Cómo le diría a Montse, que ya pasaba de los cuarenta, que Julia iba a cumplir veintiséis? Gaspar se miró el reloj. Todavía no era tarde para llamarla. Su mala conciencia no corría más que él.

4

Julia comía con su madre y su hermana. Había vuelto de su viaje con una luz especial.

—¿Qué te ha pasado? ¿Por qué te ríes tanto?

—He conocido a un hombre que me lleva treinta años.

Pensó que se echarían a reír, pero su madre y su hermana se quedaron escuchándola. No supo qué añadir a la noticia de su conocimiento de aquel hombre. Tampoco su madre y su hermana preguntaron. Aquel silencio de las dos mujeres mirándola la impresionó. Jamás había admitido la menor injerencia en su vida, y ahora que la necesitaba, aquella injerencia no llegó. Ni un solo comentario. «Quizás no se creen que esto vaya en serio», pensó Julia. Pero los ojos de su madre no ofrecían lugar a dudas. Aquel silencio reverencial acabó sintiéndolo Julia muy adentro. Miraba a su madre y a su hermana, y le venía a la mente la escena de la Anunciación. Le parecieron de pronto una compañía sagrada, y sus ojos los de dos santas. Hágase en mí según tu palabra, ésa era la frase que resonaba desde algún rincón de la cocina mientras las tres mujeres comían y el ángel del amor descendía para sentarse al lado de Julia a tomar el café. ¿Le había llegado su hora? ¿Era aquélla la forma que el amor había elegido para presentarse? ¿Se había encontrado con el hombre de su vida, el que le tenía reservado el destino? ¡Cómo podía ser! ¿Enamorada de un tipo que antes de partir y dejarla sola en la cama se había atrevido a sacarle una fotografía? Una fotografía de su cuerpo, para llevárselo dentro de la cartera. Julia, que contaba su viaje con pelos y señales, aquella anécdota no la contó. «A mí no se me ocurriría sacarte una foto de tu culo», pensó que le diría a Gaspar si tuviera ocasión. ¿Quién se creía aquel tipo que era Julia? ¿Una joven estudiante encantada de acostarse con el profesor? Julia Varela era joven, pero no era una joven cualquiera. Había salido en la tele y en los periódicos. «A ti se te ha ido la olla, tío», eso le diría Julia en caso de atreverse a hacerlo. Le hubiera pegado una patada a la cámara, le hubiera hecho una llave de kárate. Pero ahora ya era tarde. Con su madre y su hermana delante, sólo pensaba en volverlo a ver.

Gaspar, mientras tanto, recibía en su casa a Montse. Si Julia le hubiera visto por un agujero apreciaría un resto de carmín rojo en los labios de su amor. El beso en la boca con el que siempre se saludaban Montse y Gaspar, ese día fue especialmente cariñoso. Se había puesto guapa, como siempre que llevaban un tiempo sin verse. Gaspar la miraba, y no acababa de entender qué motivos había para desprenderse de aquel pedazo de mujer. Así era el amor, exigía sacrificios, y eso era lo que sucedía en la mesa de mármol de Barcelona, delante de la chimenea de alabastro y junto a la ventana que daba al jardín. Gaspar no sabía cómo empezar la conversación, no había cómo hacer callar a su amiga, como si la muy bruja intuyera lo que le iba a decir.

—¿Y qué tal? —le preguntó por fin Montse, una vez que se hubo desahogado de todo lo que se tenía que desahogar, después de hablar de su primer ex, después de hablar de su segundo ex, después de hablar de su hija y de sí misma—. ¿Cómo han ido las cosas por Sicilia?

Gaspar fue directo al asunto.

—Estupendamente, Montse... Pero no sabes lo que me ha pasado —Gaspar se llevó la mano a la boca, como escandalizado.

—Te has enamorado —Montse se echó a reír.

Gaspar se sonrojó. Se sintió liberado.

—Hasta el hueso, Montse. Te lo quería decir.

Su amiga se puso a salvo.

—Te tenía que pasar —se rió—. Me alegro mucho, Gaspar.

—Tú... —dijo él.

—¿Yo, qué? Venga, no seas tonto. Cuéntamelo ya.

—Soy el primer sorprendido —Gaspar seguía apurado—. Te lo juro, nunca pensé.

—¿Que volverías a enamorarte? Qué loco estás. A lo mejor ahora hasta me enamoro yo.

Gaspar sintió una cosa rara en el estómago. ¿Eran celos o algo así? Decírselo le pareció una galantería.

—¡Qué rabia me da! ¡No sabes la rabia que me da!

—¿El qué? ¿Que me busque otro novio? —Montse comía y no paraba de reír.

—Pues sí, ¿qué quieres que te diga?

Dolores entraba y salía llevándose los platos. Le alegró lo que oía. A aquella mujer ella la encontraba poco digna del señor Ferré. Era justo lo contrario de lo que pensaba Gaspar. A su juicio no había en el mundo una señora tan admirable como Montse. Con toda la razón del mundo aquella mujer le habría podido reprochar mil cosas, pero era al revés, Montse se lo ponía fácil, y no había nada en el mundo que Gaspar agradeciera más.

—Sé que tengo una deuda contigo, lo sé.

—Pero qué deuda ni qué ocho cuartos. No me digas que estabas apurado. Menuda tontería.

—Gracias, de verdad... —Gaspar se levantó para darle un beso. Lo hacía a menudo, cuando la cocinera empezaba a preparar el café.

—Qué tonto eres... venga. ¿Y no tienes fotos? ¿Cómo es?

¿Pero por qué no podía enamorarse de Montse, caramba? ¿Por qué otra vez el mundo era tan injusto?

Pasaron a los postres. Dolores recogió la mesa, sirvió el café y se fue. En otras ocasiones, Gaspar metía la cabeza entre aquellos pechos grandes y bien formados de Montse. Esta vez intentó no mirarlos. Le enseñó las fotos recién reveladas de su viaje a Nápoles.

—¡Qué mona! ¿Es un poco niño, no? Un poco *garçon*, como te gustan a ti.

Había fotos de Julia y Gaspar visitando una iglesia, Julia y Gaspar agarrados por la cintura frente a la reliquia de San Genaro, Julia y Gaspar en la casa del catedrático de español. En aquella casa, el profesor que les había invitado a participar en la charla conjunta les cedió una de las habitaciones que daban al río y al jardín, y allí, al atardecer, Gaspar y Julia habían hecho el amor por segunda vez. Era su segunda noche y Julia había sentido una convulsión completa de su interior, y un vuelco del corazón. Él lo había notado, perfectamente. Ya no se reía de su patetismo. Ya no se reía de él. No fue la primera noche, sino la segunda. La unión perfecta con el cuerpo y el alma de él, de aquel hombre que le había caído a sus cincuenta y siete, para enseñarle a ella, que creía saber tanto, lo que era verdaderamente un orgasmo vaginal.

Gaspar le mostraba ahora las fotos a Montse y su estómago se contraía con el recuerdo. En el mazo apareció de pronto la foto de Julia desnuda. La apartó con habilidad. No llegó a las manos de Montse de milagro.

5

Los días siguientes Julia los pasó en su habitación. Desde allí se veían los prados y el mar. Había otra casa a lo lejos. Cogió un papel blanco y un lapicero y se puso a dibujarla. Le apetecía pintar, llenar la vida de colores. Cumplía veintiséis años esa semana, y acababa de recibir un regalo de su amigo Ismael. Era un libro de Keats con grabados de los años veinte, con una cinta llena de su música y un disco de Schumann. En toda la semana, aquel envío fue lo único que la distrajo del recuerdo de Gaspar. Estaba admirando los grabados de Wright, e intentaba traducir el primer soneto, cuando la interrumpió el sonido del teléfono.

—¿La señora Julia Varela, por favor?

¿La señora? ¿Había oído bien?

—Yo soy.

—Le paso con el señor Ferré.

La única persona que la llamaba a través de una secretaria era el director del periódico para el que trabajaba en Madrid. En esos casos a Julia no le importaba quedarse colgada al otro lado del hilo; «¿Pero este tío quién se cree que es?», pensó, «me llama a través de una secretaria». Por fin oyó la voz de Gaspar.

34

—¿Te sorprende que te llame tan pronto, mi niña?

—Lo estaba esperando. ¿Por qué?

—¿Qué piensas hacer este fin de semana? Mañana es tu cumpleaños.

—Nunca lo he celebrado, gracias por acordarte. ¿Qué tal estás?

A Gaspar el corazón se le encogía al oírla.

—No me has dado tu dirección. Te deseo tanto, mi vida, no sabes cómo he pensado en ti.

Aquellas palabras le sonaron a Julia a teléfono erótico. ¿Estaría la secretaria zascandileando por allí?

—¿Estás solo?

—Claro. ¿Por qué?

—Por si te oye alguien —dijo Julia.

—Hasta esto me gusta de ti. Tu suspicacia, mi amor.

¿Su suspicacia? A Julia le parecía escandaloso que Gaspar se atreviera a formular de un modo tan explícito sus sentimientos. Unos sentimientos de dos días, de tres. Aquellas palabras apasionadas, no sabía cómo interpretarlas, si como una desfachatez o una heroicidad.

—Yo también he pensado en ti —se atrevió a decir.

También pensaba en volverse a Madrid, en hacer la maleta para el viaje a Nueva York, donde transcurriría el próximo curso. Desde abril sabía que le habían concedido la beca para marcharse en septiembre, y ése era su plan. Conocer a Gaspar había sido un paréntesis, trataba de verlo así. El regalo de Ismael la había devuelto a la realidad. Entre ellos se había producido muy lentamente, en el último año, una estrecha identificación. Cuando leyó el remite en el regalo todo su ser se llenó de gratitud. En cada golpe de piano estaba el alma de Ismael. Pero la voz de Gaspar desde Barcelona lo sepultó todo.

—He pensado en ir a verte, si tú quieres, si te parece bien.

—¿Aquí?

—A tu pueblo, sí. Me gustaría conocerlo, y conocer a tus padres.

El ángel del amor se convertía ahora en un pájaro negro de alas sobrecogedoras. Julia no supo qué decir.

—Te llamo mañana. Lo piensas y me lo dices.

Gaspar colgó. La brusca despedida la descolocó. ¿Puede uno hacer semejantes declaraciones y a continuación colgar y marcharse a comer? Yo no soy una chica con la que se queda desde Barcelona para mañana por la tarde. Jamás en mi vida una secretaria me ha llamado a mi casa para pasarme a un amante. Eso pensaba Julia comiendo a la mesa con su madre. ¿Conocer a sus padres y presentarse en su pueblo después de un encuentro de tres días en un hotel?

Después de la comida, se retiró a su cuarto. Puso el disco de Ismael, pero no había música que apaciguara los nervios que le transmitió la voz de Gaspar: «Ya, ahora, quiero verte, mañana.» A su madre le pareció que no tenía nada de malo que se volvieran a ver. A Julia no dejaba de sorprenderla aquella intermediación favorable. «¿Es que soy yo una cobarde?»

Al día siguiente, por la mañana, llegó un ramo de rosas a la casa. Traían una pequeña nota de Gaspar. Julia las contó. Eran veinticinco rosas rojas y una rosa blanca, los veintiséis años que en su casa jamás se habían encargado de celebrar. Su madre y su hermana andaban buscando floreros por toda la casa. Por la noche, le cambiaron el agua.

6

Lo llamó para agradecérselo. Por suerte no se puso ninguna secretaria.

—Es la primera vez que alguien me regala flores... —iba a decir «mi amor», pero se calló—, son preciosas, Gaspar.

—Alguna vez tenía que ser la primera. ¿Has decidido algo, mi vida?

Mi vida. ¿Le había dicho mi vida? Julia se avergonzó de no poder corresponder a un amante que le enviaba flores con un plan para verse. No había pensado en absoluto en esa parte del contrato. Con las flores encima de la mesilla, había pensado en ir a su lado otra vez de la mano, aquella mano de Sicilia, aquella mano que desde el primer momento le había parecido que pertenecía a su cuerpo. Había pensado en hacer el amor con él, en vestirse de largo para su boda, en tener un niño que se pareciera a él. Había pensado en todo menos en un hotel. Gaspar pensó por los dos:

—Mi secretaria me ha hablado de un sitio muy bonito en La Coruña. Dime que sí y ahora mismo compro el billete. Pediré que me reserven una buena habitación.

Otra vez la secretaria. Pero a todo se acostumbra una, pensó Julia. Ahora que ya no iban a verse en su pueblo lo sentía. ¿Por qué le había frenado? Ya había entre ellos un ramo de rosas, le hubiera gustado enseñarle las playas, y el muelle, todo lo que el día antes le parecía una profanación. Pero no. Iban a verse en La Coruña y en un hotel.

Tres días después, el sábado por la mañana, Julia cogió su Citroën AX con la cinta de Ismael para escucharla por el camino, y condujo lentamente por las estrechas carreteras de Lugo hasta rebasar el límite de provincias y llegar al pequeño aeropuerto de Alvedro. Se había puesto unas botas camperas, un pantalón beige y una camisa azul de rayas. Fue lo más aproximado que encontró a la forma de vestirse de él. Las botas eran lo único que se concedió, el único vestigio de su propia personalidad. «Son mías. Le gustarán», pensó. Mientras esperaba sentada en la pequeña sala del aeropuerto, una sala con apenas veinte asientos de plástico la mayoría de ellos vacíos, trató de no adelantar acontecimientos. No sabía lo que iba a bajar por la escalerilla del avión. ¿Qué impresión le causaría Gaspar en este segundo encuentro? ¿Le gustaría? Cuando llegó el vuelo se puso en lo peor. ¿Qué hacía allí, esperando a un señor treinta años mayor, con su pequeño coche comprado con sus ahorros aparcado en el exterior? ¿Todo porque le había mandado un ramo de flores? «¿Seré gilipollas?», pensó. Cuando el avión aterrizó se agarró a la silla. «Estate tranquila, Julia. Si ahora no te gusta te aguantas y ya está, le enseñas la torre de Hércules... y el espigón.» Para serenarse, en aquella silla de plástico naranja un poco rota en el borde inferior, Julia asumió el papel de los anfitriones que tantas veces la habían recibido a ella en aeropuertos semejantes. Ella era ahora una anfitriona que no conocía a su invitado y cuyo trabajo consistía en hacerle la estancia lo más agradable posible al tipo que saliera del vientre del avión. «Pero éste no es mi trabajo», pensó indignada de pronto con esta idea de servicio gratuito, «¡por esto no me van a pagar!». «Dios mío, que me guste», pensó a continuación, antes de que se abriera la puerta del avión.

Cuando Gaspar salió el último por la escalerilla, poniendo gran atención en cada peldaño que bajaba, a Julia ya le dolió que no la buscara con la mirada, y que caminara ausente atravesando la pista bajo aquella persistente lluvia de primavera, mirando al suelo para no pisar los charcos. Gaspar traía unos vaqueros que no parecían de su talla. «Son de su hijo. Se los ha puesto por mí.» Los mocasines sí que eran suyos. Como Julia con sus botas, el ser de Gaspar se había ido a refugiar a los pies. Aquella maleta gris, que Julia reconoció inmediatamente como algo suyo, le hizo desear la mano, el brazo, el cuerpo de Gaspar. «¡Pero si me gusta, Dios mío! Quién le habrá mandado vestirse así.» Y de pronto le entró una gran pena de verle solo cruzando la pista, mojándose por ella, y le pareció intolerable que lloviera tanto, e imperdonable no haberle querido llevar a su pueblo, a aquel hombre que destacaba con su pinta de señor distinguido en medio de un pasaje absolutamente mediano e impersonal. «Espérate a que llegue. Espérate», tuvo que contenerse para no atravesar los cristales, y salir a la pista de aterrizaje con el paraguas abierto, para protegerle.

Gaspar la abrazó con un cariño desolador. Julia se tomó su tiempo en escrutarle. Él no abrió la boca. Se dejó mirar. Caminaron cabizbajos hasta el AX, mirándose los pies. «Menudas botas las mías», pensó Julia. «¿Es que no tengo unos mocasines como los de él?» Se metió en el coche con el corazón todavía de anfitriona, dispuesta a actuar según lo que el protocolo le diera a entender. Pero todo era demasiado emocionante. Gaspar parecía tranquilo, inevitablemente entregado al escrutinio de Julia, mirando la bahía por los cristales del coche y sin intentar romper el silencio. Ella puso la música de Ismael pero inmediatamente la apagó, y se castigó por ser capaz de hacer semejante cosa. Ahora tenía que oír lo que fluía entre ambos, una música enigmática, indescifrable, un silencio preñado de frases apelotonadas que desistían de ser pronunciadas. Aparte de que allí estaban ellos dos juntos, ¿qué más se podía decir?

Dejaron el coche en el párking del hotel, atravesaron de la mano las puertas giratorias del María Pita y se registraron juntos en la habitación. Al recepcionista no le llamó la atención la pareja que avanzaba hacia él con paso decidido. «Qué discretos son estos gallegos. Me encantan», pensó Gaspar. Desde que salieron de la puerta giratoria hasta que llegaron al mostrador, en apenas quince pasos las cosas habían cambiado mucho entre ellos. Julia le soltó la mano y caminó por delante, como una verdadera esposa que no necesita que la protejan. Gaspar procedió con la misma seguridad, como si llevaran veinte años casados. Aquel recepcionista no sabía que estaba impartiendo un sacramento sagrado, pero algo así sucedía cuando se registraron juntos en la habitación.

Desde el inmenso ventanal del cuarto se veía la bahía de Riazor. Gaspar se quedó admirándola frente a los cristales.

—Es precioso tu país.

—Éste no es mi país. Esto es La Coruña.

Gaspar se rió.

A Julia nada le apetecía más que quitarse las botas, desnudarse de una vez. Habían quedado en verse, ¿no? ¿Qué hacían ahora mirando el mar por los cristales?

—¿De verdad que no quieres tomar nada? Podemos bajar y pedir algo. Es casi la hora de cenar.

—¿No te aprieta este pantalón? —Julia se acercó a él.

Todo lo que no fuera tocarle le parecía una obscenidad. Se dio cuenta, mientras le desnudaba, de que Gaspar se paralizaba. Estaba más deseoso de verla que de besarla. La miraba sin aproximarse a ella, como se mira a un objeto de rara belleza, como si en realidad no acabara de desearla. «Me quiere de una manera estética», pensó Julia. «Le parezco bonita, pero todo esto en él necesita una distancia para realizarse.» Julia acortaba distancias para no dejarse mirar. Se refugió en sus brazos, quería desaparecer en él, defenderse de él dentro de él, esconderse de él en él. En la urgencia de Julia, en aquella rendición sin cortejo, había algo parecido a la desesperación del soldado que se adelanta para morir o para matar. «Si tiene que pasar algo que pase pronto, no nos andemos con preámbulos.» ¿No había sido así también en Nápoles y Sicilia? Besar otra vez el pecho de aquel hombre la emocionó. En la pasividad de él había algo que la volvía más activa y más imaginativa. Estar junto a él era como hacer el amor consigo misma. «Sabe más que yo», se dijo sorprendida de su propio pensamiento, «lo consigue todo sin mover un dedo, todo lo tiene de mí». A una parte de ella no le gustaba la idea de estar naufragando en las manos de un hombre experimentado, y a la otra le encantaba estar por encima de todo aquello. Parecía que era Julia la que le estaba enseñando.

Después del amor permanecieron en la cama.

—No quisiste llevarme a tu pueblo. Tenía ganas de conocer a los tuyos. Para mí es también una manera de hacer el amor contigo.

«Los míos son míos», pensó Julia.

—Es un poco pronto, ¿no?

—¿Pronto para qué? —se rió Gaspar.

Julia se sintió como una pobre ilusa. ¿Qué esperaba de él?

—Porque ni tú ni yo sabemos lo que va a ser de nosotros —dijo.

—Yo sí. Yo sí que lo sé —contestó Gaspar.

—¿Qué es lo que sabes tú? —dijo Julia.

Gaspar la cogió contra su pecho.

—Que de esto no nos va a salvar nadie, mi amor. Desde el primer día que nos vimos, desde la primera noche que pasamos juntos.

Julia se defendió.

—Pues yo no sé nada. Ahora estoy aquí, eso es lo que sé.

—¿Tú crees que no sabes nada? Yo creo que lo sabemos todo ya, Julia. ¿Qué tiene de malo que venga a verte a tu pueblo? Te da vergüenza, ¿verdad? Un tío como yo, divorciado...

A Julia aquello se le atragantó.

—Tú lo que quieres es saber más de mí —se rió—. Quieres saber quién soy.

Gaspar se indignó.

—¿Por qué dices eso ahora? Claro que quiero saber quién eres. Estoy enamorado de ti.

—Perdóname, no quería ofenderte.

—Lo ves como una intromisión, ¿verdad?, este tío mayor que quiere entrar en tu vida de repente, pero yo lo siento así, Julia, y nunca he sentido nada tan claramente. Hace quince años que estoy separado, y te aseguro que no me he dedicado a perseguir jovencitas en todos estos años. Soy muy mayor, sé lo que hago cuando te digo que te quiero y que quiero conocer a tus padres. También podrías verlo como una prueba de mi respeto hacia ti.

Julia iba arrugándose con cada palabra de Gaspar. Su tono autoritario le desagradó profundamente. «¿Cómo se atreve a hablarme así? ¿Pero quién se ha creído este tío que soy?»

—Aprecio mucho lo que me dices, de verdad. No me acabo de explicar. No creo que tú sientas más de lo que yo siento.

—Necesitas tiempo —suavizó Gaspar.

¿Quién le había mandado subirse a aquel avión? ¿Qué hacía allí él, en un hotel de una ciudad lluviosa, en manos de una joven encantadora y brutal que lo mismo resultaba ser precavida y juiciosa? Su niña, como él la llamaba, no se mordía la lengua. Quizás había ido demasiado lejos en su estrategia de acoso y derribo. Era posible que el enemigo no pudiera tolerar tanto atrevimiento.

—... Un poco de tiempo, sí —Julia aguantó el tirón como una guerrera—. Un poco de tiempo... —y sintió que empequeñecía, que no estaba siendo del todo sincera; entonces vino el ataque de artillería—: Sencillamente, a mí todo esto me parece mentira, tanto amor de pronto. No me lo acabo de creer.

Gaspar le sacó la mano del hombro. Julia se acongojó.

—Qué razón tienes, mi niña, las cosas más importantes nunca nos las acabamos de creer. Pero cuando suceden ya no hay quien las pare. Ni tú ni yo vamos a

43

poder, yo al menos no puedo, no debo. Los dioses muy pocas veces nos hacen estos regalos. ¿No lo entiendes?

Julia se quedó pensando qué es lo que tenía que entender, y cuál era el regalo.

—Yo sólo quiero seguir haciendo el amor contigo —dijo—. Para mí sólo es eso, de verdad.

«¡Pero por qué no me habré callado!», pensó de pronto. «Este tío haciendo aquí el ridículo y yo despreciándolo. Si es mucho más bonito lo que él propone.» Jamás en su vida había disfrutado de un amante tan ¿cómo lo diría?, ¿tan cortés?

—También podemos vernos de vez en cuando —continuó Gaspar, y definitivamente le retiró el brazo—. Yo puedo venir a verte a Madrid, y acostarnos. Pero tú te irás a Nueva York. Me cansaré, te cansarás. Y yo había pensado...

Gaspar miró de reojo a Julia para comprobar qué efecto hacían en ella las palabras que acababa de decir. Luego continuó:

—Yo quería pedirte que fueras mi mujer.

Julia mantuvo la calma. No se tomó en serio ni una palabra. Lo que le estaba pasando la halagaba profundamente y al mismo tiempo la indignaba. Aquel hombre educado, aquel señor de Barcelona, aquel profesor con la vida resuelta, divorciado, con un hijo de su edad, le estaba proponiendo matrimonio a ella, una mujer soltera de veintiséis años, una escritora en los comienzos de su carrera. ¿Qué era aquello, una declaración de amor o de guerra?

—Yo he pensado en ti —dijo—, es todo lo que sé.

—Y sabes más —Gaspar no se plegó—, sabes que no podemos vivir el uno sin el otro, desde que nos encontramos en el vestíbulo del hotel. Sabes que esto es el amor, pero eres demasiado joven para aceptarlo. Te entiendo tan bien. Nos costará. No es un trabajo fácil hacer coincidir tu vida y la mía. ¿Tus padres saben lo nuestro?

Otra vez los dichosos padres. ¿Pero qué pretendía Gaspar haciendo descollar a su familia cada dos por tres? ¿Hacerla descender los peldaños que tan arduamente había conquistado desde los dieciocho años? ¿Era tan difícil hacerle entender que ella era una mujer libre, que se había hecho a sí misma y que así iba a seguir? Con respecto al amor, prefirió callarse. No era ésa la idea que ella tenía del amor.

—Claro que lo saben. Claro que saben que te vengo a ver, pero mi vida no está en sus manos, Gaspar. Yo tengo con ellos otra relación. Y me sorprende que quieras venir a mi casa sin invitarme primero a la tuya. Es lo que hace la gente normal, ¿no?

Gaspar se quedó en el aire.

—Te juro que ni se me había pasado por la cabeza. ¿Vendrías?

—¿No me estás pidiendo que sea tu mujer? —Julia se echó a reír.

—Ahora eres tú la que quieres mis credenciales —Gaspar se apuntó a la broma.

—Puestos a ello... —Julia le siguió—, más cosas tendrás que enseñar tú que yo.

Se arrepintió inmediatamente. Menuda pereza conocer a su familia. Rectificó:

—Aunque si te digo la verdad, no tengo el menor interés.

Gaspar rompió a reír.

—Yo estoy más solo que la una, mi vida. Yo soy todo para ti.

—Tienes un hijo —matizó Julia.

—Te parezco un avaricioso, ¿verdad? —Gaspar la estrechó.

—Mucho peor —se rió Julia—, me pareces un loco.

Gaspar se coló por aquel salvoconducto.

—Yo soy libre, mi amor. Mi hijo tiene su vida, es muy mayor.

—¿Y qué le ha parecido? ¿Se lo has dicho?

—Supongo que le divertirá ver a este padre ya viejo de repente enamorado como un imbécil. ¿Qué puede importarnos lo que piensen?

Poco le había contado Gaspar de su hijo. Que acababa de casarse, que su mujer estaba esperando un bebé. No parecía darle la menor importancia a esta cuestión, como si aquel hijo viviera muy lejos, en un país extranjero.

—A mí sí que me importa lo que puedan pensar —dijo Julia, y se arrepintió de llegar tan lejos.

—Se acostumbrará —dijo Gaspar.

Julia sintió que le subía la sangre al cuello.

—Es que yo no quiero que nadie se acostumbre a mí —dijo.

Gaspar se lanzó al ataque por el flanco más vulnerable.

—Ay, Julia, yo lo que quiero es tener hijos contigo, ésos son los hijos en los que pienso ahora, y jamás me ha pasado algo igual. ¿No lo ves?

«¿Y yo? ¿Qué papel tengo yo ahí?», pensó Julia.

—Eso sí que no me lo creo, Gaspar.

—Bueno..., quizás me ha pasado otra vez, con mi mujer.

—¿Sigues llamándola tu mujer? —A Julia, aquella palabra, mientras Gaspar la abrazaba de nuevo, le sonó fatal.

—Quiero decir la madre de Frederic —dijo Gaspar con fastidio—, mi mujer ahora eres tú, y lo sé porque quiero que tengamos un hijo. Desde que te vi.

«Qué curioso», pensaba Julia, «y yo que con cada tipo que me he acostado en la vida he querido tener hijos».

—Con mi mujer —continuó Gaspar—, yo la quería a ella para tener hijos, ella era de algún modo un instrumento. Y contigo, si quiero hijos es porque te quiero a ti.

«Glup», pensó Julia, «El razonamiento que expones es algo que toda mujer desea oír, ser la favorita entre todas las anteriores en el corazón de su señor, pero la ideología de este argumento me repugna profundamente: primero, porque no puede ser verdad, y segundo porque es doloroso traer a colación a otras mujeres mientras abraza mis hombros treinta años más jóvenes que los suyos, hablar en el mismo plano de los hijos reales y los ficticios... una gran descortesía para mí, para la otra mujer, para su hijo y para los míos si es que los tengo con él.»

Todo le resultó de pronto de un egoísmo soberbio a la escritora de veintiséis años, de un impudor total, como la foto que le había hecho desnuda antes de abandonarla en el hotel de Sicilia, como esa insistencia en conocer a sus padres cuanto antes. «Se le ha metido en la cabeza una idea y va a por ella», pensó. «Qué cosas dice. Qué equivocado está.» ¿Iba Julia a dejarse vencer por tan endeble enemigo?

—Para mí el amor es algo muy lento —dio su opinión—. Yo no me fío tanto de mis sentimientos. ¿Te querré mañana, me seguirás queriendo tú a mí? ¿Qué puedo yo sentir ahora más que un gran deseo? Pero hasta hace un momento, hasta antes de verte, toda yo temblaba. Tú tienes tu vida, Gaspar.

—Si algo no tengo es eso —le dijo mirándola—. Mi vida ahora eres tú.

«Menuda joya he encontrado», pensó Julia. «Como éste no hay dos.» Si algo acabó subyugándola fue el reto: ya se encargaría ella de no permitir que le hiciera el menor daño todo aquello: aquel intolerable abordaje a los sentimientos, aquella manera de entrar a saco en su pecho y saquearlo como un ladrón. El último de sus temores, que el hombre con el que se había acostado tres noches en Nápoles y Sicilia, aquel hombre que la había llamado por teléfono a su casa, que le había enviado un carrete de fotos, dos largas cartas y veintiséis flores sólo en una semana, el mismo que ahora tenía a su lado en una cama del hotel María Pita, fuera en realidad lo que su hijo (¿Frederic? ¿Cómo le había dicho que se llamaba?) pensaría de él: «Ahí está mi padre, el loco de siempre, perdiendo los papeles.»

Pero este pensamiento, de pronto, atravesó su corazón. Y de ser su agresora principal se convirtió en un segundo en su defensora visceral. Su amor por él crecía cuanto más lo tenía que salvar. No, aquel hombre no era un loco, ni su amor una veleidad. ¿Por qué no reconocía de una vez que lo amaba? Había pasado toda la semana pensando en él, con sólo una llamada suya Ismael se había ido al garete, su inminente viaje a Nueva York ya no le parecía tan interesante, y por lo demás allí estaba, en sus brazos, sintiendo lo que nunca había sentido, adelantando fantasmas que la aturdían, que la retaban. Había cogido su coche y se había plantado allí. Ahora permanecían desnudos en la cama, enzarzados en un diálogo que no se terminaba. ¿Qué es lo que estaba aplicándole con tanto discurso y tanto interrogatorio? ¿El juicio final?

—Sé lo que me digo, amor mío —insistió él—. No estaría aquí si no fueras algo importante para mí.

Julia se apoyó en su pecho. Aquel pecho le imponía respeto. No quería hacerle daño con los huesos de su cráneo. No acababa de reposar en él.

—Te aseguro —continuó Gaspar— que no he venido a esta ciudad lluviosa para pasar un rato delicioso en un hotel.

—Yo lo que necesito —le dijo Julia— es que esto crezca dentro de mí, sólo dentro de mí, en una caja oscura. Todavía no la quiero abrir, Gaspar.

—Te entiendo tanto. Necesitas tiempo. Te irás a América y te olvidarás de mí. A tu edad, cualquier cosa se cruzará en el camino. Vente a casa este verano. Pasemos al menos juntos este tiempo.

Julia jamás había estado ante un rostro igual. Su gravedad. Su completa rendición. Aunque había algo en el planteamiento de Gaspar que la hería, era cierto que aquello al menos no se había atrevido a soñarlo. ¿Y no era aquél, precisamente, el sueño que a Julia le tocaba cumplir? A sus veintiséis años había cumplido unos cuantos, y ahora se encontraba con aquel hombre que le hablaba de amor con una seriedad y un apasionamiento que en su vida había imaginado. «Verdaderamente, soy una afortunada», se dijo. «Es un alma valiente, un hombre de verdad.» Si en aquel momento él le hubiera dicho que era un príncipe se lo habría creído. Un príncipe de los antiguos. Tenía palacios, además. Eso le había contado Gaspar en su segundo día en Sicilia, cuando paseaban por el castillo del Emperador. Que su familia tenía palacios y títulos nobiliarios. «¿Qué me estás

49

vendiendo?», había pensado Julia en aquel paseo. Lo recordaba y se defendía: «Y si tiene palacios a mí qué me importa.» Se daba cuenta de que cada vez que saltaba un obstáculo su estatura moral ascendía muchos peldaños; bajaba los del orgullo, subía los del amor. Aquella experiencia la estaba transformando: dejaba atrás el mundo real, el mundo del trabajo, y se embarcaba con aquel hombre en una nave de sueños. Todos los inconvenientes que podía anticipar, la resistencia del hijo, la fuerza de Gaspar, todos los miedos le parecieron mezquinos. «¡Pero si él no tiene miedo!», se dijo. Los años, los palacios, todo lo que él tenía y ella no, dotaban en el fondo a aquel sueño de heroísmo y realidad.

2. LA PRESENTACIÓN

7

A mediados del verano Julia tenía que viajar a Soria para una lectura, y le pidió a Gaspar que no se vieran hasta entonces. Gaspar la llamó cada día, le enviaba cartas que Julia, nada más leer, respondía. Estaban a mil kilómetros el uno del otro, pero parecía que estuvieran en la misma habitación. En alguna de sus llamadas Gaspar le rogó que se vieran antes, pero no consiguió que Julia variara su plan. Allí seguía ella, la maldita escritora de veintiséis años, tecleando su segunda novela y cuidándose de que nadie le invadiera el territorio. Pero una secretaria desde Barcelona puede hacer muchas cosas en contra de este ejemplar ejercicio de resistencia: reservar una suite para dos en el Balneario de La Toja, y enviarle un coche que pasara a recogerla.

—¿Un coche? ¿Para qué vas a alquilar un coche si yo ya tengo coche?

—Lo alquilo en el aeropuerto y paso a recogerte, así no te tienes que preocupar. —A aquellas alturas la voz de Gaspar al teléfono ya era conocida en la casa de Fingal—. Es sólo un pequeño viaje, no te distraerá.

Julia nunca se había sentido tan ¿cómo podríamos decirlo?, ¿cortejada?

—Descansas un par de días de la novela, y luego te vuelves a poner.

—¿El domingo por la tarde estaré de vuelta?

A Gaspar le encantaba aquella hormiguita. Sólo escucharla le llenaba de energía.

—¿Y cómo vas con la novela?

—Bien, bien.

El trabajo era algo que Julia no compartía; no sabía si le gustaba el tono animoso, de entrenador, de Gaspar. Cuando sonaba el teléfono ya sabía que era él, hablaban un poco de los personajes y el desarrollo de la historia, luego hablaban de lo mucho que se echaban de menos, luego colgaban. ¿Pero estaba en Cataluña? Parecía que estuviese en Marzán. El demonio no descansaba ni de día ni de noche, y el teléfono sonaba, y el cartero llamaba, con el señorial nombre de Gaspar Ferré de la Torre en el remite, escrito cuidadosamente con su propia caligrafía por encima del timbre oficial. Eran sobres blancos de organismos culturales, ministerios, cátedras, despachos gubernamentales que Gaspar había ocupado en alguna ocasión. La segunda semana de asedio Julia claudicó.

El día que se presentó con aquel coche negro a la puerta, ella ya estaba esperándole en la cuneta. Sus padres insistieron para que le invitara a pasar, pero Julia se subió en el coche y se pusieron en marcha. En el balneario pasaron el fin de semana. Gaspar no escatimaba en gastos. No sólo ocuparon la mejor suite del hotel, también los lugares donde se sentaron a comer fueron los mejores, y los regalos con que la agasajó. El nombre de Gaspar parecía providencial. Ir a su lado era como estar en manos de un rey mago: cualquier cosa sobre la que ella pusiera sus ojos, Gaspar insistía en comprársela.

Aceptó un perfume de nombre desconocido. También quería comprarle ropa. Ella se negó. Los vinos más caros a la hora de cenar, y la sensación, yendo junto a él, de que todo estaba a mano acababa siendo embarazosa. ¡Si nunca había usado perfumes, si no le gustaban los escaparates! Tomaba champán y le parecía aguarrás.

—Te juro que la primera bicicleta me la compré con mi dinero —Gaspar se reía y la cogía contra sí, mientras brindaban en la habitación—. Me compré la mejor, eso sí.

—No puedo creerme que no te guste el champán. Vas a resultar más tacaña que yo.

Julia no podía disfrutarlo del todo. La gran habitación del hotel, el camarero sirviendo la cena. A Gaspar le encantaba verla comer. Julia lo miraba y se avergonzaba. Aquella despreocupación por el dinero, su alegre manera de disfrutar del amor. ¿Era ella tacaña? ¿Estaba siéndolo? Se abandonó a sus caricias, a la sensación inequívoca de ser absolutamente amada. Pasearon por la playa. Les llovió. Después de aquel fin de semana, Gaspar devolvió a Julia a casa de sus padres. Esta vez sí entraría. Tenía que conocer a aquel hombre y a aquella mujer. Mientras bajaban las curvas de Mondoñedo, Julia ya se sentía a su lado como su esposa. «Pobrecitos mis padres», pensó. «Qué susto les voy a dar.»

—¿Te gustará conocerlos?

—Claro. ¿A qué crees que he venido?

En La Toja habían hecho el amor unas ocho veces. Julia llevaba en el estómago el recuerdo de cada ocasión. Su primer encuentro en Nápoles ya les parecía que pertenecía a la historia. Hablaban de ello como si estuvieran celebrando sus bodas de plata, lo recordaban con bochorno. Su cita en La Coruña les ponía ahora los pelos de punta. ¿Cómo podía él haberse atrevido a tanto? ¡Cómo podía ella haberse resistido de aquel modo! Dos semanas después, su romance había avanzado de tal manera que ya no les quedaba un recodo de sus vidas que no hubieran repasado, ni un amigo o amiga sobre la que no hubieran hablado, y la idea de separarse, cuando avistaron Fingal, los asoló. Julia empezó a pensar si sería buena idea marcharse ahora, escaparse a Nueva York. El remanso del río, al otro lado de la carretera, les anunció el comienzo de su separación.

—Espero que estén en casa. No les he avisado.

Una vez pasado el río, el coche se metió por el camino de grava que conducía al cercado. Parecía que no hubiera nadie ni dentro ni fuera. Pero en aquella casa, construida con los ahorros de toda una vida en el mar, una casa de gente trabajadora, con una huerta y un pequeño jardín, rodeada de gallineros, de rosas y de perros, todos estaban esperando.

La madre de Julia salió al camino. Gaspar se bajó para saludarla. Era una mujer de su edad.

—Te presento a Gaspar, mamá.

Eudoxia invitó a pasar al amigo de su hija. Cuando Julia vio los finos y delicados pies de Gaspar, aquellos pies de los que se había enamorado en Nápoles, subiendo la escalera de la casa de sus padres, sintió que entraba del todo en su corazón. Luego, cuando se lo presentó a su hermana, se echó a temblar. Pero allí nadie le sacó la piel. No sólo no se rieron de él sino que lo trataron como a un verdadero ser humano. Le ofrecieron comida y bebida, y se sentaron con él a la mesa de la cocina. «Menudos padres los míos», pensó, «los quiero, casi tanto como a él». Una vez que Eudoxia hubo hablado bastante del cuidado de las gallinas y José sobre el estado del mar, éste, que fue el primero en adivinar el momento vibrante de aquella cumbre, discretamente se retiró.

—Voy a ver si pesco algo —dijo.

—Muy bien, José.

Eudoxia y Gaspar, cada uno sentado a un extremo de la larga mesa de la cocina, cada uno con su café recién terminado, como dos emperadores que miden sus fuerzas, se dedicaron una larga mirada sostenida. Gaspar puso la cara. Se dejó escrutar. Parecía que algo tenían que decirse, pero no se sabía quién iba a decirlo ni qué se tenían que decir. Eudoxia habló por fin:

—Qué quieres que te diga, Gaspar. Pareces un hombre bueno. Lo pareces.

Los tres se rieron nerviosamente. La madre de Julia, con la sonrisa en el rostro y las mejillas encendidas, se levantó.

—Y ahora me voy, que yo tengo que hacer.

Los dos tortolitos se quedaron solos en la cocina, y en aquel banco corrido, con un beso discreto, celebraron la oficialización de su noviazgo.

Esa noche Gaspar se quedó a dormir en el hotel más presentable de Fingal, una casa rural al otro lado del río. Cuando se levantó fue a despedirse de todos y luego se marchó al aeropuerto en su Audi alquilado. La madre de Julia se quedó calculando el precio del coche. Ya eran ganas de tirar el dinero, pensó.

8

Dos semanas después, ella estaba dando su lectura en Soria. Gaspar la esperaba en el Palace de Madrid. Habían quedado para ir juntos a Barcelona, pasaría una semana con él. Dos conserjes vestidos con frac y chistera le abrieron a Julia la puerta. Su amor surgió del bar. Toda la preocupación de Julia era comprarse ropa. Quería estar presentable para la familia de Gaspar.

Salieron a pasear por las calles elegantes del Paseo del Prado. Llegaron hasta el Retiro y se metieron por Serrano. Calles anónimas, civilizadas, calles de Madrid que tanto había pateado sola entrando en redacciones de revistas, recibiendo disparates, a veces algún trabajo. Ahora las recorría del brazo de Gaspar en busca de un pantalón. No tenía que pensar en la cara que pondrían los redactores jefes al recibirla en sus despachos, ni en la cara que pondrían los escritores más viejos al verla entrar en alguna presentación. Iba con Gaspar de la mano, todo era extraordinario. ¿En serio se merecía ella, Julia Varela, aquel regalo? «Nadie me puede querer nunca tanto. ¿Cómo he dado con él?» Alegría de vernos por encima del miedo, la sorpresa inexplicable de amar a alguien, de sentirse buenos, honestos. Y aún le quería más si pensaba en lo mucho que le podría odiar. El hombre importante, influyente. La joven orgullosa, valiente. Ella tenía su trabajo, no dejaba de hablar de él, y del dinero que tenía en el banco, y del que llevaba en el bolso, el que se había traído de Fingal. Pero ahora, se dio cuenta, su preocupación no era el dinero que llevaba en el bolso sino el bolso mismo. ¿Era aquél un bolso para ir con Gaspar?

—Si ya estás bien así —Gaspar se reía—, no tienes que comprarte nada especial para ver a mi familia.

Julia no acababa de verse bien. Entraron en la tienda de Adolfo Domínguez. Se probó un pantalón. Gaspar le metió en el vestidor tres prendas más. Un blazer blanco, una rebeca de verano, una faldita corta que Julia jamás se hubiera probado. No le dio tiempo a echar su mano al bolso. La dependienta pasó por el lector la Visa oro de Gaspar. Cien mil pesetas en ropa. Julia se vio con dos grandes bolsas en la puerta.

—No te voy a permitir que tú pagues esto, Gaspar.

—Pero qué tonta eres —se rió—, si no me dejas me enfado.

—Tendría que haber venido yo sola —iban de la mano, por Serrano abajo.

—Si en realidad eres tú la que me haces un regalo a mí. ¿De qué nos vale el dinero si no lo podemos disfrutar?

A Julia no se le iba de la cabeza el recuerdo del ticket con el importe de las cien mil. Luego miraba a Gaspar. Aún seguía pensando en las malditas compras cuando entraron en el Palace. Llevaba puesto el blazer y unos tacones de los que, a última hora, él se encaprichó. ¡Pero si nunca había usado tacones! Al pisar la alfombra mullida del suntuoso vestíbulo, Julia no sintió orgullo precisamente cuando el recepcionista registró la habitación doble a nombre de Gaspar, mientras ella esperaba a un lado con las manos llenas de bolsas. Era una extraña sensación la de estar allí, con sus tacones nuevos enterrados en la mullida moqueta del vestíbulo, viendo pasar hombres solos que la miraban, y alguna mujer como ella que no miraba para ningún lado. «Espero que ahora no pase ningún colega», se dijo. Cuando llegó el ascensor, respiró. «Pero si parezco una puta de lujo, yo, la mejor escritora de mi generación», se rió Julia al verse en el espejo. «Bueno», se dijo, «ahora ya está».

En la habitación, empezó sacándose los zapatos y acabó desprendiéndose hasta de la última prenda que llevaba encima. Dobló sobre la silla cada una de sus recientes adquisiciones, y se tumbó desnuda sobre la cama. Como si estuviera sola, como si Gaspar no estuviera a su lado.

—No sé cómo me gustas más, con ropa o sin ropa, Julia.

Estirada cuan larga era, a Julia se le vino a la mente la imagen de un país de extrema pobreza, un país que sale de la guerra, y pensó en un cuerpo joven comprado en la calle por cien mil pesetas, se le vino a la mente aquel cuerpo, abrió sus piernas, cerró los ojos, sintió la lengua de Gaspar. El orgasmo ascendió por el cuerpo hasta el estómago, después alcanzó el pecho y la garganta, hasta que invadió la boca. Las palabras le salían como si estuviera aprendiendo a hablar.

Acabaron abrazados, como dos hermanos que hubieran sobrevivido a los bombardeos en la habitación del Palace.

Julia llevaba la cuenta de aquel rosario de orgasmos

desde que se conocían: lo habían hecho en unas quince ocasiones. ¿Era eso suficiente para quererse como se querían? Por la cara con que salieron del hotel parece que sí. A Julia no le dolían los zapatos. Ya los llevaba con desparpajo.

En el avión les tocaron asientos separados. Ella iba sentada tres asientos por delante. Durante el vuelo no hizo otra cosa que volverse a mirar a Gaspar. Le sorprendió mucho verle distraído leyendo los periódicos, como si ella no estuviera entre el pasaje. Intentó llamar su atención. «Se ha olvidado de mí», pensó. Tuvo, por un momento, la sensación de vacío, de terror. Luego le dio la impresión de que aquel avión lo pilotaba Gaspar mientras leía los periódicos. Sintió el abismo a su espalda. Era llevada.

9

Gaspar la cogió de la mano y no la soltó hasta que llegaron a la fila de taxis. Se sentía el hombre más feliz del mundo llevándola por el nuevo aeropuerto remodelado por Ricardo Bofill. Julia iba pisando huevos sobre aquel pavimento.

Le abrió la puerta del taxi, esperó a que ella se sentara y fue a colocarse a su lado por la otra puerta. «Qué fácil es acostumbrarse a esto», pensaba Julia, «un hombre que no te obliga a mover el culo del asiento». Yendo en aquel coche, por primera vez en su vida no pensaba en nada, no anticipaba nada, no sufría por lo que vendría después. Ir junto a Gaspar en el asiento de atrás de aquel taxi era lo más parecido a la felicidad. Notaba su energía, su protección. Todo su cuerpo se abandonaba al relax que fluía desde la punta de los dedos de los pies hasta la punta de los pelos de la cabeza.

Llegaron a una calle tranquila y soleada. Gaspar mandó parar el taxi. Desde los cristales Julia vio que era una calle corta, con casas sólo a un lado. Enseguida vio tres preciosos palacetes modernistas, cada uno de ellos rodeado de su propio jardín. Se bajaron. Gaspar iba an-

ticipando cada desnivel del suelo, como si Julia fuera
una niña que estuviera aprendiendo a caminar. Aquellas
formas de educación le eran tan extrañas... ¿Iba a ser
una de aquellas casas la de Gaspar?

Estaban delante de un portón inmenso pintado de
beige. Gaspar cogió las llaves del bolsillo del pantalón.

—Hemos llegado, mi vida.

No sin dificultad, aquella pesada y antigua puerta
de madera empezó a ceder. Era un edificio de los años
treinta. Los balcones, las puertas y las ventanas conser-
vaban los herrajes de la época de su construcción.
Cuando la puerta se cerró a su espalda, Julia se estremeció con el golpe. La amarilla luminosidad de la calle
se trocó súbitamente en oscuridad negra y verde. Una
oscuridad inmensa, de techos muy altos y paredes des-
pintadas. No había muebles apenas, y los que había eran
de derribo, como encontrados en la basura, en los dese-
chos del barrio. Ésa fue la percepción que tuvo Julia a
través de los cristales de una segunda puerta a la que se
accedía después de subir cuatro escalones de antiguo
mármol blanco.

—¡Vaya! Se han olvidado de cerrar —se quejó
Gaspar.

Por aquella rendija se coló enseguida un olor a viejo, a vacío, a vida de hombre solo. Una *Vespa* llena de
abollones estaba encabritada de mala manera encima
de las escaleras. Julia la sorteó y le extrañó que Gaspar
no se molestara en ponerla en pie.

—Tenemos que poner la moto en otro sitio, no te
hagas daño —le dijo.

Gaspar usó de nuevo el plural.

—¿No vives solo? —Eso recordaba Julia que le había dicho.

Gaspar se rió. La cogió en sus brazos con un cariño enternecedor.

—Más solo que la una, Julia. Qué miedo tienes. Ven.

Gaspar dejó las maletas, se paró frente a ella y ejecutó una especie de bienvenida ritual, subrayando aquel momento con un beso pequeño.

—Bienvenida a casa —le dijo.

Aquella bienvenida la dejó atónita. «¿A casa? Ésta no es mi casa», pensó Julia. Y luego pensó: «Qué extraña forma de cortesía. Nadie te da la bienvenida si viene contigo de otro lugar.» Más que una muestra de hospitalidad, le pareció que Gaspar delimitaba su propiedad.

Desde fuera era preciosa, un palacete modernista en un barrio elegante. Por dentro era otra cosa. Por todos lados se apreciaba un notable abandono. Los espacios eran amplios y generosos, con bonitas molduras en las altas puertas y en los inmensos techos, pero el aire que se respiraba allí era de completa desidia. No se había hecho ni una sola reparación al menos en veinte años: la pintura se caía de las paredes, los cables de la luz y el teléfono se cruzaban y surcaban anárquicamente los techos y las puertas, y el bonito y antiguo suelo de madera estaba casi negro de suciedad acumulada difícil de erradicar.

Atravesaron una tercera puerta que daba al salón. Aquella estancia era inmensa, pero lo único bonito era la visión del jardín al fondo. Los sofás eran viejos, cada uno de su padre y de su madre. Estaban llenos de lamparones y cojines rotos. El único mueble que tenía cierta nobleza era la mesa, al fondo del salón. Estaba situada delante de la ventana que daba al jardín. Gaspar abrió la ventana, que, como la puerta, también se resistió, y enseguida entró la luz, y las hojas verdes de una parra vieja y las flores rosadas de una enorme buganvilla. El mármol blanco de la mesa estaba atravesado por una profunda cicatriz.

—¿Y comes aquí? ¿No tienes miedo de que se parta en dos?

Gaspar se partía pero de la risa. Todo lo que salía de la boca de Julia le hacía reír. Él también estaba nervioso, sí, lo tenía que reconocer.

—Algún día se romperá —dijo mientras encendía un cigarrillo y salía al jardín—, pero de momento comemos aquí. Mientras tú no mandes otra cosa, mi amor.

Otra vez el plural. ¿Quiénes eran aquellos otros que no vivían allí pero estaban allí? ¿Qué tenía ella que mandar?

Sobre la mesa había tres platos de cristal Duralex y tres vasos. Parecía la mesa de una cocina económica si al lado no hubiera una chimenea de mármol, con anaqueles de madera en los que reposaban libros antiguos, y una escultura helénica a la izquierda, junto a la ventana detrás de la cual se elevaban dos árboles centenarios. El número de servicios era tres.

—¿Va a comer alguien con nosotros?

—Ah, no te dije, mi hijo Frederic. Come siempre en casa. Luego se va.

«Hechos consumados», pensó Julia, «¿Por qué no me habrá avisado?»

—¿Y él sabe que vengo?

—¿Con quién voy a venir yo si no es contigo?

—No sé, ¿pero se lo has dicho?

Julia no se había imaginado cómo sería aquel encuentro. Para eso estaba allí, en realidad.

—Pensé que quedaríamos en algún lugar —dijo.

—No te preocupes tanto. Todo saldrá bien.

—¿Y su mujer? ¿No viene a comer?

Gaspar la cogió de la mano.

—Espe va a casa de sus padres. Ya sabes cómo son las madres con las hijas. Aquí, después de casarse, los chicos comen un tiempo aún en casa de los padres, así se van adaptando a la nueva vida. Como aquí viene Dolores...

—¿Dolores quién es?

—La chica que nos hace de comer. Ven.

Al pasar por la cocina le dio un vuelco el corazón. Le pareció ver a su madre allí.

—Ésta es Dolores —Gaspar se la presentó.

Era una señora de pelo negro y ondulado. Estaba delante de los fogones. Llevaba gafas de pasta y un mandil de zanahorias y tomates.

—Encantada —la cocinera se volvió y sonrió. Dejó lo que estaba haciendo y se dieron dos besos. El acento andaluz de Dolores ahuyentó inmediatamente el fantasma de su madre. Pero su mejilla se le pareció mucho a la suya, una mejilla rosada, que despedía calor. Estaban hablando cuando apareció por la puerta una chica muy alta y guapa, que vino como un rayo y le estampó un beso a Julia en la cara. ¿Un beso o un golpe?

—Es Berta, mi secretaria.

El plural empezaba a llenarse de contenido. Julia respiró.

Se oyó de repente un portazo inmenso desde la calle. Una voz muy aguda, como de niño pequeño, sonó desde el recibidor.

—¡Papá!

10

—Éste es Frederic, mi hijo.

Gaspar se quedó a un lado con las manos en los bolsillos. Julia se aproximó a besarle. Frederic le dio la espalda, para dejar las llaves. Era un joven de estatura media, más bajo que ella. La miró un segundo, luego aquel chico desvió la mirada. Su padre llevaba anunciándole aquel encuentro hacía dos semanas; ahora la chica estaba allí. Había llegado a la conclusión de que debía mostrarle su mejor cara, pero su sonrisa se borró al poco de esbozarla: era bastante más guapa que su mujer.

—Me alegro de conocerte... —sonrió Julia.

—Voy a lavarme las manos —Frederic se marchó.

Se fue directo al pequeño servicio que había junto a la cocina, una especie de lavabo destartalado cuya puerta no cerraba del todo y, dejándola abierta de par en par, se puso a orinar. Desde el salón se oía su chorro de pis.

—¿Y cuándo has vuelto, papá? —preguntó a gritos.

—Pues ahora mismo, hijo, acabamos de llegar.

Frederic salió del baño abrochándose la pretina y se sentó a la mesa. Vestía de traje y corbata, parecía que venía de trabajar. Dolores entró con una olla y Frederic se puso a comer. Gaspar y Julia aún estaban de pie. Le siguieron y se sentaron.

—¿Y trabajas por las tardes? —se le ocurrió preguntar a Julia.

Frederic no la escuchó.

—¿Perdón? —preguntó.

—... Nada. No tiene importancia —se arrepintió de haber iniciado ella la conversación—, preguntaba si trabajas por las tardes.

—¿Y hasta cuándo no tienes que volver a Bruselas, papá?

El hijo recién casado acabó de comer, abandonó la mesa y encendió un viejo televisor que se veía con grano. Dolores voló a llevarle el café. Sólo se veían un par de buenos zapatos colocados sobre la mesa y una cabeza pequeña sobresaliendo del sofá. Desde allí preguntó:

—¿Y tú, papá, cuándo subes a Port Nou?

Gaspar tomaba la mano de Julia por debajo de la mesa. Ella se la retiró.

—Por la tarde, quizás. O mañana, hijo, ya veremos. Y vosotros, ¿cuándo subís?

Frederic apretó el mando de la televisión y cambió de canal.

«Menudo cretino», pensó Julia. Y volvió a coger la mano de Gaspar. «Mejor que me tranquilice», se dijo, «¿qué derecho tengo yo?». Gaspar se levantó de la mesa. Julia le siguió. Notó, al levantarse, que le temblaban las piernas. Atravesaron juntos el salón.

El cuarto estaba lleno de fotografías de Frederic cuando era niño, lleno de libros. Había una mesilla sucia y sin patas al lado de la cama. Las paredes estaban cubiertas por un papel pintado de otra época, con dibujos de conejitos y motivos infantiles. La cama era buena. Tenía un edredón.

—¿No deberíamos bajar?

—No te preocupes. Ya se le pasará. Está molesto porque sabe que lo nuestro va en serio.

A Julia aquel panorama la espantó. Ponerse a hacer el amor mientras Frederic permanecía solo en el salón.

—Baja tú. Tómate el café con él.

—Pero si ya se va. Estate tranquila, de verdad.

Enseguida se oyó el golpazo de la puerta. Dolores se iba. La secretaria se había despedido durante la comida. Luego oyeron el encendido de la moto de Frederic.

Estaban en la cama desnudos cuando sonó el timbre de la puerta. Fue un metrallazo que invadió de repente el espacio del caserón. Gaspar se vistió rápidamente, y dejó abierta la puerta del cuarto. Julia se levantó para cerrarla bien.

Al poco oyó una voz de mujer que subía por las escaleras. Era una voz que denotaba una gran confianza, firme y autoritaria, que no pedía permiso para subir. La voz de Gaspar era más débil, le hablaba a aquella mujer como le había oído hablar a su hijo. ¿Sería su ex? Les oyó plantarse delante del cuarto. Se estremeció. Notó que Gaspar estaba apurado, como si la mujer tuviera toda la intención de abrir la puerta y él intentara evitarlo. Acabaron entrando en la habitación de al lado. Julia no podía oír de lo que hablaban, porque esta puerta Gaspar sí que se encargó de cerrarla bien. Sus voces entonces se mitigaron. Pero oyó risas, y alguna que otra frase más alta de lo normal proveniente de la mujer. Julia, desnuda como un calamar, esperó. Le dio la impresión de que aquella mujer alargaba la conversación todo lo que podía, le pareció que sabía que estaba allí, y que había venido a constatarlo. El miedo del animal en territorio ajeno. «Soy yo la que me he colado», pensó. Mientras les oía hablar sólo pensaba en que Gaspar volviera. Por mucho que la mujer del cuarto se obstinara, no podría impedir que él la acabara despidiendo. ¿Acabarían esa tarde de hacer el amor?

11

Cuando Gaspar regresó a la habitación, traía en la mano un talonario de cheques y un bolígrafo. Los dejó sobre la mesilla, al lado de los preservativos.

—¿Quién era? —preguntó Julia.

—Nadie; es Montse —Gaspar se volvió a desnudar y se metió en la cama.

Pronunció aquel nombre de pasada, como si Montse también le perteneciera a ella.

—¿La madre de Frederic?

—Qué va. La madre de Frederic nunca viene. Montse, mi amiga, ya te conté.

De vuelta en sus brazos, el cuerpo de Gaspar le pareció a Julia el más hermoso trofeo que jamás le habrían podido conceder, mucho más que ningún premio de novela, muchísimo más valioso que todas las becas.

—¿Te he hecho esperar? Ya no me esperes más. Ven.

Mientras él encajaba el miembro en el fondo del cuerpo de ella, Julia encajaba el nombre de Montse en su cerebro. Claro que le había hablado de aquella mujer. En el hotel balneario de La Toja. Se lo había contado la noche antes de despedirse, la última vez que habían hecho el amor. La amiga que le había querido, que le ha-

71

bía acogido tras su separación; sí que le había hablado de Montse, de la pena que le daba tener que dejarla, tener que decirle que Julia ahora ocupaba su lugar.

—¿Y qué te quería?

—Nada... dinero.

—¿Qué le pasa? —Julia notaba a Gaspar en su interior.

—¿No te puedes callar ahora, mi vida? Cállate, por favor.

—Ya me callo, pero ¿qué le pasa? ¿Por qué necesita el dinero?

Gaspar estaba intentando aguantar el placer. A Julia lo que le pasaba con él no le había pasado con ningún otro. Había aprendido a controlar su vagina, a sentirla, y a sentirle a él encajado en el fondo de su cuerpo, atornillado como si formara parte de sus entrañas. Gaspar sentía que aquella vagina estaba a punto de devorarlo. Julia alternaba estadios de placidez con momentos de súbitas contracciones. Cuando Gaspar se colocaba encima, la piel de la cara se le descolgaba como una máscara. Sólo entonces se daba cuenta de su edad. El olor de su piel, tan diferente al de los jóvenes, se volvía intensísimo en ese momento de la culminación del amor. Cuando acabaron, volvió a retomar el asunto.

—Me parece que te sigue queriendo —dijo Julia—. Seguro que ha venido por eso.

Gaspar se rió. Aquella niña nunca iba a entender lo sencillo que era todo.

—¡Pero qué pesada estás, mi vida! Montse es la persona más respetuosa que hay. Su ex acaba de tener un accidente de moto y ha venido a pedirme dinero para llevarlo al hospital. Es un tío muy rico pero se emborracha como un cosaco. Se lo ha encontrado tirado en la calle y sin un duro. De alguna manera me siento responsable. Yo aconsejé a Montse que se casara con él.

—¿Y después de eso seguisteis acostándoos?

Gaspar la miró sin saber si tenía que contestar o no.

—Nos veíamos cuando él se iba a navegar.

—Esa mujer te sigue queriendo, se lo he notado en la voz.

—Qué tonterías dices. Lo nuestro no tiene nada que ver con el amor. No tienes por qué dudarlo, tontita.

¿Se atrevería a decirle que no la llamara así? Mejor lo dejaría para otro momento. Pero es que no eran celos exactamente lo que Julia sentía. Era otra clase de sentimiento con el que se debatía: trataba de comprender. Trataba de abrir su cabeza a la realidad. Un panorama que no se había ni imaginado. Un panorama que no le gustó: amantes en el cuarto de al lado pidiendo dinero, ex maridos cornudos y borrachos, accidentes de moto que otros tienen que pagar, un hijo de su edad que no la mira, lealtades por encima de Julia, obligaciones por encima de Gaspar. ¿Pero no estaba solo? ¿No era eso lo que le había dicho en La Coruña? De pronto le pareció que los espiaba una multitud. Julia desnuda. Julia guardando la ropa, queriendo nadar.

—Es que está sin trabajo —Gaspar le explicó—. Le busqué una buena ocupación en la empresa de una prima, pero se le acabó. Su ex no le pasa un duro y tiene una hija a la que mantener. Me encantaría que la pudieses apreciar en todo lo que vale, es una mujer admirable. Yo le debo la vida, ¿sabes?

Julia no le debía la vida a nadie. Sintió ese hueco, el de un ex amante que oponer.

—¿Qué te pasó? ¿Qué hizo por ti?

Gaspar le contó, con mucha gravedad, que un día

regando el jardín se le cayó una maceta en la cabeza.

—No te rías, por favor, se me abrió una brecha...

Gaspar se puso enternecedoramente serio. Se señaló como un niño el comienzo del pelo. Julia besó aquella frente como la de un dios.

—¿Y pensabas morirte por una maceta?

—De verdad, mi vida, no te rías. Si no llega a ser por Montse me desangro ahí mismo, en el jardín.

Por muchas Montses que anduvieran cerca, de aquel pozo de ingenuidad que Gaspar era Julia no se pensaba librar. Le pareció que era demasiado generoso, y que aquella mujer se aprovechaba de él.

—¿Y tu hijo? ¿No estaba en Barcelona?

—No se me ocurrió llamarlo a él.

—¿Y le das dinero otras veces? —preguntó Julia.

Gaspar la tenía cogida por el hombro. Apartó su brazo de pronto. Julia sintió en su nuca el frío del almohadón.

—De verdad que no sé a qué viene esto, Julia. ¿Por qué insistes tanto? Claro que le doy dinero, claro que la ayudo si puedo.

Le dio la espalda. Julia sintió que se la tragaba el colchón. Se agarró a él. Notó que Gaspar volaba. Volaba de allí.

—Perdóname, mi amor. Es todo demasiado nuevo. Demasiado rápido todo.

Julia oía el eco de su propia voz como si estuviera sola en la habitación. Le pareció que Frederic, el niño de la foto, se tapaba los ojos. Amar a Gaspar le pareció un sacrilegio.

—No te enfades por lo que he dicho. ¿Qué he dicho?

Gaspar tardó en responder, y cuando lo hizo la voz le salió ronca. Julia se estremeció.

—Eres tú la que ganas y ella la que pierde. ¿Es que no te das cuenta, no lo comprendes? Sólo por eso tendrías que ser impecable con ella. Sólo por eso tendrías que ser generosa, desprendida —y volvió a su postura fetal—: Tú no me quieres, Julia. Querer es otra cosa, querer es quererlo todo de la otra persona, todo lo que la rodea, todo lo que es.

Julia se quedó muda. Pensó en levantarse de la cama, ponerse sus pantalones vaqueros y marcharse corriendo de allí. ¿Por qué la había regañado? Pero es que tenía razón. Su rechazo le pareció bien ganado. ¿Iban a enfadarse por primera vez por algo tan estúpido? Permaneció agarrada a su espalda. Se defendió como pudo de las acusaciones de Gaspar.

—No me digas que no te quiero. ¿Qué hago aquí a tu lado? Mírame, por favor.

—Si me quisieras no te pasaría nada de esto, no tendrías esta reacción. Es mi vida, Julia, esto es lo que hay.

Aquella frase la dejó en blanco. Reaccionó:

—Para mí no es tan fácil llegar a tu casa y sentarme a comer con tu hijo sin que me dirija la palabra. Estar contigo en tu cama haciendo el amor y que venga tu ex amante. No me resulta fácil, de verdad.

—Por Dios, Julia, una mujer como Montse no la encuentra uno fácilmente en la vida, ¿va a ser nuestro amor un motivo para que ella desaparezca?

—Yo no he dicho eso. Me ha chocado, nada más.

—Pero lo has sugerido.

—No es verdad. No he sugerido nada. Me he intentado explicar.

—A mi hijo se le pasará. Además de ser tan afortunados habiéndonos encontrado, ¿vamos a dedicarnos a exigirles cosas a los demás? ¿No te das cuenta de que estamos obligados a ser generosos? ¿No te das cuenta de lo que les quitamos?

—Yo no vengo a quitarle nada a nadie. No quiero sentirme así, Gaspar.

Gaspar volvió a cogerla por el hombro. «Es una niña. He metido la pata», se dijo. Y su propio pensamiento lo llenó de ternura. Julia, orgullosa, encajaba su lección. «Qué mezquina soy. Me pongo en guardia por un par de bobadas. ¿Qué esperaba?» Se calló. Le tocaba reprimirse, sí. ¿De cuántas cosas no se reprimiría él? Jamás lo había visto así, y le pareció maravilloso aquel descubrimiento. «Él, a sus cincuenta y siete años, se vuelca en mí. ¿Voy a desconfiar yo? Soy una tacaña. Mi educación, mi maldita educación», eso era lo que pensaba Julia mientras su corazón se abría y en él entraban Montse, y Frederic el niño, y Frederic el mayor, entraba Gaspar, con su vida. Si trataba con tanto cariño a una amiga cómo no iba a tratarla a ella. Y qué daño podía hacerles el hijo, si se querían. Le dolía que la censurara, pero algo tenía que aprender de él: Gaspar le estaba enseñando a querer. Se dio cuenta de que nunca lo había hecho hasta entonces. «Querer es esto, es un coste», se dijo. A cambio del dolor que le causó la reprimenda, Gaspar le ofrecía algo mucho mejor: la posibilidad de estar por encima de sí misma, sus prejuicios, de su cobardía. A cambio de la sombra que se le vino encima, Gaspar le ofrecía algo más valioso que todos los costes que le pudieran llover: ¡El amor, Julia! ¿Pero es que no lo entiendes, idiota? Estar por encima de todos los miedos, de todas las diferencias. ¿No te das cuenta de que esto es querer?

12

La despertó la luz que entraba por el balcón. Era un balcón precioso, con una galería antigua con los cristales rotos. Gaspar no estaba a su lado. Lo último que recordaba era haberse quedado dormida agarrada a su espalda cuando ya amanecía. Una espalda rígida, fría, que no se volvió para abrazarla en toda la noche. Bajó las escaleras temerosa. ¿Le habría perdonado ya? Se lo encontró leyendo el periódico sobre la mesa del comedor.

—Buenos días, mi amor.

Tardó un rato en mirarla, mientras pasaba una página.

—¿Estás lista ya?

—Claro. ¿Adónde vamos?

Julia corrió a abrazarle. Gaspar se lo agradeció.

—Acabo de hablar con mamá. Les he dicho que llegamos a comer.

Que Gaspar le hablase de «mamá» le pareció encantador. No había dicho «mi madre» o «mis padres»; había dicho «mamá», con el mismo tono extensivo que había utilizado la noche anterior al introducir el nombre de Montse. Mamá. Montse: a partir de ahora también para mí personas queridas.

Apenas pudo arreglarse y hacer una pequeña maleta. Gaspar la esperaba con el coche en marcha, en la acera. Estaba también en la acera el hijo de Gaspar, con un pijama de rayas y un café en la mano. A Julia le pareció que la que estaba desnuda era ella.

—Hola —sonrió—. ¿Vivís aquí?

¿Qué pregunta era aquélla? Frederic no contestó. Siguió hablando con su padre. Luego se metió en la puerta de al lado y cerró.

—¿Viven aquí? —preguntó Julia.

—Sí, aquí al lado. Me ha llamado también Montse para pedirme si no nos importa llevarla a Port Nou. Pasaremos un momento por su casa, si te parece.

—Pues claro.

Julia se alegró de poder demostrarle a Gaspar lo mucho que se había reformado desde la noche anterior. Pero es que era verdad. Tras las prolongadas horas de sufrimiento nocturno el amor había hecho maravillas en ella. Algo se había transformado por completo en su interior. La casa, que el día antes le había parecido un garaje viejo y descuidado, hoy le pareció un hermoso palacio decadente iluminado por el amor. Aquellos cristales rotos de la galería había que arreglarlos. Y al coche no le vendría mal limpiarlo un poco. Ahora que iban a recoger a Montse pensó que no era muy digno llevarla entre papelotes y colillas. Por lo que respecta a Frederic, qué tontería sentirse dolida por su reacción. Circulaban por el paseo de la Bonanova, por calles tranquilas.

—Siento mucho lo que pasó ayer. ¿Me has perdonado?

—Nos esperan tantos malentendidos, Julia —Gas-

par le cogió la mano—, pero si nos queremos nada podrá con nosotros. Ya lo verás. Confía en mí.

Atravesaron unas cuantas calles y llegaron ante una
finca de tres pisos, con el revestimiento exterior de piedra vista. Era una calle elegante, con árboles y poco
transitada. Gaspar bajó del coche y llamó al portero
automático. Montse no tardó en salir. Era una mujer
morena, de unos cuarenta y cinco años, más arreglada
de lo normal para un día de playa. Besó a Gaspar en los
labios. Julia, desde el coche, trató de no mirar. «Son
amigos, se saludan así.» Sintió que él se había visto cogido en falso. Cuando Montse se acercó para saludarla,
le pareció que dentro de ella iba un hombre. Llevaba
consigo a una niña de cinco años.

—Hola, querida —Montse se asomó por la ventanilla. Mascaba chicle a toda mandíbula. Julia salió para saludarla.

—Ya paso yo atrás, guapa.

Le apestó su perfume, muy fuerte para aquellas horas de la mañana. Se sentó atrás con su hija y no paró
de hablar, retomando con Gaspar una conversación que
Julia no podía seguir. Se dedicó a escuchar. «Hasta hace
muy poco ella ocupaba este lugar», pensó, sentada en el
asiento del copiloto. El coche arrancó. Aquella inconti-
nencia verbal de Montse parecía el producto de una tremenda ansiedad. «Está nerviosa porque la han relegado.
Es una buena mujer», pensó Julia. Le dio pena verla allí,
con su hija al lado, en el asiento de atrás. Cómo no iba
a ser un caballero Gaspar con ella. Aquella mujer había
hecho su inversión, y ahora Julia ocupaba su lugar: era
quince años más joven. No tenía hijos. Aquella mocosa
tenía un nombre y se estaba labrando una profesión.
¿Cómo no iba a enamorarse Gaspar de ella? Hasta

Montse lo podía entender; Julia se veía a sí misma como a un ser despreciable, capaz de ocupar sin ningún escrúpulo el lugar de otra mujer. Pero así era el amor: una cosa inmoral, un monstruo alado, desfachatado, que se saltaba todas las reglas, todas las barreras. Eso lo había dicho Gaspar.

Para Julia el amor era otra cosa. Lo veía más como un cazador. Un tío de fino olfato. Gaspar la había elegido a ella lo mismo que ella le había elegido a él. Los dos tenían otras alternativas, pero se habían decidido por aquélla. Ni él se había enamorado de Montse ni Julia de Ismael. Gaspar le ponía la mano en la rodilla mientras hablaba con su amiga en el asiento de atrás, y Julia se preguntaba si aquélla era su mejor apuesta. Pero este pensamiento la hacía sentirse odiosa, invadida por sentimientos que Gaspar repudiaría, y todo su cuerpo volvía a inundarse de culpa y de gratitud. ¿Es que no podía dejar de pensar en cosas estúpidas?

Fueron dos horas de viaje, con una niña que habría visto mil veces a Gaspar en la cama de su madre. Le pareció que la niña la miraba con odio, con razón. El coche llegó a un cruce y Gaspar torció a la izquierda. La carretera llevaba al pueblo del veraneo familiar; era una senda estrecha y estaba flanqueada a ambos lados por altos cipreses. Parecían soldados con sus lanzas en pie.

—Qué bonitos son —comentó Julia.

—Los hizo plantar papá.

Otra vez aquella palabra: «papá».

—¿Cuántos años tiene tu padre? —preguntó Julia.

Gaspar se quedó pensando. Montse le contestó:

—Unos ochenta y cinco, ¿no, Gaspar?

—Sí... ochenta y cinco, creo.

—Se conservan muy bien —Montse siguió dándole

el parte de la familia—; éstos son duros de pelar. Fíjate, guapa, todo lo que ves a derecha y a izquierda es de ellos. Gaspar se reía con los comentarios de Montse. Julia los encontró de una grosería espeluznante. Guapa. ¿Por qué la llamaba también ella así? «Mejor que me calme», se dijo de nuevo. «Mejor que no empiece.» Pero no le hizo ni la menor gracia que aquella mujer le fuera relatando lo que ella no había ni siquiera preguntado. No tenía el menor deseo de saber a quién correspondían aquellos cipreses, ni de quién eran propiedad. Prefirió abstraerse con la belleza del paisaje, muy diferente a la de su tierra. El verde era más matizado y las líneas más suaves. Había campos de girasoles en primer término; en una segunda fila verdeaba el trigo, y más allá se erguían los abedules, lo que hacía suponer que no muy lejos pasaba un río. Ninguna edificación estropeaba la vista, que era pura de líneas y de una suavidad asombrosa de colores. Mientras cruzaban la carretera que llevaba al pueblo, Julia recordó los campos de Italia, aquellos campos que rodeaban la ciudad de Pésaro donde había estudiado el verano anterior. Este recuerdo de algo propio la tranquilizó.

—Se parece todo a Italia, ¿no?

—Sí. Se parece un poco —dijo Gaspar.

Según avanzaban, miró a su derecha y lo primero que vio fue un cementerio. Un pequeño cementerio blanco. Luego, por ese lado empezaba el monte. El pueblo se fue aproximando y enseguida destacó al fondo el campanario medieval de una iglesia, en torno al cual se arremolinaban los techos de teja y los muros de piedra de un puñado de casas pegadas unas a otras.

Después de dejar a Montse con su hija a la entrada

de una de aquellas casas, Gaspar y Julia siguieron por un camino de tierra fuera del núcleo medieval.

—Ésa es la iglesia —le dijo Gaspar, mientras subían el pequeño promontorio—, el sitio donde me gustaría casarme contigo, mi amor.

¿Por qué le decía aquello, si nunca podrían casarse en un lugar así? «Se acuerda de su primera boda», pensó Julia.

El coche abandonó el camino de tierra y empezó a rodar sobre el cuidado césped de un jardín de pinos y cipreses. Al fondo apareció una casa. Era una casa grande de dos pisos, de planta cuadrada y con un gran porche que daba al jardín. Todo el exterior estaba cubierto por una hermosa hiedra que la envolvía, de tal forma que la casa quedaba perfectamente integrada en el medio natural.

Se bajaron del coche y avanzaron por la hierba. Había gente allí, al menos un grupo de seis o siete personas sentadas en torno a una mesa. Algunos se volvieron a mirarlos. Otros no. Enseguida fue a su encuentro una viejecita que Julia identificó inmediatamente como la madre de Gaspar. Su misma silueta. Su mismo caminar. Pero cuando la tuvo cerca se dio cuenta de que aquella mujer no pertenecía al género de las viejecitas. Le pareció un ser adorable. Un duplicado de Gaspar. Podía tener ochenta y tantos, y la piel de la cara, del cuello y los brazos era casi de pergamino, pero en su expresión había toda la luminosidad y la energía de la juventud. Julia correspondió enseguida con una sonrisa. Pero en un segundo, aquella amabilidad de la anciana se retrajo en un rictus fugaz, fugacísimo, como si le molestara tanta proximidad. Julia se preguntaba qué habría podido desencadenar esta segunda reacción. La anciana se controló rápidamente. «¿Qué habrá visto en mí?», pensó Julia, y se esforzó en demostrarle que no tenía nada que temer, situándose a su lado y dejándose conducir por aquella graciosa señora que en un primer arranque se había mostrado tan moderna y desinhibida y que ahora se refugiaba en una embarazosa timidez. «¿La habré saludado con demasiado descaro? Quizás no tendría que haberla besado.» Esperó a que ella dijera algo.

—Qué alegría conocerte, Julia. Gaspar nos ha hablado mucho de ti. ¿Y qué tal? ¿Te prueba Barcelona?

—Es todo muy bonito... señora...

—Lali —la señora Ferré se sintió conmovida por el respeto de la chica—. Me llamo Lali. Tutéame, por favor.

—... Es precioso el jardín.

—Han cortado muchos árboles... —la señora Ferré iba a emboscarse en alguna melancolía, pero se frenó—. ¿Y no habéis comido, hijo? Os esperábamos para comer.

—Ahora comemos, no te preocupes, mamá. Se nos ha hecho tarde en el camino.

Eran las tres y media. Julia lanzó una mirada a Gaspar.

—Yo no tengo hambre, la verdad.

—Pero algo tendréis que comer —dijo la señora Ferré.

En el porche, sentados a una larga mesa de madera con bancos corridos alrededor, había varios comensales. Algunos les saludaron y se retiraron. A Julia no le dio tiempo a retener sus caras ni sus nombres. Entendió que eran sobrinos, hermanos. Quedó a la mesa el padre de Gaspar. Miró con sus ojos pequeños a Julia, sin pestañear. Una mirada de asombro, estupefacta. La saludó de mala gana. Aquel anciano tenía un cabreo descomunal.

—¿Habéis comido? —gruñó—. Pues no son horas, así que iros.

Julia no pudo aguantar la risa. Le agradeció muchísimo aquella salida.

—Y tú, ¿de qué te ríes? —preguntó el ogro.

—De nada, señor. Es que me ha hecho gracia... —Julia se sintió totalmente aliviada. Era la primera vez que se reía desde que estaba allí.

—Señor, señor..., déjate de bobadas y llámame Blai, como todo el mundo. La culpa no es tuya sino del caradura de mi hijo.

Gaspar se violentó. A Julia todavía la hizo reír más. La señora Ferré disimulaba.

—Ven, ven que te enseño la casa.

Lo cierto es que Julia nunca había visto nada tan gracioso: un padre de ochenta y cinco años riñéndole a un hijo de cincuenta y siete que aparece a las mil y pico para comer. Luego siguió a la señora Ferré y decidió que no iba a separarse de ella mientras durase aquel trance, que no se movería ni dos milímetros de aquel vestido amarillo que llevaba tan graciosamente la anciana, un vestido de tela de toalla muy juvenil, con los brazos, las piernas, la cara y el escote dorados por el sol.

En la cocina, una chica magrebí se afanaba con la loza. Había montones de platos que esperaban para ser lavados. La señora Ferré abrió la nevera y cogió una lechuga del verdulero.

—Podemos hacer una ensalada —dijo, entregándole la lechuga a Julia.

Julia cogió la lechuga y se fue directa al lavadero. Mientras el chorro del agua fría mojaba sus manos, tomó una ensaladera que Fátima acababa de lavar. Sentía los ojos de la señora Ferré observándola. ¿Fue eso lo que vio la señora Ferré en el jardín? ¿Una criada nueva, que empieza?

—¿Así limpias tú las lechugas? —La madre de Gaspar preguntó con curiosidad.

—Si hay un limón la sumerjo un poco en limón.

Julia se preguntaba por qué se había metido de cabeza a hacer la ensalada. Pero no podía dejar de hacerlo, troceando la lechuga con sus propios dedos, desechando las zonas duras de los nervios. La señora Ferré la miró con admiración.

—¿Y no necesitarás un cuchillo?

—No sé qué me da comerme una lechuga cortada con cuchillo.

La señora Eulàlia se echó a reír.

—Nunca lo había pensado. Tienes toda la razón.

Fátima, que ya se iba, tuvo que hacer un par de filetes a la plancha.

En la mesa, bajo el porche, Gaspar leía el periódico. Después del altercado con su padre, parecía que le hubieran puesto una inyección para relajarle. El ogro se había ido a dormir. Comieron en compañía de la señora Ferré, y Julia se encargó de recoger la mesa. La señora Ferré, renqueante, le ayudó. Gaspar entró en la casa y salió con una llave. Se despidieron en el porche.

—¿Venís a cenar?

—No, mamá, gracias. Hemos quedado con gente. Si estás despierta luego pasamos a verte.

¿Con quién habían quedado? Gaspar no le había anunciado nada, o Julia al menos no lo recordaba. Todo sucedía sobre la marcha.

—No hace falta, hijo, mañana os espero a comer, que lo paséis bien.

La señora Ferré se quedó mirándolos. Era una joven

espontánea, desde luego, con alguna clase de virtud especial, pero había algo en ella que la desagradaba profundamente. Una fuerte conciencia de su propio valor, pensó. Se quedó con su bata amarilla en medio del jardín, diciendo adiós.

—¿Hemos quedado a cenar? ¿Con quién? —preguntó Julia.

—Con los amigos de que te hablé. ¿No te acuerdas? Eladi, Ricard...

Julia no recordaba en absoluto que Gaspar le hubiera anunciado ninguna cena. Habían comido con el hijo, habían desayunado en la gasolinera del camino con Montse y su niña, acababan de comer con su madre y en pocas horas estarían cenando en un restaurante con unos amigos. No se atrevió a decirlo, pero le pareció un programa de lo más estresante.

13

Se alojaron en un antiguo caserón de piedra, que lindaba por la derecha, pared con pared, con la casa de Montse. Eran gruesas aquellas paredes, de un metro de anchura, pero a Julia le parecieron de papel. Por la izquierda se apoyaba en la iglesia. La fachada trasera daba a un jardín de pinos que acababa en el mar. La parte delantera se abría a la plaza. Gaspar llevaba a Julia de la mano. En la que le quedaba libre llevaba una llave de hierro. Entraron. Julia iba encantada de la mano de un hombre con tantas llaves a su disposición. El modo de abrir la puerta de Gaspar le pareció gracioso, liviano. Su modo de vestirse, elegante y descuidado, su modo de quererla: no la había soltado de la mano delante de sus padres. Le encantó entrar de su mano en aquella casa antigua que había sido propiedad de los Ferré. Acababan de vendérsela a un matrimonio de amigos de París.

—En realidad eran amigos de mi mujer —le dijo Gaspar—; los conocí con ella. Cuando nos separamos dejó de verlos, como a todos los amigos comunes. Pero ellos han seguido viniendo y ahora le han comprado esta casa a papá.

De su ex mujer, lo que Gaspar le había contado hasta entonces se resumía en:

1. Era una joven francesa de buena familia. Eran los años del feminismo y la revolución. En dos días nos casamos.
2. Al poco de casarnos, el franquismo me expedientó. Huimos a la casa de sus padres en París. Me enamoré de su mejor amiga y me acosté con ella.
3. Cuando volvimos a Barcelona mi mujer se enteró. Se volvió loca. Le pagué una terapia, pero no se rehabilitó. Tuvimos a Frederic. Ella nos abandonó.
4. Fue imposible salvar nuestro matrimonio. Frederic se quedó conmigo siendo muy niño. Durante un año ni siquiera lo visitó.
5. Su familia se arruinó. Yo le regalé una casa para que tuviera donde vivir. Le ayudé a escribir su tesis y la metí de profesora en la universidad.
6. No ve a nadie. No tiene amigos. Se ha recluido en un mundo de mujeres que la escuchan y le hacen caso. Es una especie de monja seglar.

Le pagué, le di, la metí, le ayudé... demasiadas dádivas, pensaba Julia, que no acababa de entender cómo una persona tan buena como Gaspar podía haberse enamorado de una persona tan... ¿cómo describiría Julia a su predecesora en el cargo? ¿Tan retrasada mental?

Pero es que Gaspar era así: se entregaba a la gente por completo, sin precauciones. ¿Es que no había hecho lo mismo con ella? ¿No podía acaso ser Julia una aspirante a mantenida como su ex? El milagro del amor era ése, la confianza total entre dos desconocidos. «Deshazte de tus prejuicios, Julia, sólo es un buen hombre y a pesar de todas sus desgracias aún se atreve a querer.» Algo que ella nunca había hecho con nadie, abrirse de aquella manera, él, un hombre castigado por la vida, sí lo hacía. Allí estaba, sin miedos, abriéndole sus puertas familiares y milenarias con inmensas llaves de hierro. Abriéndole su corazón desde el primer día. ¿No se había enamorado por eso de él? Con toda seguridad Gaspar había tenido mala suerte en su primer matrimonio, aquella mujer lo había defraudado y él se había refugiado en su amiga, en lo que tenía a mano. ¿Qué es la infidelidad, si no? Julia nunca le dio más importancia al *affaire* de Gaspar. Se lo contó en Nápoles nada más conocerse. Era el pecado con el que Gaspar cargaba, y Julia no había dudado en perdonárselo. «Yo te absuelvo», se había dicho. Le pareció un hombre torturado por un solo pecado: el amor. Por el interior de la joven se abría paso el orgullo de la heroína que se repetía a sí misma: «Conmigo has tenido suerte, yo soy más buena e inteligente que mi predecesora en el cargo, sabré cuidarte, sabré quererte. Conmigo no te has equivocado.»

Estaban en la cama. Un mobiliario de lujo, y las paredes antiguas pintadas con bonitos colores azules. Una alta cómoda de castaño. Una alta cama de barco. Y aquella fiebre que los obligaba a desnudarse en cuanto se quedaban solos y la puerta se cerraba a sus espaldas. Hicieron el amor. Julia se imaginaba a Montse en aquella cama otros veranos. Eran pensamientos que no podía evitar. «Ahora él, estos besos y estas caricias me los está dando a mí, pero antes, hace sólo un mes, las piernas de Montse estaban aquí.» ¿Por qué tenía que saber tanto de su vida? ¿Por qué le había tenido que contar nada en Nápoles, y en La Coruña, y en Madrid? Pero ella preguntaba y Gaspar respondía. Y a veces, sin que ella preguntara, Gaspar se confesaba. Había sido así desde el principio, cuando sólo eran dos paseantes en una ciudad perdida, dos enemigos midiéndose la talla, un buen hombre cargado de culpas y una joven arrogante dispuesta a entender. Intimidades que se cuentan lejos de casa, a alguien que quizás no volverás a ver. Perdones que se dispensan sin que nos cuesten nada. «¿Por qué te acostaste con otra?», le había preguntado Julia. «Porque yo quería demasiado a mi mujer», le había contestado él. «Suena a venganza», le había dicho ella. Y sólo veía en Gaspar a un hombre inocente, apesarado, un alma noble que carga con un pecado. Por la noche, antes de despedirse, delante de la puerta de su habitación, Gaspar le había preguntado: «¿Puedo quedarme contigo?» Julia no le dijo que no.

Ahora que estaba a su lado, el fantasma de su mujer se había quedado lejos, pero Montse, la consoladora de su divorcio, estaba al otro lado de la pared. Y a la pobre Julia la cabeza se le llenaba de sexos de otras mujeres, de pelos de otras mujeres, de intimidades ajenas con las que hubiera preferido no tener que tratar. «Lo tienes merecido», se decía, «por escoger bien». Y lo que le apetecía, ahora que acababan de hacer el amor, era sincerarse con él. Encender un pitillo y contarle, ahora que estaban juntos en la cama, «yo no he querido a nadie en mi vida, yo sólo te quiero a ti. No me acuerdo de nadie, no he traicionado a nadie, nadie me ha traicionado. No tengo ninguna deuda, no he cometido ninguna infracción. ¿Por qué me siento tan culpable?».

Pero ni en broma le dijo aquello. ¿Qué quería? ¿Que volviera a pasar lo de la noche anterior? Si ella se sinceraba Gaspar la rechazaría. Confiaba en ella desde el primer día, depositaba en ella su ser. Como quien por fin encuentra alguien en quien descargarse. También Julia necesitaba descargarse de todo aquello, de él. Lo había intentado el día anterior, había intentado decírselo. «Estoy celosa, mi amor, estoy celosa de todo lo que eres tú. Todo lo que eres tú.» Pero Gaspar la había rechazado: «Tú no me quieres», le había dicho, y Julia se había jurado no volverle a herir. «Sus sentimientos son nobles», se repetía. «Soy yo la que no está limpia. Soy yo la que tengo que aprender.»

Gaspar se vestía en el baño. Sonó el teléfono a su derecha. Era un teléfono con todas las de la ley, negro y antiguo, sobre la mesilla de caoba.

—¿Puedes cogerlo? —habló Gaspar desde el baño.

Julia descolgó. Oyó un sonido extraño al otro lado, una especie de farfullo, como el zumbar de una abeja pero en humano.

—¿Sí? ¿Quién es?

—¿Quién va a ser? ¡Soy yo!

Julia no podía identificar la voz.

—Ahora se pone Gaspar.

—¡Quiero hablar contigo, mona! ¡No quiero saber nada de mi hijo! ¡Llamo para saber cómo estás tú, mona!

—Ah, señor Ferré, estoy bien, gracias.

—¿Y qué tal la casa? ¿Todo está bien? ¿No necesitas nada?

Entre aquellas preguntas que se suponían amables y el tono de voz cabreado no había relación alguna. Julia se imaginó a la señora Ferré con su vestidito amarillo apuntándole con una escopeta en la sien a su marido para que hiciera aquella llamada de cortesía.

—Muchas gracias por llamar... Blai, estamos bien...

—¡No te pregunto si estáis bien! ¡Ya me imagino

que estáis bien! ¡Te pregunto si necesitas algo! Sábanas... mantas... algo. ¿La casa está bien? Y deja de llamarme señor Ferré, mona. ¡Bienvenida, mona!

—Gracias, señor Ferré...

Al otro lado la comunicación se cortó. Que aquel anciano se ocupara de recibirla, aunque fuera con efecto retardado y a punta de pistola, la emocionó.

—Era tu padre, me pregunta si necesitamos algo.

—¿Y le has dicho que estoy alojado contigo? —Gaspar se llevó la mano a la boca, escandalizado.

—Pues claro. ¿Dónde vas a estar, si no?

Gaspar la miró con infinita ternura.

—Seguro que ellos prefieren pensar que estás alojada tú sola. Les he dicho que yo me quedaba en casa de Frederic.

—Ah, vaya, he metido la pata.

—No, mi vida, ya te lo aprenderás. Qué bien que todavía tenga esa energía mi padre. Me alegro tanto de que sea educado.

Guardar las formas. Cuánto tenía Julia que aprender. Ella preocupada con las cuestiones de fondo, y Gaspar enseñándole lo que era mantener las formas.

—Entonces, ¿te animas para lo de esta noche? Anímate, mi amor.

Cena con Miquel Salabert, Isabel Blanco, Santi Ricard y Vicent Tusell con esposas respectivas. Pero Julia ya había tenido su ración.

—Me quedaré a trabajar, Gaspar, si no te importa. Me siento un poco cansada. ¿No te molestará?

—¿Pero por qué, mi vida? Son mis amigos, y están deseando conocerte.

Gaspar hizo un mohín. «¿Estaré siendo huraña? ¿Me pareceré a su ex?» Se levantó de la cama y se puso a teclear un artículo para el periódico. Gaspar se sirvió una copa y se vistió para la cena:

—Te van a echar de menos. Les diré que te has sentido mal. Eso les diré, que te dolía el estómago.

Julia no sabía quién podía echarla de menos en aquella cena, ni la necesidad que había de mentir. No podía pedirle que se quedara con ella.

—De momento eres un tío soltero —bromeó desde la silla—. ¿Quién va a echarme de menos?

—No lo soy —Gaspar la abrazó desde atrás. Julia se estremeció—, y tú eres mi mujer.

—No lo soy —se zafó Julia—. Soy tu amiga, tu invitada, honesta. Y hoy duermo sola aquí.

—Sí lo eres, y me dejas ir solo, está bien. Me sentaré al lado de Isabel Blanco.

De eso no le cabía a Julia ninguna duda, que se sentaría bien cerca de aquella mujer que salía en las portadas de las revistas del corazón. Se despidieron a carcajada limpia. Julia se quedó trabajando con un ordenador como el suyo que no era suyo. El desánimo la inundó cuando terminó el artículo que estaba escribiendo. Era un artículo sobre hoteles literarios, la vida de cuatro escritores viviendo en lugares de paso. Llevaba cuatro horas sola cuando empezó a arrepentirse de lo que acababa de hacer. «Es mi primer día aquí. Gaspar tenía que haberse disculpado y no ir a esa cena»; «¿Pero seré maldita? Él tiene sus compromisos, y yo tenía que ser humilde y haberle acompañado; no tenía que haberle abandonado. Ahora estará seduciendo a diestro y siniestro en aquella mesa». Luego se interrogó: «¿Por qué no has ido, tonta? ¿Te intimida la presencia de otras mujeres más importantes que tú?» «Sí», se contestó, «pues ahora te aguantas, y hasta es posible que lo cace Isabel».

«¿Y a mí qué me importa?», se dijo a continuación. «Yo no soy ni la mujer, ni la amiga, ni la novia de nadie. A ver si te enteras, Isabel Blanco, yo soy una escritora, la escritora más importante de...»

A continuación cerró los ojos, trató de dormirse en aquella cama de barco, en aquellas sábanas de piel de ángel, entre visillos de algodón. «Al menos no saldré en las revistas del corazón haciéndole de comparsa a la Blanco. De eso sí que me libro.» «Pero si ahora viene alguien con una cámara de fotos y me dispara para salir en una revista de decoración, creo que no podré protestar.» Se escondió bajo la almohada. ¿Quién le había mandado meterse en aquella casa?

A las tantas de la mañana Gaspar se infiltró entre las sábanas. Se abrazó a él como si viniera de la guerra. No fue en ese momento, sino por la mañana, cuando hicieron el amor. Como en La Coruña, como en La Toja, como en el Palace de Madrid, Gaspar volvió a pedirle que dejara los anticonceptivos. ¿Cuándo había tenido la regla? No le decía te quiero. No le decía amor mío. Le decía algo más gordo: «Tengamos un hijo.»

14

Mientras Gaspar se duchaba, Julia se vistió para bajar a comprar algo. Quería sorprenderlo con un desayuno en la terraza. Oyó que abrían la puerta de la entrada. Era la marroquí que les había hecho el día anterior el filete a la plancha. Traía una bolsa de cruasanes calientes y un cartón de leche.

—Buenos días, señora Julia. Se lo envía la señora Ferré. Subo. Hago su cuarto.

—El señor todavía se está duchando —Julia dijo aquello y no le costó aceptarlo.

—No importa. Hago el baño. ¿Le preparo el café, señora Julia?

Desayunaron con la chica sirviéndoles, mientras recogía el baño. Desde aquella terraza bajaba una escalinata directamente a la playa, pero cuando se preparaban para salir, Gaspar tomó la dirección contraria, hacia la plaza.

Era uno de los rincones más bonitos que Julia había visto jamás. Alrededor se levantaban otras casas de belleza similar a la que ellos ocupaban. Una de aquellas casas era del hijo de Gaspar. Tenían el coche delante de la puerta. Gaspar subió a saludar a su hijo y a su reciente nuera, mientras, Julia esperó. Notó que otra vez le temblaban las piernas. ¿Pero por qué le tenía ese miedo al hijo de Gaspar? Sólo se habían visto una vez. Se preparó para verle de nuevo. Mientras esperaba en la plaza, con los pies clavados en la tierra, Julia se preparaba para gustarle esta vez. En la casa no había nadie. Menos mal.

Siguieron de la mano hacia la playa. Gaspar caminaba dos pasos por delante de ella, como si el mar se fuera a ir. Le gustaba que la llevaran de aquella forma, tirando de su brazo. Las terrazas de los tres restaurantes que ocupaban la plaza estaban llenas a rebosar. Alemanes, franceses, catalanes en bermudas desayunando, sentados en sillas de bambú bajo sombrillas de lona blanca. Sombras caras. Te sentías segura yendo de su mano, atravesando la plaza pública, pisando la pasarela de grava y dejándote observar por los catalanes de clase alta, los franceses de clase media, y los campistas alemanes empapados en sudor. Y tú con tu amor, orgullosa de él, el hijo del dueño de todo aquello, el que venía de cenar con Isabel Blanco y Miquel Salabert pero que había dormido contigo en la misma cama y ahora te llevaba de la mano a la playa. Aquella gente os miraba pasar. Simples mortales estupefactos ante el espectáculo del amor. ¿Un hombre mayor y una chica joven? No. Un hombre y una mujer. Ojos agradecidos, aprobadores, nadie os tira piedras, ojos que miran a los que se quieren, a los que van de la mano hacia el mismo lugar. ¿Quién puede desearos mal? Nadie se atreve a hundir su lanza en el pecho de los que se aman, dos amantes indestructibles que vienen de la misma cama y van al mismo lugar. ¿Quién se atreve en el camino a interceptarlos y lanzarles un mensaje de discordia? ¿Alguien puede hacerlo sin despertar la ira de Dios? Julia no se lo imaginaba, nadie le había advertido que en aquella multitud bronceada y ociosa, en medio de aquellos guerreros sin armas que bebían cerveza a las doce de la mañana, se agazapaban los ojos del enemigo. Allí estaba. Sentado en medio de un grupo de amigos: serio, transfigurado, ocultándose detrás de las gafas para no ser visto. El único que no sonreía en toda la plaza. El único que no era feliz. Ojos rígidos y congelados. Atravesaron la figura de Julia como si fuera invisible. Dejaron pasar a su padre sin levantarse a saludarlo. Pero Julia lo vio. ¿Gaspar no lo vio? Ella se detuvo. Aquellos dos ojos no la miraron, como si fuera un fantasma lo que Gaspar llevaba de la mano. Padre e hijo apenas se hablaron. Julia se dio cuenta de que no tenía que haberse parado a saludar. Aquellos ojos hostiles no eran de un enemigo; eran de un animal amenazado. Había cometido otro error: le había señalado, y se había atrevido a acercarse a él. Y aún había incurrido en un delito peor: se había atrevido a ser una intermediaria entre el padre y el hijo:

—Mira, Gaspar, tu hijo Frederic.

—¿Dónde? Ah, sí.

Aquel encuentro en medio de la gente duró sólo un segundo, pero Julia se dio cuenta de que aquello le estaba costando a Frederic muy caro. ¿Tenía ella derecho a enturbiarle el horizonte a aquel chico en medio de sus amigos, en su plaza de siempre, en su verano natal? Sin duda no tenía el menor derecho a variar de forma tan drástica aquel paisaje de la plaza, y se sintió culpable de existir, y de que su felicidad fuera la desgracia de otro, de que su amor fuera el odio de otro. Dentro de ella sintió muy hondo que estaba conculcando alguna clase de ley. Pero notó en su mano la mano de Gaspar. La apretaba fuerte. Casi le dolió. No comentaron aquel encuentro. «Ánimo», sintió Julia que le transmitía la mano de Gaspar. «Yo aguanto», eso fue lo que le contestó Julia con su mano. Y sintió que su amor era sagrado, que en su interior pedía nacer un niño, y que había que salvarlo. Una razón poderosa la había llevado hasta allí. No estaban jugando. Se lo imaginó: un niño pequeño, corriendo por aquella plaza en bañador.

Como si nada importante hubiera sucedido, siguieron adelante. Cuando pasaron la iglesia los ojos de Julia se inundaron de mar. Un mar en calma y azul, el mar de mercurio o de aceite que Dalí pinta en sus cuadros. Calma chicha. Total. Como si su costado no hubiera sido atravesado por una lanza y un niño muy pequeño no estuviera naciendo. Como si el mundo no se acabara de crear.

La arena de la playa quemaba como si fueran las mismísimas llamas del infierno.

A la hora de comer, toda la familia estaba sentada a la mesa bajo el porche. Julia ya se sentía embarazada. Unos veinte comensales de diversas edades, abuelos, hijos, primos, tíos. También estaban Montse y su niña, y la mujer de Frederic. Le agradó comprobar que el hijo de Gaspar tenía una mujer presentable, que la miraba a la cara, sin resquemor. Estaba embarazada de su sexto mes. Vida. Espontaneidad. «Vaya», pensó, «una persona normal». No buscó su complicidad por respeto a Frederic pero se intercambiaron miradas. Gaspar iba de Julia a su nuera como si tuviera dos novias a las que atender. También alternaba con Montse y con la señora Ferré. A Julia le pareció que ésta miraba a Gaspar orgullosa, como al preferido de sus hijos. El señor Ferré, haciendo gala de un malhumor de clown, se metía con éste y aquél, y con la manera de servir la mesa de Fátima, y con lo que comía su mujer. Se oían risas. Una familia feliz en el paraíso: el porche, los pinos, el mar, el jardín. Julia imaginó un hijo de los dos corriendo por allí. Ahora veía a Montse de otra manera. Todos la festejaban con cada comentario. Parecía que su papel era el de amenizar la tranquilidad con un poco de escándalo. Vida en la muerte. Todos usaban mucho la sal. El padre de Gaspar comía y se abstraía. Parecía incómodo en medio de tanta gente. Julia se encontró con sus ojos un par de veces: la miraba como si la compadeciera por haber caído allí. Otro par de veces le pareció que la censuraba por haber caído allí. Ese día Julia vio claramente que el señor Ferré tenía algo en contra de Gaspar. Había algo de su hijo que le disgustaba por completo. Había algo en la familia del señor Ferré que incomodaba profundamente al señor Ferré. A sus ochenta y cinco años algo no le había salido bien. En un arranque de comedia de Sordi le metió el tenedor en el plato a su mujer y le arrebató el filete que estaba comiendo. A Julia le pareció que aquél era un espectáculo que el señor Ferré daba para ella. Se rió como el día anterior. Pero la madre de Gaspar no se rió. Le lanzó a su marido una mirada de censura, fría. El señor Ferré lanzó un cuchillo. Aquel cuchillo voló por encima de los vasos y los platos, y fue a depositarse encima del regazo blando y cedido de la señora Ferré.

Siguieron comiendo con impecable apacibilidad, en un tono más bajo, hasta que se hizo el silencio. El hermano mayor rompió el hielo. Se interesó por los pormenores de la cena con Isabel Blanco, que era ese día el gran tema. La presencia de aquella mujer en el Ampurdà. Gaspar estaba allí como el único ungido, el testigo directo, y se prodigó en detalles. La señora Ferré volvió a sonreír:

—Una mujer muy normal, elegante y atenta. Aunque no te imaginas qué hace Salabert con una señora así.

—Claro que me lo imagino —gruñó el viejo, y de pronto puso una cara de completa ensoñación—: Ella es una flor. Tú y tus amigos intelectuales no sabéis lo que es eso. Una mujer.

De repente el señor Ferré miró a su joven invitada:

—A Gaspar le pasa lo mismo que a sus amigos, mona. Están todos estropeados por su gran formación intelectual, pero no saben tratar a una mujer.

Gaspar se enfurruñó. Un comentario que cubría con un halago a un hijo que no le acababa de gustar. El señor Ferré añadió:

—Tú no te ofendes, ¿verdad? —le preguntó a su invitada.

—¿Yo? ¿Por qué? —Julia se sentía la mar de bien.

—La verdad nunca ofende —al viejo le agradó la chica—, así me gusta, guapa. Que no te coman el coco éstos, que son más viejos que yo.

Frederic no la miraba. Hablaba con una alegría desmesurada, alto y fuerte, colaborando con Montse en sus escándalos. Exhibición y vergüenza; miedo y agresión. En medio de la manada de primos y congéneres, Frederic charlaba con todos menos con la novia de su padre. ¿Pero era aquello una novia? No podía pulsar un botón y hacerla desaparecer. Por mucho que intentara olvidarse de su presencia, cada dos por tres se tropezaba con aquella chica de la mano de su padre. ¿Se habría quedado embarazada ya? Menuda tipa, con una minifalda y una camiseta sin mangas, a quién se le ocurre sentarse a comer así. Lo que no sabía Frederic, aunque lo intuía, era que aquel modelito se lo había comprado papá, ¿cuántas cosas no le estaría comprando? Lo estaría desvalijando. Frederic había ojeado su novela a escondidas. La tenía su padre en el cajón de su cuarto. No le había gustado nada. Todo era demasiado real.

Llegaron los postres y el café, y de pronto Julia se sintió relajada. Miró a su alrededor: no estaban Frederic ni Gaspar. Les vio caminando a lo lejos, por el jardín. Gaspar le echaba la mano a Frederic por el hombro. Frederic iba debajo de aquella mano como disminuido, miniaturizado.

Cuando volvieron, Gaspar traía un gesto de satisfacción. «¿Le habrá dicho que me quiere?» Julia no estaba segura de que Gaspar supiera transmitirle a su hijo lo que pasaba entre ellos. Pero la charla entre el padre y el hijo fue por otros derroteros:

—Después de las vacaciones te encierras y te pones a estudiar. En septiembre son las oposiciones. (El brazo por encima del hombro, un paseo tranquilo por la hacienda familiar.)

Dinero. Se habló de dinero; cuando estuvieron lo bastante lejos, Gaspar le entregó a Frederic la mitad de lo que costaba el crucero en el Club Mediterranée. El joven metió los billetes en el bolsillo de sus bermudas, lo cerró con botón. La otra mitad la pondrían los padres de Espe. Al final de este rato de charla, padre e hijo volvieron por el caminito. Sólo cuando llegaron al porche, Gaspar le preguntó:

—¿Qué te parece Julia?

—Tiene el labio de arriba un poco raro —Frederic se rió. Se sintió un poco bien.

—¿Y qué dice la abuela, has hablado con ella?

—La abuela no lo ve. Piensa lo mismo que yo.

—Bueno, bueno. Sé un poco amable con ella, ¿vale, rey?

Frederic miró a su padre. Un pacto entre caballeros. Favor por favor.

—¿De qué habéis hablado? —Ahora eran Julia y Gaspar los que caminaban de la mano.

—Está un poco nervioso. No acaba de ponerse a estudiar.

—Creo que no le gusto mucho.

—Me parece que es al revés. Me parece que el problema es que le gustas demasiado. Y justo ahora, en el momento en que se espera de mí que sea un buen abuelo, vas y apareces tú.

Julia le retiró la mano. Gaspar se la volvió a coger.

—Es él, que está acostumbrado a tenerme las veinticuatro horas del día pendiente de sus cosas. ¿Sabes qué ha dicho mamá?

—¿Qué?

—Que ojalá tuvieras treinta —se rió Gaspar—, y que no lo ve. Eso me ha dicho Frederic. Pero es que es normal, es una señora burguesa.

A Julia le pareció que aquello escondía alguna clase de crítica.

—A mí me ha parecido amable todo el tiempo. ¿Qué quieres decir con que sea una señora burguesa?

—Si no es una crítica, es una descripción —Gaspar cogió a Julia por el hombro—: cuando digo que mamá es una señora burguesa quiero decir que tiene sus prejuicios.

Julia se quedó pensando en aquella cuestión. «Como si yo no los tuviera», se dijo.

Gaspar se le quedó mirando el labio superior. Su

hijo Frederic tenía razón: había algo en aquel labio de extraño. ¿Bonito? ¿No tanto?

Cuando por fin se despidieron del grupo, la felicidad vino al encuentro de Julia en forma de bola rodante, de sol que la aplastó. Sólo entonces se dio cuenta de lo mal que lo había pasado durante la comida, de por qué le clavaba sus ojos Blai. Por el camino abajo se agarró como una mujer al brazo de Gaspar, y deseó llegar cuanto antes a la cama. Hacer el amor para olvidar el mal. Hacer el amor para desprenderse del estrés que le causaba la hostilidad de Frederic, hacer el amor con Gaspar como venganza y reconciliación, contra el egoísmo, contra la violencia, contra aquella educación preñada de cuchillos. Hacer el amor contra el sol, contra la apacibilidad, hacer el amor con Gaspar contra Gaspar, contra Frederic, contra el cuchillo en el regazo de la señora Ferré.

—Mi amor.

—Dime.

Estaban en la terraza. Desnudos al sol.

—Claro que sé lo que es una señora burguesa.

Gaspar la escuchó atento, ir descubriéndola le parecía un trofeo.

—Era la madre de mi mejor amiga. A mí aquella niña me caía muy bien. Yo iba a buscarla a su casa, antes del colegio, y su madre me recibía con mucha amabilidad. Tenían una casa muy bonita, un reloj con un soldado que daba las horas. Cuando salíamos, nos daba un beso a las dos, nos echaba colonia a las dos, un día nos dio dos monedas, una a cada una. Yo te juro que no sabía lo que era la colonia, en casa no teníamos. No te creas que me gustaba demasiado que me tratara a mí como si fuera su hija, pero me dejaba, todo fuera por seguir oyendo aquel reloj, me fascinaba el soldado. Aquella mujer me pasaba su mano por la cabeza, «pero qué te echa tu madre en el pelo para que lo tengas tan rubio», me dijo un día, y me cogió dos mechones y me dio un pequeño estirón. Se me pusieron los pelos de punta. Dejé de ir a aquella casa porque empecé a temer que me cortaran la cabellera, te lo juro. No se creía que mi pelo fuera natural.

Gaspar la miraba. El sol empezaba a ponerle roja la piel de la cara.

—Es muy bonita esa historia, mi amor.

—Es la única mujer burguesa que he conocido en mi vida. ¿Tú crees que se parece a tu madre?

15

Gaspar propuso ir a tomar una copa a casa de Montse. Se encontraron en la calle con un tipo extraño, una especie de paseante solitario con mejillas de borracho. Como si los dioses le hubieran hecho un regalo con aquel encuentro, el hombre se detuvo sorprendido, y a continuación le hizo a Gaspar una reverencia divertida, tipo Luis XVI.

—¡Señor Gaspar! —bromeó—. ¿Cómo usted por aquí? Cuánto ha.

En muy poco tiempo y atropelladamente, salieron de aquella boca toda clase de halagos y bromas.

—¿Quién es? —preguntó Julia cuando se deshicieron de él.

—El ex marido de Montse.

—¿Y no te lo tiene en cuenta?

—¿El qué? ¿Mi historia con Montse? No, mi vida, es un buen tipo, ya ves.

La batería de adulaciones que desplegó aquel hombre le pareció a Julia del todo babosa. Iba dirigida hacia algún lugar que no tenía que ver ni con los cuadros ni con el arte ni con nada.

—A mí me ha parecido un pelota.

Julia hubiera dado algo por no ser presentada a semejante bicharraco.

—¿Y quién es esta monada que os acompaña hoy, mi señor? —siguió aquella buena persona, con su símil entre afectuoso e impertinente.

Julia ya no sabía dónde meterse. ¿Iba a tener que darle la mano a semejante escupitajo?

—Julia Varela, escritora —la presentó Gaspar.

Aquel hombre la miró de arriba abajo.

—Escritora, claro, y ahora con este hombre a tu lado..., ¡menudo trampolín! —se dirigió a ella.

«¿Será gilipollas?», pensó Julia. «Si tengo que aguantar dos más como éste me largo. ¿Y se trata Gaspar con gente así?»

Continuaron su camino como si nada, pero la sangre a Julia le llegaba hasta la sien. Trató de serenarse. «Qué soberbia soy, Dios mío, ayúdame», y hasta deseó ser otra, ser una mujer humilde, sin sombras. ¿Pero es que era Gaspar su trampolín? ¿De qué? ¿De una piscina llena de lagartos como el que habían dejado atrás? ¿Para eso había luchado? ¿Para eso se había peleado en Madrid, para que ahora viniera un tipo con cara de fracasado y le hiciera sentirse una beneficiada en las manos de un pigmalión? «Sé humilde, Julia», se recordó. «¡Pero si yo ya soy humilde!», se dijo a continuación, y se agarró aún más a la mano de Gaspar.

La puerta de Montse estaba abierta de par en par. Una casa fresca, de piedra. Aquella mujer les esperaba dentro, en medio de un elegante vacío blanqueado, con tres o cuatro muebles de anticuario. Julia estuvo lo más encantadora que supo, y Montse le correspondió. Después del encuentro con el lagarto, ella le pareció más humana. Una mujer que la recibía, al fin y al cabo.

—Ven, que te enseño el cuarto, guapa... Tú no vengas, Gaspar, tú te puedes quedar, que tú ya lo conoces, ja, ja.

No tenía que haber subido aquellas escaleras. ¿Qué le importaba a Julia su parte privada? Una cama, un colchón. ¿Esto es lo que me tienes que enseñar? ¿La cama donde hasta hace poco te acostabas con Gaspar? ¿La cama en la que ahora duermes sola? No se sentía cómoda allí, haciendo de vértice en un triángulo tan liberal que empezó a causarle náuseas. «Pero qué hippies son», pensó. Montse lió un canuto de marihuana que fumaron los tres, y se tomaron un gin tonic. La mujer sola que ríe, la mujer reemplazada a la que no le importa, la mujer liberada, generosa. La mujer que comprende al hombre. En definitiva, una señora. ¿Pero no era todo aquello la escenificación perfecta de la mayor soberbia? Aquello no le pareció una mujer humilde. «Me he equivocado», rectificaba Julia cuando Montse les despidió. Ésta se quedó en la puerta con una gran sonrisa y a Julia le pareció que se reía de los dos. «Es una acreedora que no renuncia a cobrarse su deuda, y como los buenos acreedores incrementa el débito con sonrisas y cuida con su afecto al deudor.»

Al salir de la casa de Montse, Gaspar le pareció el moroso eterno: lleno de gratitud y remordimientos. Los intereses corrían.

De vuelta en su nido prestado, Julia empezó a sentirse mal. Al atravesar la puerta se sintió morir. Una llama viva quemaba su estómago como si dentro de su cuerpo se hubiera instalado el mismo demonio. Si éste fuera un cuento de brujas diríamos que en el gin tonic Montse había derramado unas gotas de veneno para la usurpadora. ¿O es que Montse con su sonrisa la estaba advirtiendo de algo? ¿Le estaba diciendo que pusiera pies en polvorosa?

No llegó a desmayarse. Consiguió subir hasta el último tramo de escaleras con la ayuda de Gaspar. Él la tendió en la cama y la desnudó. Julia sudaba como si se fuera a morir. Cuando vio a Gaspar mirándola, por primera vez sintió una gran vergüenza ante él, la que no había sentido jamás, ni cuando se conocieron en Nápoles, ni cuando atravesó el vestíbulo del Palace con los tacones, ni cuando saludaron al lagarto a pleno sol. La vergüenza del derrotado. No quería que Gaspar la viera así. Y en el fondo de sus ojos, en cómo la miraba, le pareció que él se alegraba de su derrota. En su cara resplandecía un hilo de morbosa felicidad, la que le producía ser el enfermero de una niña rota. Era un gran placer el que le estaba proporcionando aquella escena, mucho más que hacer el amor con ella. Julia languideciendo en la cama, sin fuerzas. Aquella falta de vida de la joven lo exaltaba realmente. La quería más ahora que la veía débil. Julia Varela la fuerte, aquella niña valiente, aquella niña como una roca, estaba rendida, herida. «Estoy en sus manos», pensó Julia. «Esto es lo que le hace feliz.» Era un placer ciertamente sofisticado. «Si me quisieras sufrirías por mi dolor, pero mi dolor te llena de energía. Te hace feliz verme enferma y tener que cuidarme.» Se acordó de la burguesa de su pueblo, que se pasaba el día en la cama, con jaqueca. «La mujer que te gusta de verdad es ésta, la que se muere, la que languidece.»

Le dio asco que la besara. Pensó, cuando se acercó a sus labios, si Gaspar no sería un vampiro, esa clase de tipos que se beben tu vida mientras te dicen que te quieren. Y del asco que le dio le entraron otra vez ganas de hacer el amor.

Al día siguiente, se trasladaron de aquel palacio a otro lugar. Los dueños de la bonita casa de verano hacían su aparición. Gaspar le anunció aquel cambio de casa nada más despertarse, por la mañana. Iban con sus maletas y Julia intentaba encontrarle la gracia a aquel sistema itinerante. La disentería le tenía destrozados los intestinos, y aun así le resultaba de una gran clase aquella trashumancia de Gaspar. Ninguna casa era suya pero en todas las del pueblo se podía alojar.

Antes de abandonar la gran casa, Julia intentó arreglar la cocina y el cuarto. Tirando de su maleta siguió a Gaspar, que caminaba dos pasos por delante de ella. Viéndolo así le pareció encantador.

—Parecemos dos gitanos, amor mío —se rió.

Gaspar no la oyó.

Llegaron enseguida a un pequeño alpendre sin arreglar. Era una vieja cabaña situada en el extremo del jardín de los padres de Gaspar. Dentro, las paredes chorreaban humedad. La pequeña vivienda estaba compuesta de una cocina y una habitación.

—Podíamos habernos alojado aquí desde el principio.

—¿No te gustó la casa de la playa? Es tan bonita. Quería disfrutarla contigo.

—¿Nos vamos a quedar? —preguntó Julia, dudando en sacar la ropa de la maleta.

Al final no la colocó. Sentía que le flaqueaban las piernas y se derrumbó en un camastro viejo, con un colchón muy trajinado, el único lecho que había pegado a la pared. Fátima apareció con un juego de sábanas rotas y una colcha del año de la pera.

—Es la casita de las herramientas. La verdad es que no he pensado jamás en tener una casa para mí. Yo me meto siempre en cualquier lado, ya ves. La que era mía se la he regalado a Frederic. Su mujer es tan rica que nos tiene acomplejados. Hay otras dos casitas que me corresponden, pero las rentas las cobra papá.

Julia cerró los oídos a toda aquella información. Y decidió que le agradaba aquel cuchitril. En algo le recordaba la miseria de sus padres recién casados. Luego miraba a Gaspar y pensaba: «Pues yo no me meto en cualquier lado.»

A mediodía Gaspar fue a comer solo a casa de sus padres. Volvió de allí emocionado. La señora Ferré iba a venir a verla. La visita a la casa de las herramientas le fue anunciada por Gaspar con toda clase de exclamaciones.

—Va a venir mamá. Ha dicho mamá que va a venir a verte.

Gaspar se pasó la tarde mirando el reloj, a la espera de la visita anunciada. Julia, postrada en la cama, no acababa de entender. Su enfermedad pasó a un segundo plano y toda la casa se llenó de la ansiedad de Gaspar, preocupado porque Julia se pusiera otro camisón menos abierto, porque se retocara los labios descoloridos con un poco de brillo. Aquella preparación de la visita, entre retortijones, no dejaba de divertirla. Gaspar parecía el maestro escenógrafo y ella la actriz que se prepara para su escena estelar de enferma moribunda, de joven débil a punto de morir. Le acercó a la cama un cepillo y un espejo que ella no le pidió. Jamás había jugado a aquel juego. El maquillaje de los enfermos.

La visita llegó. Su madre, siempre discretamente arreglada, esta vez se había esmerado con el cabello y se había pintado los labios con una barra rosada, como si fuera a emprender algún viaje al extranjero. ¡Pero si estaban a dos pasos de su casa! La anciana llevaba puesta una chaqueta por los hombros, y en la mano sostenía un bolso de ganchillo muy coqueto. La señora Ferré se mostró muy contenta, como si la postración de Julia subiera unos enteros en su valoración de aquella chica. La llenó de ternura verla en la cama. «Es una chica sensible», pensó, «yo también me enfermo cuando el bruto de mi marido me lanza cuchillos».

Hubo una pequeña tertulia entre los tres. Se barajaban mil causas de la enfermedad. Julia encontraba que una diarrea no daba para tanto. Echada en aquel camastro, veía a la madre y al hijo sentados en sendas sillitas de enea, y le parecía que una amenaza se cernía sobre ella. Sonrientes y arreglados, regalándose pamplinas el uno al otro con Julia como correa de transmisión, de pronto le parecía que jamás la habían querido tanto.

—Es el agua. El cambio de agua. ¿No habrás bebido agua del grifo?

Julia recordó los cubitos de hielo del gin tonic de Montse.

—También es este calor, mamá. No está acostumbrada. En su país siempre llueve. Aquello es otro mundo, no te lo puedes imaginar.

Cuando Gaspar hacía referencia al origen de Julia siempre hablaba de «su país». Ella no sabía cómo tomárselo, si como una ofensa o un halago. ¿Es que no eran de la misma especie? ¿No eran los dos humanos?

—¿Y no te has tomado nada? ¿Una sulfamida? —pregunté la señora Ferré. Traía el bolso lleno de pastillas caducadas. A Julia le parecían drogas para matarla. Cerraba la boca como una condenada.

—Estoy bien así, de verdad, Lali.

Gaspar le aproximaba peligrosamente el vaso de agua.

—Ya se la he querido dar yo, mamá. Le sentaría bien ¿verdad?

Entre los dos acabaron convenciendo a Julia para que se tragase la sulfamida. Con una animación extraordinaria en sus expresivos ojos de anciana, Lali manifestaba su gratitud. La repentina enfermedad de Julia le estaba dando la no tan frecuente oportunidad de hacer una obra de caridad, de arreglarse un poco y visitar a una enferma caída en desgracia bajo sus dominios. Aquella escena rejuveneció inmensamente a la señora Ferré. Empezaba a verla de casa, ya.

—Ahora te sentirás mejor. ¿De verdad que no necesitáis nada, hijo? ¿Voy a la farmacia?

Julia notó en los ojos de la señora Ferré una ternura sincera, como si por debajo de aquella exquisita educación aflorara también un poco de sentimiento. Bondad. Hubiera pasado la tarde con ella. Pero la señora Ferré, después de los reglamentarios diez minutos de visita, se apresuró a despedirse.

—Que no coma nada. Es mejor.

—Gracias, mamá, por venir. Muchas gracias, mamá.

Desde la cama, Julia se despidió.

El que más agradeció la visita fue Gaspar, que besó a su madre como se besa a una flor a punto de deshojarse. El significado de aquella visita no se lo explicó a Julia hasta más tarde.

—Qué exagerada, tu madre.

—No, mi vida, si no ha venido por ti.

—Vaya, ¿y a qué ha venido?

—Es muy de agradecer —le dijo en voz muy bajita Gaspar—: lo hace por mí, quiere decir que le gustas, y ha venido a darme su aprobación. Su aprobación. Una mujer de ochenta años que ha soportado durante cuarenta a un tipo que le lanza cuchillos desde el otro extremo de la mesa, que se deja agredir delante de sus hijos y sus nietos, venía a darle su aprobación a Gaspar. «Ha venido a darme su aprobación», había dicho Gaspar. Julia no sabía muy bien qué pensar: si Gaspar era un hombre o un niño, si aquella mujer era un hada buena o una bruja disfrazada de vendedora de manzanas. Si era una víctima de su marido, un ser ingenuo anclado en el tiempo, o una propiciadora de aquella violencia. Sonreía, era buena, hacía visitas... Daba su aprobación. A Julia, emancipada desde los dieciocho, todo le parecía una pantomima de teatro kabuki, de una belleza deshumanizada, arcaica e incomprensible.

Por lo visto, la enfermedad era algo absolutamente valorado en aquel lugar. Por la tarde, cuando por fin pudo levantarse, Gaspar la arrastró de nuevo a la casa familiar para enseñarles a todos su mejoría. Allí estaba el ogro del cuchillo. Oía a Schumann. Julia se acordó de su amigo Ismael. Fue un recuerdo muy breve, que se disipó rápidamente, como si Ismael y todo Madrid, y todo Fingal, y toda su vida anterior al encuentro con Gaspar existieran ya en otra dimensión, en un pasado tan lejano como el de Gaspar. Llevaban apenas cuatro días en Port Nou y Julia sólo pensaba en agradar a los Ferré.

—Ven aquí, mona —le ordenó Blai.

Qué maldita cabeza la de Julia. Aquel señor Ferré seguía cayéndole simpático. El viejo cogió un libro de poemas de un catalán. Y leyó en voz alta unos versos que a Julia la emocionaron profundamente.

—Los entiendes, ¿verdad?

—Pues claro que los entiendo, Blai.

—Así me gusta, mona.

Lo que la emocionó no fueron aquellos versos, sino él, leyéndoselos.

Aquélla fue la curiosa manera que tuvieron los padres de Gaspar de decirle que la aceptaban, que la podían ver.

Había transcurrido una semana. Después de siete días comiendo y cenando con aquel par de ancianos, la mañana que Julia fue a despedirse y a agradecerles su hospitalidad, se dio cuenta de que los quería y de que los iba a echar de menos.

—Espera, Julia, tengo algo para ti.

Antes de irse, la señora Ferré le hizo un regalo: un pañuelo blanco de batista, con un pespunte bordado.

—Es para tu madre, de mi parte.

La señora Ferré entonces se sacó una pulsera verde que llevaba en el brazo, y se la regaló.

—Es para ti.

Julia había dejado en la mesa su novela dedicada. De pronto le pareció un regalo muy bajo, del todo impersonal.

3. LA AUSENCIA

16

Al principio de su estancia en Nueva York Julia experimentó un profundo cambio en su percepción de las cosas. Empezó a ver a las personas como animales. En las anchas aceras del Upper West Side, caminando casi siempre hacia el Downtown, se iba cruzando con oleadas de animales. Caminaban sin tropezarse entre ellos: cerdos que habían aprendido a prepararse el desayuno por las mañanas, osos que salían a la calle con una cartera de trabajo, conejos que compraban sus ropas en GAP y dejaban a sus hijos en el colegio. Por primera vez sintió la animalidad que se escondía debajo de las ropas, y notó el miedo. Era un pánico extraño, contenido, como si estuviera viviendo en una película de ciencia ficción. Su técnica para combatirlo consistió en incluirse ella misma en la especie. En medio de las manadas de neoyorquinos que subían y bajaban circulando por las aceras, Julia era uno más. Un animal bastante perfeccionado, eso sí, con una beca Fulbright en su poder, dos importantes premios de poesía y su primera novela bajo el brazo. Un animal hembra, joven todavía, que tenía en apariencia mucho por hacer. Eso era lo que hacía todo el mundo y ése era también su programa de camuflaje para vivir. Pero Julia no tenía ganas de vivir. Acababa de cumplir veintiséis años y todo lo había hecho ya. De esta astenia vital le echaba la culpa a su recién adquirido amor. ¿Era posible que la estuviera vampirizando desde los catorce mil kilómetros de distancia que los separaban? Ni el mar, ni el océano inmenso habían podido disolver su recuerdo. Iba por la calle y pensaba en el hijo que Gaspar le había pedido, a ella, una hembra de veintiséis años, una mujer moribunda, sin reproducir.

Después de la semana transcurrida en Port Nou, cuando se despidieron en el aeropuerto, Gaspar se lo repitió:

—Eres tan joven, te olvidarás de mí —le dijo estrechándola, y Julia notó aquel trasiego de su espíritu, lo notó: la última gota del vaso, la que quedaba por sorber, pasó por la pajita y acabó depositándose en el cuerpo de Gaspar—. Te olvidarás de mí, Julia, alguien se cruzará en tu camino, no te vayas, tengamos un hijo.

Este tío es brutal, pensó Julia, cuidado con él. Otras parejas se encuentran y el mundo lo celebra. En menos de una semana ella había podido comprobar el ambiente asfixiante en el que se movía Gaspar, cercado por hijos, primos, hermanos, amigos, ex amantes, ex esposas... sobrinos. ¿Aquél era el hombre que tan solo estaba? ¿De verdad que aquél era el hombre que tanto la necesitaba?

—La distancia enfría, la distancia mata —fueron las últimas palabras de Gaspar. Y sus manos soltaron las de Julia como un náufrago antes de su definitiva inmersión.

Ésa era precisamente la esperanza de Julia, que con la distancia toda aquella locura se evaporara. Cuando se vio en la puerta de embarque, antes de coger el avión a

Madrid, pensó que tenía por delante doce meses para tranquilizarse, para reflexionar. En el aeropuerto del Prat parecían los protagonistas de una fotonovela. Julia encontraba maravilloso que aquel mundo en el que nunca había creído, aquello del amor, existiera en algún lugar. Pero cuando se vio sola, sentada en su asiento, en el fondo respiró. De buena se libraba si conseguía extraer a Gaspar de su cabeza. «Temo que te olvides de mí», le había dicho, acariciándole las manos como si no las fuera a volver a ver, acaparando su imagen como si Julia fuera a desintegrarse en el espacio. Y eso fue precisamente lo que Julia le pidió a Dios cuando abrochó el cinturón del asiento y el avión empezó a rodar por la pista de despegue: «Sálvame de esto, Dios mío, aparta de mí este cáliz y que en mi camino se cruce un tío normal, alguien que no tenga hijos que me atraviesen con los ojos, alguien que no tenga deudas que pagar.» Pero Dios no la oyó, no la oyó en absoluto. Dios se pasó la plegaria por el forro y Julia, en medio de aquel silencio, se dedicó a hacer sus maletas en Madrid. El último día le entregó las llaves a una pareja de amigos que realquilaron su casa, y cuando por fin se embarcó hacia Nueva York, Dios, de pronto, se dignó dirigirse a ella. Lo hizo de una forma muy clara, mirándola de frente: tú le quieres, le dijo, le has querido desde que te acostaste con él. Tú has contraído matrimonio desde la primera noche. Dios habló como Gaspar.

Cuanto más se alejaba aquel avión de España más claro lo veía Julia. ¿Acaso había en el mundo una mujer más afortunada? ¿Acaso no merecía su amor todo el esfuerzo por demoler las barricadas que se levantaran contra él? ¿Pero qué había ido a buscar a Port Nou? Se sentía comprometida hasta el último pelo de su cabeza.

Y así la escupió aquel Boeing 747 cuando aterrizó en el aeropuerto John Fitzgerald Kennedy, tirada en medio de la gran manzana, en el gran Nueva York.

El primer mes lo pasó fatal. En medio de sus ensoñaciones aparecían hirientes los ojos de Frederic. No se los podía sacar de la cabeza. ¿Qué había hecho ella para merecer aquel honor? Querer a Gaspar era afrontar una batalla en terreno enemigo, combatir aquel odio que nacía de su propio hijo. «Yo no he robado nada», se repetía; se sentía como una ladrona en medio de Manhattan. Su cabeza trataba de no adelantar acontecimientos, pero todo su cuerpo se los olía. Nunca el instinto la había advertido de un peligro igual. Aquellos ojos anunciaban batalla, y una batalla interminable, sin fin. ¿Iba ella a poder con el desgaste del odio y el desafecto? Hombres casados con mujeres jóvenes, hijos mayores. Hogares que exhalaban un vaho tenebroso, inquietante. ¿Iba a ser ése su lugar? Y al instante se veía contando con los dedos los años que le quedaban por vivir a Gaspar. «Me abandonará en la mitad de mi vida. Tendré hijos con una persona que no me acompañará.» Cuantas más cuentas echaba más enloquecía. «Menudo trampolín», recordaba al borracho del verano, «menudo cabrón», decía para sí. Y todos aquellos seres deficientes, aquellos malvados que la juzgarían, aquellos energúmenos que la odiarían, aquellos mediocres, pelotas, cobardes... ¿iba a arredrarse ante ellos, iba por ellos a abandonar a Gaspar? La rebeldía le cortaba el cuello al miedo: eres tú la egoísta, Julia, eres tú la que escatimas.

Nueva York le parecía lo último; sólo sentía el frío del otoño, y el máster por el que había luchado, aquel objetivo en el que había implicado a veinte personas más, desde Gonzalo Suárez a Carlos Saura, que le escribieron sus cartas de recomendación desde los lugares más insólitos de la geografía española, pasando por Charles Hugues, el amigo al que había perseguido para que le ayudara a cumplimentar aquella endemoniada solicitud, hasta a los ciudadanos españoles y americanos que contribuían con sus impuestos a que Julia se paseara por sus aceras viendo cerdos y jirafas por las esquinas, a todos ellos, ahora que su objetivo de estudiar cine en Columbia se iba a cumplir, debía ocultarles que todo le importaba nada porque Gaspar no estaba, el hombre al que había conocido unos meses antes en unas conferencias en Nápoles, aquel animal extraño, arrebatado, aquel animal camino de los sesenta años.

Él no estaba. Le había prometido que iría a verla en cuanto pudiera, y Julia se daba cuenta de que tardaba. ¿A qué esperaba para venir? La primera vez que la llamó su voz al otro lado del teléfono la horrorizó: la voz de un hombre tranquilo, que está en su casa, en su vida. Ya no había en aquella voz la urgencia del verano. ¿Ya no se acordaba de lo que le había dicho? ¿Todo aquel fuego se le había pasado? Septiembre. Octubre. Sus cartas iban y las de Gaspar volvían. Las de ella eran larguísimas; las de él, notas cariñosas en cartulina, con el membrete de hombre importante tachado a boli. ¿Qué le estaba pasando a Gaspar en la distancia? Lo que a Julia le apetecía era coger un vuelo y plantarse en su casa. Se lo estaba reprochando, sí. La distancia había empezado a ejercer su influjo, pero no sobre Julia sino sobre él. Como los troncos viejos, secos en su interior, el último fuego antes de consumirse podía alcanzar alturas imprevistas, pero Julia veía que aquel resplandor se apagaba, ya no le llegaba su calor. «Ése era su miedo», pensaba. Razones tenía Julia, razones para morir. Soy el espejismo de un corazón viejo. Ha incendiado mi vida y él sigue ahí. Le vio paseando por una cuneta, al lado de las llamas, con una lata de gasolina en la mano, vacía.

El 1 de octubre se dirigió a la School of Visual Arts. Debía presentarse a la *chair* del departamento, la señora Carole Insdorf, con la que había mantenido un profuso intercambio de correspondencia durante el verano. Conocía bien su firma y su manera de redactar. No estaba segura de que sus cartas las escribiera ella, era posible que las redactara un secretario, pero eran demasiado bonitas como para no ser suyas, de aquella profesora desconocida a la que Julia trataba de aferrarse por ver si era posible seguir siendo una joven con el mundo por delante. ¿Pero había sido joven alguna vez? Las notas de aquella *chair* se limitaban a cuatro o cinco líneas muy claras con respecto al tema que las ocupaba. Haciendo una excepción que no tenía precedentes en la historia del máster, la habían aceptado sin aportar el requisito imprescindible del TOEFL. En sus cartas la *chair* se mostraba comprensiva, para todo habría una solución, y eso le hacía imaginarla admirable: una académica de clase alta, madura pero soltera, con ascendencia paterna en Columbia, y con el poder suficiente como para ser sonriente por carta con una chica española a la que no conocía de nada pero que aportaba las recomendaciones de Gonzalo Suárez y Carlos Saura; qué importaba que no supiera inglés. Para compensar todas sus deficiencias Julia ponía grandes dosis de entusiasmo en sus contestaciones. Pero su entusiasmo se había ido al garete con la aparición en escena de su extraño novio. A Carole Insdorf esto no se lo iba a contar. Le hubiera gustado poder explicarle en sus cartas que acababa de conocer a un hombre, y que en su corazón ya no cabía más máster que el de amarle. Todos los esfuerzos que pediría de ella la inmersión en aquellos estudios de dos años, señora Insdorf, los necesitaba ahora Julia para entender ese nuevo idioma en el que le hablaba aquel hombre: el idioma incomprensible, indescifrable, del amor. Carole Insdorf la hubiera mandado a la mierda, bien segura estaba Julia. Con toda la educación del mundo, eso sí, y no hubiera perdido un segundo en escuchar su tragedia personal. Por muy comprensiva que fuera, esto Carole Insdorf no lo iba a entender. En algún rincón de su receptivo corazón de judía rumana nacionalizada estadounidense, en su corazón no del todo americano, algún resquicio se sentiría traicionado por la confianza que había depositado en ella a través de su correspondencia del verano. La mañana que entró por primera vez en la School of Visual Arts, después de darse una vuelta por el vestíbulo entre aquellos chicos americanos de dos metros y de pantalones anchos que estaban destinados a ser sus compañeros (cuánto le había costado, y ahora se paseaba entre ellos casi con rencor), Julia subió en el ascensor hasta la planta número 3 que figuraba en los sobres de Carole Insdorf, estuvo un segundo ante la puerta del despacho donde se alojaba el hada que la había aceptado en aquel palacio, a ella, con su solo esfuerzo, a ella, que se había montado aquella película del máster para seguir ascendiendo por la escalera de incendios, y ahora se daba cuenta de que el incendio era ella misma, que lo llevaba encima. Se vio deletreando el nombre de Carole Insdorf grabado en una placa de cobre, y se sintió más cobarde que nunca, una impostora por primera vez. «¿Pero qué hago aquí, esto es lo que quiero?» Después de constatar que aquella hada era real, que la puerta de su departamento existía y que ella había sido capaz de llegar (¿era eso lo que había intentado durante toda su vida, ser aceptada, llegar?), a punto de atravesar ese campo magnético que separaba a los que hacían el máster de cine en Columbia de los que no lo hacían ni lo harían jamás, Julia se dio la vuelta en redondo, renunció al amor de Carole Insdorf para siempre y bajó corriendo a matricularse en el edificio de al lado, la Central School of Columbia, en un curso de inglés para cualquieras. Todo el arrojo que la había empujado, todo el empeño que la había llevado hasta allí, se vino abajo con ella, en el ascensor. Aquella bajada le pareció el momento culminante de su carrera. Por fin, se dijo, por fin. No es esto lo que yo busco, no es vuestro amor lo que quiero. Cuando estuvo en el vestíbulo de nuevo, sintió que por primera vez tocaba el suelo. Aterrizó. Se dio cuenta de que toda su vida había estado volando. Se dio cuenta de que lo único que quería era a Gaspar.

Así fue como no conoció a Carole Insdorf ni ésta la conoció a ella. Tuvo que echarla de menos en clase el primer día, porque en sus cartas de presentación aquella chica española había insistido mucho en que no sabían lo que se perdían en Columbia si se les ocurría dejarla fuera del máster. La mejor escritora de su generación, una tía que había llegado desde un pueblo remoto de Galicia, sin padrinos y sin caminos trazados, a conquistar el panorama literario desde Madrid. «Mi primera novela traducida, mi primer guión cinematográfico becado, tres libros de poesía premiados, nadie me ha ayudado, señora Insdorf. ¿Lo comprende usted? He llegado con mi trabajo, el Rey me recibe en su casa, tengo fotos con Felipe González, he pronunciado conferencias junto a Octavio Paz, he usado el mismo micrófono que Umberto Eco, yo, señora, sí, una columna fija en un periódico nacional, una casa que pago con mi dinero, mi sueldo asciende a 300.000 mil pesetas, crédito profesional entre mis colegas, el respeto de los maestros. Veinticinco años, señora Insdorf. Conozco la envidia, conozco la admiración, pero a pesar de ello, señora Insdorf, conozco mis objetivos, y lo que ahora quiero es entrar ahí, en su palacio. ¿Va usted a dejarme escapar?» No, le contestó Carole Insdorf, véngase usted corriendo que lo del inglés ya lo arreglaremos. ¿Qué iba a decirle ella ahora a Carole Insdorf? ¿Que sólo pensaba en Gaspar?

Pues bien, en aquel curso de inglés para extranjeros nadie la fue a reclamar, y en menos que canta un gallo Julia pasó a formar parte de las masas anónimas que aprendían inglés. Más que *nadies* eran todos coreanos; norcoreanos. Ahí conoció a Kon y Sin, un chico y una chica japoneses con los que enseguida congenió. Eran los dos guapos y altos, y excepcionalmente dulces y bien vestidos. Había algún español, pero a Julia no le parecía que fuera a aprender nada de los españoles, así que los rehuía como podía. A ella se unió un norcoreano de unos cincuenta años. Julia le hizo el boicot desde el primer momento. Julia no quería saber nada de hombres de cincuenta y tantos; con el que tenía en el corazón ya le llegaba, no necesitaba más.

El primer día de clase la profesora les pidió que expresaran tres deseos. Cuando le llegó el turno no lo dudó:

—*I desire nothing. I just want to be quiet.*

En medio de un silencio estremecedor, el norcoreano más joven explotó a reír. Los demás le siguieron como idiotas. El único que no se rió fue el norcoreano de cincuenta años.

—*What do you mean? Can you explain this?*

—*I think it is very clear* —contestó Julia.
—*Do you want to live in the field, without stress?*
—*Yes, more or less.*
—*Do you desire a world in peace?*
—*Yes, exactly. I am afraid.*

Ese día el norcoreano joven se pegó a Julia. Le contó que estaba viviendo en un apartamento en la 109 y que quería cambiarse a otro con unos amigos. En Nueva York, Julia había aterrizado de la forma más dulce que se pueda imaginar. No había tenido que buscar casa ni comprar muebles. Pagaba una habitación en la casa de su amiga Carlota, donde también vivía la hija de ésta. El apartamento no podía ser más bonito, en la esquina de la 75 con Riverside Drive. Desde su habitación, enorme y llena de luz, se veía el Hudson. Su cama era un lecho de princesa, alto y mullido, con sábanas de lino y edredón de plumas de ganso. Para escribir se compró una sencilla mesa de cocina. La había colocado frente a la ventana y allí, viendo correr las aguas plomizas del Hudson, le escribía cartas en cascada a su lejano amor. Gaspar se las contestaba con notas de ministro. A la hija de Carlota empezaron a lloverle amigos. Venían de Madrid a pasar quince días, y a quedarse quizás si la ciudad les sonreía. Montaban una tienda iglú en el salón y Julia no sabía qué le molestaba más, si pagarle los 600 dólares a Carlota mientras los amigos pijos de su hija acampaban de gorra, o aquella juventud tan diferente a ella, aquella juventud despreocupada, feliz. El día que vio su cepillo lleno de pelos ajenos empezó a entender la ausencia de su amor. Había en aquel cepillo una señal silenciosa que Gaspar le enviaba desde el otro lado del océano: no iría a verla hasta que estuviera sola, sin compañeros de piso y sin compañeros de máster. No iría a verla hasta que a su alrededor sólo hubiera desierto, cuando ya hubiera roto con todos, en el límite de sus fuerzas, a punto de morirse como un buen soldado en el centro de un campo rodeado de cadáveres, con la lanza aún erguida y desangrada, entonces él llegaría, su amor salvador.

Aroki, el norcoreano joven, se lo adivinó. Se sentó frente a ella en el *self service* de estudiantes. A su derecha estaba Sin y a su izquierda Kon. Sin era modelo en su país, medía un metro ochenta, y tenía una melena larga y negra. Le enseñó su *book* de fotos y se hicieron amigas. Le gustaba de Sin que no era nada pegajosa, siempre parecía que era el primer día de su amistad, y esto le parecía el colmo de la delicadeza en las relaciones sociales. Kon era alto, y muy guapo y educado. En algo le recordaban a Gaspar. En aquel comedor de Columbia Julia temía que en cualquier momento la *chair* Carole Insdorf apareciera y la cogiera por los pelos. Podía hacerlo perfectamente, ella había aportado fotografías de carnet en su currículum. Cuando pasaron por delante de una mesa en la que se hablaba de cine en un inglés más que autóctono, Julia se apartó. A Sin y Kon les contó que era escritora. Aroki se echó a reír.

—*A writer?!* —dijo, con una voz muy aguda.

—*Yes, a Spanish writer, like Cervantes.*

—*A Spanish writer?! Ooooh...*

Todo en Julia le parecía a Aroki sorprendente y ridículo. Sin había viajado por medio mundo subida a una pasarela, y Kon tenía también muchas horas de vuelo junto a su padre, que dirigía un estudio de arquitectura en Nueva York.

—*Do you have any problem?* —le insistió aquel chico—. *It's impossible you don't desire anything.*

—*I just have got too much. I just have got all.*

—*But, this is not a problem; this is good* —dijo Sin.

—*I think is a problem, a real problem* —intervino Kon.

—*Oh, no* —dijo Aroki—, *you have another problem... think about it...*

Julia hizo lo que le pedía aquel chico: se buscó un problema más concreto, algo que solucionar. Esa mañana había estado a punto de asesinar a Dena con el cepillo.

—*I am looking for an apartment* —dijo de pronto—. *I need loneliness. Only for my boyfriend and me.*

En inglés aquello no sonó mal.

—*I have exactly what you need!* —Aroki era un genio.

El norcoreano joven le pasó su piso. Le pidió el dinero de la fianza y del mes corriente, y esa misma tarde le entregó las llaves de su apartamento.

Su deseo estaba a punto de hacerse realidad.

17

Los únicos blancos en el edificio de la 109 con Amsterdam eran ella y Tom, un gordo americano que vivía en el entresuelo y que trabajaba para una compañía de teléfonos desde su casa. Aroki se hacía el muy valiente, pero se había largado de allí por eso, porque se sentía en desventaja racial, y además no soportaba vivir solo. Julia se lo notó en la cara cuando sacó la última maleta del apartamento.

—*Enjoy it* —le dijo aquel chico, y desapareció.

Eso pensaba hacer, desde luego. Se quedó encantada en aquel cuadrado vacío y oscuro, con dos ventanas que daban a un patio por el que sólo trepaba la negra escalera de incendios. Los veinte metros cuadrados en que consistía estaban divididos en dos partes por un arco de mampostería. En la parte del fondo colocó la cama. Era un futón magnífico, auténticamente japonés, que había comprado por 400 dólares en un mercadillo del centro. Pero lo más estupendo era la colcha roja de terciopelo, como de madame. Si su amante no venía ahora a ocupar su lugar en aquel teatro, no vendría nunca. Después de abrir el futón y de extender la colcha, desplegó la mesa de cocina y se puso a escribirle la última carta a Gaspar. Lo que ella consideraba la última carta. Le dijo que se personara inmediatamente en la 109 o desapareciera de su vida para siempre, eso le dijo. No quería más notas de ministro. La guerrera se había cansado de esperar refuerzos y había encontrado un fuerte donde resistir. Puso el punto y final, se fue escaleras abajo, echó la carta en la estafeta de Correos que había en la 116, y esperó todo el día a que se hiciera de noche para meterse en la cama roja y cerrar los ojos y dormir. Despierta en medio de la noche negra, pensó que había hecho lo que tenía que hacer: debía acabar con aquella pesadilla. Y pensó que el amor no mata, que el amor no extenúa, que el amor no se desangra ni escribe ultimátums por carta. El amor no se desespera con las compañías, Julia, ni abandona másters ni se muda de casa. Aquello, Julia, no era el amor.

En medio de estos pensamientos sobresaltados, oyó un disparo. Una vida menos, pensó. No le pareció nada del otro mundo. Luego la invadió una pena intensísima: seguía viva.

Al día siguiente se atrevió a hacerlo: llamó a Gaspar. Le temblaba la mano cuando marcaba su número. «Que no se ponga su hijo, Dios mío, que se ponga él.» «Que no se ponga él, que no esté.» Una voz de mujer contestó al otro lado. Le pareció la voz de Montse.

—¿Está Gaspar? —preguntó Julia.

La voz de Gaspar se oyó al fondo: «¿Quién es, Montse?» «Nadie, Gaspar.» Aquella mujer colgó. Julia llamó de nuevo, pero descolgaron e inmediatamente volvieron a colgar.

Bajó a la calle sin ver. La envolvía la vergüenza, el pánico.

Supo por Tom Wenders que el muerto era apenas un adolescente, y la trifulca había sido entre negros de Harlem y los puertorriqueños de la 109. En la esquina donde el chico había caído las mujeres hicieron una cruz con flores y se encendieron algunas velas. No había luto en los rostros, más bien el barrio estaba contento. Aquellas caras oscuras e inexpresivas enseñaban los dientes en medio de la nieve. Se oía más alta la música por las ventanas. Algunos bailaban. Tom Wenders la invitó a su casa. Todo estaba atiborrado de muebles que impedían el paso, butacas que se arracimaban unas encima de otras, mesitas y sillas de clases diferentes, y un gran equipo de música estereofónico colocado al fondo, detrás del pequeño escritorio. De allí surgía una débil música que se interrumpía con la charla de una cadena de radio mal sintonizada. Sobre el brazo de una butaca baja reposaban restos de comida y refrescos sin acabar. Tom y Julia tuvieron una pequeña conversación. Él trabajaba para una compañía de teléfonos desde su casa, revisando y ordenando listados de guías: llamaba a la gente para proponerles el cambio de sus aparatos, también se llevaba una comisión por cada apartamento que alquilaba. Debía de pesar unos ciento cuarenta kilos Tom Wenders. Cuando Julia salió de su casa, con una sonrisa de amigo y una mirada honestísima él le ofreció protección y tranquilidad.

—*Don't worry* —le dijo—, esto no va contigo. Contigo no se van a meter.

Como si a Julia le dieran mucho miedo los tiros de la 109. Como si su miedo fuera aquél. Al pasar por delante de su buzón deseó que los agujeros no blanquearan jamás, que no llegara nunca la respuesta que esperaba. Tom Wenders, en su desasimiento y en su soledad, parecía feliz allí entre sus muebles, ¿por qué no iba a serlo ella con un gran oso blanco velándola en el portal? Preparó su estrategia de supervivencia. Compró un ordenador portátil en la punta de Manhattan, al lado del puente de Brooklyn y de las Torres Gemelas, se puso manos a la obra con las correcciones de su segunda novela (¿por qué no la había tocado en todo el verano?), y cuando sintió que su vida empezaba a rodar por unos cauces de persona no enferma, organizó una fiesta de reconciliación con el universo. Con tres meses de retraso, metió en veinte metros cuadrados a unos treinta amigos y conocidos, todo el grueso de la población de españoles residentes en Nueva York con sus ramificaciones y aledaños, todos a los que Julia había evitado desde que llegó. Esa noche, con la música a todo trapo, decidió que no iba a esperar a Gaspar. También ella tenía donde elegir, tenía la vida por delante. Tenía éxito, trabajo. Era una privilegiada entre privilegiados, estaba allí entre ellos, en la gran manzana de Nueva York. Para no pensarlo mucho se dedicó a beberse todo el alcohol que trajeron sus semejantes en sus botellas camufladas, y a las cuatro de la mañana, con la fiesta en su apogeo, alguien la llamó.

—Hay un señor en la puerta. Pregunta por ti.

¿Un señor? Sólo había un señor en su vida. Julia se abrió paso jadeando en medio de la multitud. ¿Era posible que hubiera decidido venir a verla sin avisar? ¿Respondía así Gaspar a su ultimátum, personándose en medio de aquella fiesta a las cuatro de la mañana? No le creía capaz. Su corazón se inundaba de gratitud con cada paso que daba. Le presentaría a Pepe Segovia y Julietta, y a Manolo y Alberta, a todos sus verdaderos amigos a los que aún no les había hablado de su amor.

¿Pero de qué no iba a ser capaz aquel tío, que se había atrevido a pedirle un hijo una semana después de conocerla, que se había plantado ante sus padres dos semanas después? ¿De qué no iba a ser capaz aquel hombre, que la había metido en medio de su familia, que la había paseado de la mano por todo Port Nou? Allí estaba, plantado en la puerta. Pero no era él, Julia, no era él: era la mole de Tom.

—*I didn't expect this from you* —le soltó la mole—. *You have betrayed my confidence.*

—*Oh, my God, I forgot to invite you!*

Hablándole muy lento, en un inglés sumamente correcto, Tom le explicó que él jamás iría a una fiesta como aquélla, y que el escándalo debía terminar.

—*There are parents leaving up and children going to school.*

—*All right, Tom. I apologize sincerely, Tom.*

De la fiesta salieron la hija de Carlota y sus amigos los campistas. Se había reconciliado con ellos después de sus severas trifulcas. También estaban sus ángeles de la guardia japonesa Kon y Sin, y uno por uno fueron desfilando hacia sus domicilios. Cuando se quedó sola, tirada en la colcha roja, recordó las palabras de Tom. Había traicionado su confianza, eso le había dicho. Iba a serle difícil remontar aquella caída en picado de su amistosa relación. Le había fallado, sí, como le había fallado a Carole Insdorf no apuntándose al máster, como le había fallado a sus amigos no reuniéndose con ellos en el Village al llegar a Nueva York, y como muy posiblemente le fallaría a Gaspar si le daba por presentarse ahora, después de aquel bochorno que le había hecho pasar a las cuatro de la mañana dejándole su sitio al monstruo de Tom. Si aquel hombre por el que Julia estaba a punto de fallecer, si aquel hombre que no se dignaba a contestar su ultimátum tenía ahora la feliz idea de descender de los cielos y ofrecerle la luna y el sol, y pedirle perdón de rodillas, y arrastrarse por ella por barrios de negros y cunetas de puertorriqueños, no la hubiera encontrado muy bien dispuesta, la verdad. «*You have betrayed my confidence*», eso le diría. «*I didn't expect this from you.*»

Después de vaciarse el apartamento de gente, a punto estuvo de bajar a la casa de Tom para encontrar consuelo en los brazos de uno de sus costosos sofás, pero ya dudaba de que Tom le fuera a ofrecer asiento. Estaba visto que Julia no sabía más que fallar a la gente, en Riverside Drive o en el Bronx.

18

Tampoco podía decirse que con sus amigos fuera el colmo de la transparencia. Ella había interpuesto con ellos una distancia de seguridad nada más llegar. De aquel cruel romance que la ocupaba, no les había dicho nada, ni una palabra.

Los días siguientes a la fiesta, Tom la sometió a un boicot emocional. Le pareció que quizás se había enamorado un poco de ella. Cuando coincidían en el portal, bajaba la mirada para que sus ojos no se encontrasen. ¿Era Julia tan odiosa a sus ojos ahora, sólo por unos decibelios de más? Quizás Tom vivía en el mismo infierno, en la ausencia o el recuerdo de un amor que nunca llegará o que no va a volver.

Así pasó una larga semana, asistiendo a sus clases de inglés con Sin y Kon y con un Aroki mucho más relajado y distendido desde que vivía en un piso multitudinario de estudiantes norcoreanos. La que tenía ahora la bomba de sodio en el estómago era ella. Aguantó aquel curso de inglés como pudo. El último día ya no se hablaba con nadie, ni siquiera con sus dos amigos japoneses Sin y Kon, cuyas preciosas sonrisas borró sin contemplaciones de sus caras cuando le preguntaron si deseaba ir a tomar algo.

—*I desire nothing* —dijo Julia—. *I just want to rest.*

Con nadie, ni por teléfono ni por carta, mantenía ya relaciones; si le daba por morir en el 400 de la 109 nadie se iba a enterar. Ella no pensaba descolgar el teléfono, desde luego. Pero un domingo por la mañana el teléfono sonó. Era Pedro Hermida. Pedro estudiaba un máster de filosofía y política en la New School for Social Research. Estaba en Nueva York gracias a una beca de la Fundación FENOSA y tenía una enorme cantidad de matrículas honoríficas en su currículum. Su voz al teléfono era tan limpia que le pareció que por la ventana entraba una luz.

—¿Qué te pasa? Te noto triste la voz.

—Me estoy muriendo, Pedro.

—¿Cómo que te estás muriendo?

—Te juro que me estoy muriendo.

Quedaron en la tienda de té más antigua de Nueva York, y ante una taza de hierbas chinas le planteó su problema del modo más objetivo y científico que encontró.

—De amor, Pedro.

—Felicidades, mujer. ¿Y quién es el afortunado?

—Un tío que me lleva treinta años.

Le costó decirlo pero lo dijo. Le pareció que Hermida hacía rápidos cálculos mentales. Pedro fue pasando de su flema de científico a una indignación de matemático.

—¿Y para qué quieres mi opinión?

—Porque tú...

—¿Yo qué?

136

—Me ha dicho que nos casemos, y que yo me vaya a vivir a Barcelona.

—¿Pero tú no tienes casa? Tú estás loca.

Julia notó que trataba de darle una solución lo más exacta y razonada posible. Lo escuchó.

—Esto no es una historia de amor, Julia. A mí me parece un secuestro.

A lo mejor estaba enfadado por haberle planteado ella un problema irresoluble. Por la tarde lo llamó ella:

—¿Quién es el secuestrador según tú?

—Si te pones en sus manos tú eres la secuestrada. Te va a secuestrar de tu vida, de tu tiempo, de tu alma.

Dejó tranquilo a Pedro con sus ecuaciones. Por la noche lo volvió a llamar.

—Pedro.

—Qué.

—¿Has estudiado ya?

—Sí. ¿Qué quieres?

—Si él viene a por mí me entregaré, y se lo he dicho por carta además.

Esa noche también durmió sola en su cama roja. A los pocos días, al bajar a la calle vio clarear un sobre por las rendijas del buzón. La carta no era escueta como todas las anteriores. Era casi un libreto en letra pequeña en el que Gaspar le contaba a un tercero sus sentimientos hacia ella. «Querido Juan», decía la carta. Y a continuación dieciséis folios de dificilísima lectura y letra pequeñísima en los que Gaspar ponía al tanto a ese tal Juan de su enamoramiento y sus dudas, de su alegría y su pavor. A través de aquel Juan le llegaba toda su dulzura, pero también le pareció ver, en las expresiones y en la explicitud del estilo de Gaspar, el ojo apasionado y frío de un entomólogo. Al comenzar a leerla, más que una caricia sintió un empujón; aquel personaje masculino interpuesto la dejaba a ella en un tercer lugar. Gaspar hablaba de ella con un tipo inventado. Le había escrito un ensayo sobre su pasión. Julia no era un tú, era un ella, un aquélla. Respecto a su ultimátum, nada. Ninguna alusión.

Una semana más tarde apareció por fin. El veintiocho de diciembre de 1996, Gaspar bajó del avión entre una multitud de pasajeros, y con apenas una chaqueta de lana como todo abrigo y unos zapatos de suela salió a la helada atmósfera de Manhattan, saltó sobre la nevada que cercaba el aeropuerto John Fitzgerald Kennedy y se metió en un taxi que le llevó hasta la puerta de Julia Varela. Llegaría a la hora de cenar, eso le había dicho por teléfono, y no se había extendido más. También Julia se comportó como una eficaz esposa. A la hora convenida preparó unos espaguetis con verduras que era todo lo que sabía hacer, alisó su colcha roja y se sentó a la mesa de cocina a esperar. Pensaba que comerían, y que hablarían, y agotados de la emoción se abrazarían para dormir. Cuando le abrió la puerta a su amor, era la una de la madrugada. Hacía cuatro meses que no abrazaba aquel cuerpo. Le pareció el de un dios. Pero Dios no estaba contento. No tenía hambre, dijo. Dios quería lavarse las manos, pidió. Lo último que Dios quería era comerse un plato de espaguetis. Su maleta le pareció a Julia un espía dentro del apartamento. Sobre la colcha roja reconoció cada centímetro de su cara, cada arruga de su frente. Aquélla era la misma cara que había descubierto seis meses atrás, pero el cuerpo no era el mismo. Algo dentro de él había cambiado por completo.

—Mi nieto, mira, se llama Roberto.

—Felicidades, mi amor.

Era un niño muy bonito. Un bebé.

—¿No te importa que les llame? —Gaspar se fue hacia el teléfono—. Les aviso de que he llegado, y así les puedes felicitar. Ahora allí serán las siete de la mañana, se estarán despertando.

Gaspar habló con su hijo, con su nuera, y luego se los pasó. Julia se preguntó qué hacía felicitando a un tío que al otro lado sólo quería cortar. Le preguntó por el niño. Gracias, dijo aquel chico, ¿me puedes pasar a mi padre? Se puso de nuevo Gaspar. Cuando colgó aún había en su cara un resto de candor. «No tenía que haber venido», pensó Julia. «He sido yo la que le he arrancado de allí.» Gaspar le contó que había estado muy decaído durante el otoño, que aquélla era una época terrible para él.

—¿Por qué no me lo dijiste? Yo habría ido a cuidarte.

—¡Qué dices! Tú no te tienes que distraer —Gaspar se sintió alarmado—, Montse estuvo en casa. Ella me atendió.

Ya sabía Julia que no tenía que haberse movido de su lado. Aquel cuerpo que ahora desenvolvía como si encubriera un tesoro, al tocarlo le pareció que se retraía un poco, que reaccionaba a sus caricias con frialdad. Como hacen las mujeres en las películas románticas, también él encendía su deseo con su pasividad. ¿Era así como conseguían los seductores más fríos esclavizar a sus víctimas? Sintió que el tiempo a él lo había erosionado; en ella el efecto había sido el contrario. No podía evitar que le gustasen los surcos de su cara, la sequedad de sus manos. Su musculatura, que había traspasado hacía algunos años el límite de la plenitud, despertaba en Julia todo el amor. Sus ojos no se cansaban de supervisar cada recodo de sus piernas, sus brazos. Su pecho, más estrecho de lo que habría sido hacía apenas cinco años, le parecía más atractivo precisamente por lo que había dejado de ser. Los hombros, que aún mantenían el vigor de la madurez, despertaban en Julia todo el morboso interés. Todo él era un misterio para Julia, adelgazándose hacia la muerte, replegándose a la niñez. Aquella noche Gaspar le habló de la pena de no poder ofrecerle diez años más de vida, diez años más. Julia no quiso oírlo. ¿Acaso cuando fuera vieja él no la querría? ¿Y había derecho a enturbiar el encuentro con la tristeza? ¡Ella tenía vida, para los dos! El amor que Julia sentía era todo menos triste, y si para amarle tenía que entrar en su palacio de tristeza entraría gustosamente para demostrarle que el amor era todo menos triste. Y en aquel palacio abandonado se abrazaron hasta cansarse, hasta cansarlo. Justo antes de que sus ojos se cerraran Gaspar le dijo:

—Tengo un regalo para ti.

No sabía por qué, a Julia le parecía que los regalos de Gaspar eran una compensación de algo. «Me trae regalos porque él no se puede dar», pensó.

—¿Qué es?

—Mañana, cuando despiertes, lo sabrás.

Julia no pegó ojo en toda la noche. Pensó que le pediría que se casara con él. Permaneció agarrada a su espalda hasta que llegó el día. Toda la noche consultó su respuesta con Dios, que los contemplaba por encima del techo de la habitación, y sobre el edificio de apartamentos de la 109, y por encima del cielo surcado de aviones. Y Dios no la censuró. Dios no le habló de hijos, de nietos, de ex amantes ni de la edad. Ese Dios que no entiende de diez años menos o diez años más, a ese Dios con el que Julia hablaba mientras su amante dormía ella le dijo que sí, que quería a aquel hombre, que lucharía por él, y que no habría obstáculo en el mundo que se interpusiera, ni la vejez, ni la desgracia, ni su vida pasada, ni el borracho del trampolín. Eso pensaba decirle cuando despertara: quiero casarme contigo, amor mío, y quiero estar junto a ti todo el tiempo que la vida nos dé, y me transformaré, y me iré a donde sea para vivir a tu lado, y abandonaré mi casa y mis amigos y mi trabajo, dejaré la ciudad en la que he vivido sola y acompañada durante siete años. Todo lo que tengo no vale nada, no vale nada. Por mí puedes secuestrarme cuando quieras. Me haces un favor.

Se quedó dormida antes del amanecer. Despertó antes que él. Estuvo observándole dormido un buen rato. Gaspar abrió los ojos sobresaltado.

—¿Cuánto tiempo llevas mirándome?

—Toda la noche.

—Me da vergüenza que me mires.

—Ya lo sé.

Gaspar se levantó, fue corriendo a su maleta gris y con una gran sonrisa de mago extrajo un billete de una compañía de vuelos doméstica.

—Nos vamos a Miami. Al calor.

Antes pasaron la noche de fin de año en Tribeca, en casa del pintor Eugenio Grañido. Aquélla iba a ser la presentación pública ante los amigos de Julia. Ella se compró un vestido de terciopelo verde; él llevaba corbata y traje de profesor. Había unos treinta comensales, a los que Julia nada les había dicho de Gaspar. Era su novio, sí, tenía arrugas, ¿y qué? Tenía un hijo, y un nieto, y era asesor en el ministerio, el crítico más importante de la diminuta España, de la pequeña patria. Desde que entraron por la puerta hasta que salieron a las seis de la mañana del nuevo año, Julia no dejó de beber gin tonics y de fumar marihuana hasta que cayó redonda en un sofá. Pero es que sólo ella sabía que aquélla era su despedida de soltera, no tendría otra, no la tendría jamás. Recibieron el nuevo año en la cama roja, con una resaca que a Julia no le dejó recordar sus momentos estelares de la noche anterior. Cuando abrió los ojos Gaspar ya estaba preparado con su maleta. Se iban a Miami, al calor.

19

Alquilaron un coche en el mismo aeropuerto, y Gaspar condujo a través de los puentes hacia el Downtown. El cielo parecía de juguete, rosado, azul. Sentada en el asiento del coche, Julia miraba la alianza que le había entregado en el aeropuerto John Fitzgerald Kennedy antes de coger el vuelo. ¿Se habían comprometido? ¿Era aquél su viaje de novios y la boda había transcurrido ya? El anillo era una cinta de oro, grabada por dentro con los nombres de los dos y la fecha del día en que se conocieron. Cuando lo vio, Julia sintió una pequeña decepción: «¿Dónde están las palabras?», se dijo, «¿dónde está la pregunta que él debe hacer y la respuesta que yo debo dar?». Aquellas palabras se habían dicho una vez, en el hotel de La Coruña, cuando eran casi dos desconocidos. A Julia entonces le parecieron frívolas; ahora se preguntaba por qué no llegaban, por qué no se volvían a repetir. Le pareció, cuando la alianza llegó al nacimiento de su dedo, que Gaspar se preguntaba si era digna de su amor.

Se alojarían en casa de unos amigos. La idea no le pareció mal a Julia, aunque se sintió un poco intimidada cuando el coche empezó a circular entre jardines y mansiones por calles rectilíneas y solitarias por las que sólo paseaba algún que otro residente con gorra americana y perro de raza. Estaban en Coral Gables.

—De Isabel Blanco me he librado. Espero que no vayamos ahora a meternos en la casa de Julio Iglesias.

Gaspar se echó a reír. ¿Cómo no iba a enamorarse de ella? Nada la podía herir.

—No te preocupes, tonta, son amigos míos, gente catalana.

¿Que no se preocupara? La noche había caído de golpe sobre las calles y el coche. El avión se había retrasado tres horas. Iban a llegar tarde a una casa ajena y no habían podido ni siquiera avisar. Aquella «gente catalana», como él los llamaba, ¿sabían la clase de novia que se traía Gaspar? ¿Qué cara se supone que tenía que poner al ser presentada?

Para dormir les dieron la habitación de un hijo, con camas separadas. Por todas partes había pósters de indios y de piratas. Era posible que a aquella gente catalana no les acabara de parecer del todo bien que Julia y Gaspar durmieran en la misma cama. Se instalaron bien apretados en una de las gemelas, y a las cuatro de la madrugada, diez de la mañana hora catalana, sonó el teléfono en la mesilla. Frederic llamaba a su padre para saber si iría a la cena del Premio Nadal: «Estés donde estés te persigo. Soy la sombra de mi padre y le llamo cuando me da la gana, cuando duermes a él abrazada.» El espíritu de Frederic se coló entre ellos y pasó la noche echado en la otra cama, la desocupada.

Por la mañana desayunaron con los amigos catalanes en el jardín. Julia les dejó un libro de regalo. Sus anfitriones se lo agradecieron mucho. Gaspar intercambió alguna información con el señor empresario, que tenía una buena colección de arte en su casa y deseaba hacer algo, una fundación, una exposición. También deseaba comprar nuevos artistas. Gaspar le asesoró en todo lo que pudo, sentados en la biblioteca de su bonita casa, y se comprometió a interceder por él ante el gobierno catalán. Su mujer, que vestía de la cintura para arriba un traje de baño, le enseñó la piscina a Julia, y comieron algunas fresas y algunas cerezas. El cielo era azul y brillaba el sol.

Cuando salieron de allí Gaspar criticó mucho el dudoso gusto de aquella lujosa hacienda. Julia dijo que ya le gustaría a ella una igual.

Tras el intercambio de intereses se despidieron. Se fueron a un hotel de Miami Beach. Si su destino era aquél ¿por qué habían molestado a un matrimonio a las tantas del amanecer? Gaspar le dijo que lo habían hecho por educación, por no rechazar la invitación, pero a Julia no le parecía de buena educación irse a meter a la casa de nadie a las tres de la madrugada. No sólo todas las casas de Port Nou eran suyas, también las de Miami parecían serlo.

La playa no la pisaron mucho. Gaspar no se quitó los zapatos. Fue asomarse a la arena y volver otra vez a la acera. El paseo al borde de aquellos edificios coloristas a Julia le recordó muchísimo a su pueblo. Gaspar le hablaba de Art Déco.

Recorrieron a una velocidad ultrasónica los tres locales clásicos del lugar, el primer *burguer* de América, un local de zumos y un pub. Por la tarde visitaron a un artista. Un tipo embebido en un mundo extravagante y sin el menor interés. Olía un poco mal, como si llevara varios días sin ducharse. Toda su casa era una especie de museo de los horrores. Camas hechas de piel de vaca que a Julia le parecían una ordinariez. Colores ácidos por todas partes, una fantasía aburridísima, muy seria y premeditada lo invadía todo, los techos, las ventanas, las lámparas. Le pareció que el alma de aquel tipo estaba más seca que un hueso de caña tirado en la carretera, y que miraba a Gaspar con ganas de comérselo, como si llevara muchos meses sin ingerir alimento alguno y estuviera esperando todo ese tiempo a que entrara por su puerta un bocado. Con él vivía una compañera:

—Mi compañera —la presentó.

«A ver cómo me va a presentar a mí», pensó Julia, pero Gaspar estuvo fenomenal.

—Julia Varela, escritora.

—Ah, muy bien.

El artista y su compañera se deshicieron en requiebros con Gaspar y le enseñaron cada rincón del taller. Julia iba detrás de aquella perruna comparsa mirándose la alianza. Entre los dos se habían interpuesto aquel par de babosos aduladores. «Sé humilde», se repetía Julia, «sólo está siendo amable, está cumpliendo con su labor». El artista catalán le pidió finalmente a Gaspar que escribiera su catálogo para la próxima exposición. Aquel par de siniestros vendedores de arte no les invitaron ni a un café.

—¿Y te gusta lo que hace? —le preguntó ya en la calle.

—No está mal. Es gracioso.

—A mí me ha parecido un horror.

Gaspar se rió.

—Qué exagerada eres. No todo el mundo es tan bueno como tú.

Eso ya le pareció mejor a la mejor...

—¿Y vas a escribirle el prólogo a su catálogo?

—Le he dado esa idea a Frederic, lo están preparando en el ministerio.

«Negocios de familia, me callo», pensó Julia, e intentó verle la gracia al artista. Luego se miró el anillo.

—¿Y a Frederic qué le parece?

Gaspar se quedó mirando sin entender. A veces le costaba seguir a Julia. Cada frase que decía escondía cuatro que le quedaban por decir.

—¿Te refieres al artista?

—Lo nuestro, lo del anillo —Julia estiró el anular, evitó utilizar la palabra compromiso.

—Qué miedo tienes, mi vida. Se lo he encargado yo. Un amigo suyo joyero me lo hizo para ti.

Desde la escalinata de su casa, el artista y su eficiente compañera les decían adiós.

—Tienes razón en que soy una desconfiada —dijo Julia. Paseaban por Española Kay—, pero a veces tengo miedo, sí.

—¿De qué vas a tener miedo, a mi lado? —Gaspar le apretó la mano—. Tú eres valiente, Julia; mi hijo no va a ser un problema, ya lo verás.

—No tengo miedo de eso exactamente. Tengo miedo de algo mucho más normal. Todas las parejas discuten, todas tienen problemas, pero cuando nosotros los tengamos no estaremos solos el uno frente al otro, tú siempre tendrás a tu hijo a tu lado. Te refugiarás en él.

Gaspar se la quedó mirando con una ternura infinita. Eso era lo que le gustaba de ella, su franqueza.

—Qué lista eres —le dijo, y se lo dijo con una sonrisa complacida por la sinceridad de Julia. Fue toda su contestación.

—¿No me dices nada?

—¿Qué puedo decirte? Anticipas muchas cosas porque eres inteligente. Esa cabecita que tienes no te deja descansar. Y tus anticipaciones son verosímiles siempre, pero del futuro no sabemos nada. Lo que importa es si estamos dispuestos a afrontar el presente, y yo contigo lo estoy. Confía en mí. Querernos es confiar.

A Julia le pareció que con aquello no bastaba. No le hizo una promesa. Ella no se la pudo pedir.

En el hotel, después de hacer el amor, Gaspar fue a buscar su agenda en el pantalón. Nadie pasaba de la cama a la agenda con tanta rapidez. «¿Seré yo la que le provoco esto?», se preguntaba Julia. Y lo encontraba adorable: una persona ocupada, activa, que no se enajena con el amor.

—Es Elisenda. Una empresaria catalana riquísima —dijo Gaspar, mientras esperaba al teléfono—. Uno de los patrimonios más importantes. La tengo que llamar.

La forma en que Gaspar pronunciaba la palabra «patrimonio», o «rico», o «riquísima» le encantaba. Las decía con una mezcla extraña de burla y normalidad, como lo haría un inquilino mucho más antiguo en el edificio de la riqueza al hablar de unos recién llegados que alquilan el apartamento más caro, como lo haría un hombre que estaba dentro y al mismo tiempo fuera de la riqueza, lo mismo que ella estaba dentro y al mismo tiempo fuera de la pobreza. Se había salvado de aquel mundo con su trabajo, podía hablar con distancia de él. ¿Se había salvado? Estar junto a Gaspar era una evidencia. Julia sabía que su casa de Barcelona cayéndose a pedazos era uno de sus signos de distinción, lo mismo que su ropa entre estrafalaria y convencional, pero algo había en aquella manera de hablar de dinero que aún la sonrojaba. Puede que no perteneciera a su mundo, pero ¿pertenecía al de él? ¿Qué sabía Julia de riqueza? Ni siquiera se permitía pensarlo, como no se permiten los ateos la idea de Dios. Todo lo que fuera hablar de dinero le causaba el mismo pudor que enciende las mejillas de las mujeres feas cuando se habla de belleza. Ahora que Gaspar le hablaba de la «rica», de la «riquisísima», con aquel tono entre despreciativo y excitado, Julia se preguntaba cuál era el mundo de Gaspar, y qué le quería decir, ¿que ella no era rica? ¿Que aun así la quería?

—¿Ah, sí? ¿Y cómo de rica? —se apresuró a preguntar. Sin duda estaba por encima de aquella cuestión.

—Mucho, mi amor.

Como si la riqueza fuera un pecado del que Julia se había salvado, Gaspar la arrimó contra sí. Ella se erigió entonces en una gran defensora de los ricos.

—Seguro que serán gente trabajadora, gente luchadora. La gente no tiene dinero así porque...

La rica enseguida se puso al habla. La cara de Gaspar se transformó. «¿Que tendré yo que no tiene esa mujer?», se preguntaba Julia. «Si los seres humanos se compraran como se compran las obras de arte, ¿cuánto valdría yo?» Luego miraba a Gaspar, y se decía: «Mucho. Muchísimo. Muchisísimo.»

Gaspar concertó su cita. Colgó.

—Pues yo te la voy a dar gratis —soltó Julia, cuando Gaspar volvió junto a ella.

—¿El qué? —se la quedó mirando.

—Mi alma. Qué va a ser.

Los dos se partían de la risa.

Por la noche, la empresaria Elisenda les salió al encuentro vestida de *cowboy*. Una boca llena de dientes que no paraba de hablar y de reír. A Julia le cayó bien de tan vulgar que le pareció. Llevaba colgantes brillantes por todos lados: en las orejas, en la cintura, en el cuello y en las manos. Y no se cortaba un pelo de ofrecer a Gaspar sus encantadores pechos en bandeja. A Julia le pareció que Gaspar la había tenido en sus brazos más de una vez. Ella no parecía guardarle rencor. El marido, un hombre pequeño y atildado, con un traje que contrastaba con el de su mujer por su formalidad, observaba el espectáculo en un segundo plano. «Se ve que la rica es ella», pensó Julia. «A mí me toca la discreción.» Tenía el marido, además, la desventaja de ser madrileño, frente a la próvida catalanidad de su mujer. Ella llevaba la iniciativa en todo momento, no parecía una mujer acostumbrada a inhibirse sexualmente. Con sus ojos, con su boca, con cada parte de su cuerpo bien enfundado en pantalones de cuero, y con sus dos largas piernas alzadas en botas altas, toda ella hablaba de deseo. Había llegado a esa edad en que no le importaba nada que sus pensamientos ocultos los oyeran los demás. Julia trató de no sentirse excluida en aquel grupo de personas mayores, entre matrimonios formales y bien asentados, hombres y mujeres que no habían vuelto a leer un libro desde el año de su graduación. Se vio a sí misma explicándoles el estado de la narrativa española, sentada a una mesa redonda con comensales que la miraban aparentando gran interés. Julia no dejó de observar a la anfitriona. Nunca había estado ante una persona tan feliz. ¿Así era como disfrutaba de la vida una mujer de mediana edad? La desesperación del sexo a los cuarenta y tantos; la conformidad de los maridos arrinconados; las señoras y los señores muy educados que nada tenían que ver con Julia, nada que darle ni nada que pedirle, ¿qué pintaba ella allí? La entusiasta anfitriona empezó a sacar fotos antes de que todos se dispersaran. Julia parecía una más. La catalana aún propuso jugar al Cluedo. Su cohorte de españoles medio metro más bajos se quedaron a hacerla reír. La rica se despidió con gran tristeza de Gaspar. Esa noche, de vuelta en el hotel, Julia puso especial empeño en demostrarle a Gaspar con sus contorsiones sexuales que no le importaba aguantar veinte cenas como aquélla con tal de seguir a su lado, con tal de acabar juntos en la cama esa noche, y las que estuvieran por venir. En su vida había hecho cosas bastante más difíciles, aquel panorama no la desalentó.

Cuando volvieron a Nueva York, se sentía unida a él en cuerpo y alma. Habían pasado una semana haciendo el amor en hoteles de lujo. Gaspar calculó que Julia tendría gasolina al menos para un mes. La mejor escritora de su generación estuvo tranquila y satisfecha en su apartamento de la 109 hasta mediados de febrero, y a partir de ese momento, todavía inmersa en el alud de nieve que cubría la ciudad, empezó a pensar en trasladarse al Downtown. Contactó con su amigo Alfonso. Éste le dio el teléfono de Isolino, un gallego afincado en Nueva York que llevaba las empresas inmobiliarias de su padre. Quedaron en una pizzería para cerrar el trato:

—El apartamento está un poco viejo, ¿no te importará?

«Ya me ha visto cara de rica», pensó Julia, «ya me la ha pegado Gaspar».

—Pues claro que no me importa, qué me va a importar —dijo Julia. Tenía la cara dorada por el sol de Florida. Llevaba un collar al cuello parecido al de Elisenda. Se lo había comprado Gaspar.

Y allí se fue, con su futón auténtico y su mesa de cocina para escribir. Allí se le deshel´o la sangre, y allí recibió la primavera con sus olores y sus flores. La hermosa primavera de Nueva York.

20

El nuevo apartamento era encantador. A él se accedía por un portalón oscuro que conducía a un patio abierto, con un pequeño estanque octogonal en el centro delimitado por un murete de piedra. En aquel estanque se reflejaba el blanco de las nubes y el azul del cielo, y todo el cuadro le daba a la vieja finca un aire de exótica antigüedad. Desde 1940 no había sido remozada, y los materiales y los espacios eran humildes. En su día habían sido viviendas de trabajadores, y ahora aún servían como hospedaje a los estudiantes más menesterosos de Nueva York. Para adecentar la finca, Isolino y su padre habían pintado la fachada de blanco. De noviembre a mayo Nueva York vivió sepultada por la nieve, y el patio de la casa enseguida se convirtió en un blanco túmulo.

Un mes después de instalarse, un hombre con traje oscuro atravesó aquel patio y fue a verla. No solían aparecer por allí más que estudiantes y jóvenes aspirantes a actrices. ¿Era aquel hombre un cazatalentos que iba a visitar a Joaquina, la actriz española más antigua en el edificio y de melena más larga? ¿Quién era aquel hombre elegante que hubiera encajado mejor en un hotel de Central Park que en aquel pequeño patio de estudiantes? Por su aspecto no se podía decir que fuera un novio. ¿Y un padre? Aquel hombre sólo podía ser un amante. Un amante ilegal atravesando el estanque helado, todavía sin precisar a qué puerta llamaría, y quién correspondería a su amor, un amante huérfano todavía, al que Julia veía desde su ventana pero que no reconocía hasta que sonaba fuertemente el timbre de la puerta. Entonces sí. Lo tenía que reconocer. Era el hombre al que amaba, por el que había suspirado durante cuatro semanas, un amor el suyo tan descomunal que no le cabía en el corazón, que se le encogía nada más verlo, como se encogía aquel diminuto estudio cuando él entraba con su maleta venida de las amplias y confortables suites del Excelsior de Bruselas. El contraste entre su gran amor y la mínima y ruinosa estancia que Julia habitaba era la prueba palpable de que algo fallaba en aquella historia. Había allí un error de escala, una inmensa desproporción. Un arquitecto del amor hubiera hecho maravillas con aquel caso, pero habría tenido que ser un artista, alguien que no pensara en términos de rendimiento funcional sino de inversión técnica, que supiera aquilatar todas las superposiciones de materiales diversos y todos los desniveles de terrenos divergentes, alguien que se sintiera retado por aquella magnífica colisión de elementos dispares. Ellos dos en aquel pequeño estudio no eran una historia fácil de contar, y eso ya lo sabía Julia cuando oía la voz de Gaspar por teléfono, y cuando le veía cruzando el patio nevado, y cuando sonaba el timbre de la puerta. No lo veía así cuando él se iba, y cuando pasaba otro mes sin verle, y cuando oía su voz al otro lado del océano. Tendría que ser un artista el que explicara a los hombres aquella historia; a ella le tocaba vivirla. Y se atrevió a albergar en su pequeño estudio a un amante inmenso, y a salir del estudio con él de la mano, a cruzar con él el estanque nevado mientras Joaquina, y Hugues, y Alfonso, se preguntaban desde sus ventanas a qué clase de negocios se dedicaba Gaspar.

Sólo cuando se desheló el estanque, cuatro o cinco meses después de su primera visita, aquella desproporción entre Gaspar y ella empezó a atemperarse. Ya no le importaba lo que los otros vieran desde las ventanas, ni lo que pensara su excelentísimo amante del pequeño estudio lleno de ratones. Su corazón se había agrandado tanto desde el viaje a Miami que hasta el brotar de la primavera y aquel deshielo deslumbrante que dejaba regueros de agua sucia a su paso le parecieron el fruto natural de la dilatación de sus arterias.

Pero con el calor llegaron los ratones. Al principio eran unos ratones pequeñitos. Bajaban por la chimenea decorativa y se acercaban a su mesa de trabajo para comprobar con cierta cautela qué clase de animal era Julia. Un par de días después ya circulaban descaradamente por la pequeña estancia con perfecta indiferencia. A Julia no se le ocurrió poner el grito en el cielo por aquella invasión. Al contrario, asumió su presencia como el precio añadido de haber alquilado un estudio misérrimo, y se acostumbró a trabajar en la compañía de aquellos roedores y a dormir bajo su tutela. De alguna manera le recordaban a los que invadían su casa cuando era una niña, aquellos ratones a los que su madre quería matar y Julia, salvar.

Por la noche se acercaban a la cabecera de la cama a puñados y se levantaban sobre dos patas para verle bien la cara y comprobar que aquel animal gigantesco seguía dormido allí. En medio de la oscuridad, su gesto inquisitivo le parecía tan humano. Los ratones comprobaban si seguía viva o si se había muerto, si podían hincarle el diente o si todavía la tenían que respetar. Observaban además la decencia de preguntárselo con unos chillidos que sólo emitían por la noche, cuando todo estaba en silencio, a una distancia de quince o veinte centímetros de su nariz. Al principio Julia no contestaba, se mantenía quieta, pero luego ya se dio cuenta de que era lo contrario lo que aquellos ratones reclamaban de ella. Querían que se moviera, que les hablara, y lo empezó a hacer a la cuarta o quinta noche.

Aunque parezca raro, los ratones tienen bastante conversación. Al principio no pasaban más que de un tímido «¿Estás viva?» «Sí, ratita, estoy viva como tú.» «¿No te importa que venga a verte?» «Puedes venir cuando quieras, linda ratita», pero luego ya no hacía falta que ellas le hablaran. A las tantas de la madrugada, cuando seguía sin pegar ojo pensando en Gaspar, Julia les dirigía la palabra. Los ratones la escuchaban con toda su atención.

Las ratas de Sullivan Street fueron testigos de su desesperación en aquel apartamento cochambroso de Nueva York. Cuando su amante se iba ellas ocupaban su lugar. Ellas eran las depositarias de todo cuanto Julia le callaba a su espléndido amante. Mucho calla el que ama porque mucho esconde, como el que oculta bajo la alfombra la suciedad de su hogar ante una visita inesperada, también Julia le ocultaba a Gaspar, todo lo que no fuera la fragancia del limonero, y las aguas cristalinas del estanque fabuloso, y se lo contaba a las ratas. No acababa de confiar en él.

Su tercera visita se produjo a principios de abril. Esta vez el ultimátum fue suyo:

—Tenemos que tomar una decisión. No podemos seguir así —le dijo desde Barcelona.

—Pienso lo mismo que tú —dijo ella, mientras apartaba una rata de su mesa de escribir.

—¿Cuándo vuelves a España? —Faltaban tres meses para que Julia terminara aquella especie de mili en Nueva York—. ¿Qué vas a hacer?

—Irme contigo.

—Por fin, Julia. Por fin.

Gaspar se las arregló para encajar un viaje de Estrasburgo a Canadá. Antes pasaron juntos una noche en el pequeño apartamento de Sullivan Street. Cuando estaban en la cama roja, Gaspar volvió a hablarle de tener un hijo. No le encontraba el menor sentido a estar en aquel cuartucho sin otra finalidad. Se lo planteó de nuevo con sus razones:

—Tengamos un hijo primero, y después casémonos. No quiero ser egoísta contigo, quiero asegurarme de que puedo darte eso.

Julia sintió que le estaba pidiendo el certificado de fertilidad.

—Los hijos los dan las madres, ¿no?

Gaspar se sintió muy mal comprendido.

—Yo no sé lo que para ti es el amor, Julia, pero yo no mezclo mi sangre con cualquiera. Para mí ofrecerte un hijo es la mayor prueba.

«Menudo racista», pensó Julia.

Cada vez que aquel tema salía, aquella urgencia del hijo, Julia se sentía como una vasalla en manos de un rey. «Quiere probarme primero, si no soy fértil me repudiará.» Esa noche estuvo a punto de dejar las pastillas. Volvieron a hacer el amor. Soportaría lo que fuera, cenas con gente que no le decían nada, hijos que la odiaran, lo que fuera por aquel niño, el que Gaspar necesitaba para seguir queriéndola, para seguirla viendo. Después tuvieron una larga conversación: Julia no dejaría su casa de Madrid pero pasarían juntos el verano en Port Nou. Gaspar acababa de recibir una parte de su herencia, y estaba arreglando una bonita casa al lado de sus padres. La estrenarían juntos. En septiembre ella se trasladaría a Barcelona a vivir.

Antes de que Gaspar volviera a España, Julia le acompañó a Canadá. Se instalaron en la casa del embajador. Él y su mujer, dos personas de sesenta años sumamente agradables y educadas. Todo fueron sonrisas, pero la muerte rondaba por allí, en aquellas vidas resueltas y asentadas de la señora embajadora y el señor embajador. ¿De verdad podían tomarla en serio como escritora? «El día que publique otro libro éstos no lo leerán», pensó Julia. Pero se les veía enamorados, tanto que a los anfitriones les daba la risa tonta en el comedor. Con el embajador, Gaspar habló de vinos y política. Cuando llegaron a los postres se habló del asunto que le traía allí: la exposición itinerante de arte catalán, que comisionaría Frederic desde su nuevo despacho en la Generalitat. Lo acababa de estrenar.

—¿Y qué tal tu hijo? ¿Cómo le va? —el acento familiar lo introdujo la embajadora, rozándole la mano derecha los dedos de Julia. Gaspar pasó a toda leche por aquel tema. Echó de menos que Julia no fuera su mujer.

—Muy bien, muy bien, acaban de hacerme abuelo.

Está muy contento, ha ganado su plaza este mes. ¿Y los vuestros? ¿No hay nietos?

—Uy, ésos no tienen prisa. Ya vuelan solos —decía la embajadora, moviendo los brazos como una gaviota—. La mayor está en la ONU.

Julia habló de la nieve, de lo mucho que la impresionaba aquella capa de nieve cubriéndolo todo. La primera vez que la había visto fue en la televisión, en una película basada en un cuento de Andersen: «La cerillera.»

—Qué cuento tan triste, me encanta, ¿verdad? —la embajadora fue a sentarse al sofá junto al fuego. Le encantaba la literatura. Estaban los cuatro en torno a la chimenea, mientras nevaba. De los cristales para fuera.

Después de la cena se fueron a la cama rejuvenecidos, la embajadora más que el embajador. Qué gusto da verlos, dijo ella, cuánto me alegro por Gaspar. El embajador, en cambio, no estaba tan a favor: este Gaspar qué cosas tiene, fue lo que le dijo a su mujer antes de apagar la luz.

Al volver del país de los hielos, Julia convenció a Gaspar para que se quedara un par de días en Nueva York. Por las aceras de Manhattan, Gaspar se aburrió como un león. Por la tarde, mientras hacían el amor, ella recibió la llamada de unos amigos. La invitaban a una fiesta que daba Augusto Campos en su casa. La juventud española que cotiza en bolsa, la nueva manada de creadores jóvenes estarían allí. ¿Pertenecía aún Julia a aquel batallón?

—Cuánto lo siento —se disculpó—, tengo una visita estos días, qué mala pata.

—Te has echado un novio —su amigo Alfonso insistió—. Pues te vienes con él.

Gaspar estaba sentado en la cama. Se vio de pronto como un estorbo en la vida de aquella muchacha.

—Ve tú, Julia, yo me quedo leyendo. Te espero.

—Si tú no vienes yo no voy.

Era una casa moderna en la Calle 9 del lado Este. Arquitectura vanguardista en la zona más cara de Manhattan. Cogieron el ascensor en el portal y, cuando éste se abrió, ya estaban en el *loft* donde tenía lugar la fiesta. Alfonso les recibió. A aquel chico de unos veinticinco años no se le movió ni una pestaña cuando extendió la mano a Gaspar. «Así se porta un amigo», pensó Julia, «ahora que tengo que dejarles me empiezan a gustar».

En el salón de doble techo había una larga mesa dispuesta para la cena. Caras conocidas: la actriz Paula Marcos a un extremo de la mesa, tan jovencita y más relajada que otras veces, con la simpatía acelerada de los demasiado jóvenes y demasiado famosos, y Augusto Campos, el cineasta vasco que iba a comerse el mundo desde aquella casa de sus papás. El cantante Pepe Segovia, encantador y social, echándole un cable a Gaspar. Pero a Julia no había quien le echara un cable; sintió que él se apartaba, que buscaba una esquina de la mesa. Julia no se movió durante toda la cena de su lado, como si entre ellos y el resto del mundo se hubiera erguido un muro de cristal. Gaspar miraba el reloj y pensaba en Frederic. A esas horas en Barcelona estarían dándole a su nieto el último biberón. Todos aquellos jóvenes famosos y bien relacionados eran de la edad de su hijo. ¿Por qué él estaba allí y Frederic no? Les habló a todos de Frederic, les dio una tarjeta con su nombre y su teléfono, trabajaba aquel hijo en el departamento de cultura de la Generalitat, les vendría bien conocerlo. Le entraron unas ganas terribles de llamarle por teléfono, de convocarle aunque fuera por un momento a aquella reunión. De la deliciosa comida no probó ni dos bocados. Le daba la mano a Julia y se removía en la silla. Intentó distraerse pero no fue capaz. La úlcera, la maldita úlcera lo empezó a carcomer. A los postres Tano Buriel fue a sentarse enfrente, pero sólo encontró la sombra autista y paralizada del joven que Gaspar había sido treinta años atrás. Los esfuerzos de éste por convertir en locuacidad lo que sólo eran trozos de conferencias mal hilvanadas, teoría charlada, le hicieron sentir a Julia horriblemente culpable de haberle metido allí. Se despidieron los primeros. «Esto se acabó», pensó Julia, mientras bajaban en el ascensor. «A mí no me vuelven a invitar a otra fiesta. Mejor.» Aquélla fue una cena de despedida. De los de su tiempo, de los de su lugar. «Elegir es renunciar, compañeros, y yo me voy con éste. Adiós», se sintió aliviada mientras lo pensaba, mientras caminaban por la acera de la Calle 9. «Por fin me los saco de encima», pensó al fin.

Esa noche, antes de que Gaspar tomara el avión para volver a Barcelona, hicieron el amor hasta la madrugada como nunca lo habían hecho, queriendo que naciera un niño, diciéndoselo. No se volverían a ver hasta el 30 de mayo, dos largos meses por delante para pensarlo, para desearlo. Pero todo era ya tan inevitable como aquella primavera que había estallado en las copas de los árboles de Nueva York. Los almendros de Washington Square estaban en flor, y el corazón de Julia estallaba con cada día que pasaba. Con las cartas y el teléfono fue construyendo el puente de su regreso, el comienzo de su vida junto a Gaspar. ¿Saldría bien? ¿Saldría mal? Saliera como saliera ya no había modo de retroceder. Ahora era ella la que pensaba en tener un hijo. Su embarazo no empezó entonces, en la última noche que pasó con Gaspar en Nueva York, ni cuando pisó por primera vez la arena infernal de Port Nou, ni siquiera nueve meses después de volver a España, viviendo ya en Barcelona, sino mucho antes, lo sabía bien, desde que se lo pidió por primera vez.

Antes de dejar Manhattan, Julia ya llevaba dos semanas preparando su equipaje. ¿Qué era aquel equipaje? ¿El ajuar de una novia? ¿De una buscavidas? ¿De una estudiante?

—Me voy a vivir con Gaspar.

Se lo dijo a su amiga Carlota en el taxi que compartieron hasta el aeropuerto. Carlota no lo acabó de entender.

—¿Estás segura?

—¿Y quién lo está, Carlota? ¿Quién puede predecir el futuro?

Su amiga, mirando por la ventanilla, parecía la mujer sensata de una película mala, con Manhattan al fondo del Queensborough.

—Tú sabrás lo que haces, pero Gaspar no tiene tu mismo horizonte; él comienza un descenso y tú estás despegando, en muchos sentidos te puede frenar.

Te puede frenar. ¿Sabía aquella Carlota de lo que hablaba? ¿Había sentido Carlota alguna vez aquella fuerza en su interior? Los comentarios de su amiga no le merecieron ninguna respuesta. Calló como una ahogada y se dedicó a mirar por la ventanilla. Qué sabía Carlota, divorciada, qué sabía Carlota sola, con una hija, Carlota, de amor?

—¿Quieres decir que me puede frenar profesional-
mente?

—No sólo en eso, en todo. Deberías pensarlo bien.
No volvieron a cruzar una palabra en todo el tra-
yecto. Le pareció que aquélla ya no era su amiga. Paga-
ron el taxi a medias y en el aeropuerto se despidieron.
Julia la vio alejarse con la actitud de una profesional que
sabe adónde va. Ella se metió en el avión y cerró los
ojos. Le producía cierto placer ir contra el vaticinio de
aquella mujer.

El avión llegó a Madrid a las siete de la mañana. Los
amigos realquilados le abrieron la puerta en pijama. Le
pidieron si podían quedarse hasta después del verano.
Todos sus libros apelotonados contra la pared y sobre
ellos otros ajenos superpuestos. Otros discos que ente-
rraban los suyos; aparatos de música y cables por todos
lados. Julia arregló algunas cuentas en el banco, visitó
al director del periódico para el que trabajaba, y tomó el
avión a Galicia para pasar unos días con sus padres antes de reunirse con Gaspar.

4. LA UNIÓN

21

Hubo una especie de pedida de mano. Los padres de Julia invitaron a Gaspar a pasar las fiestas del Carmen con ellos. Gaspar tomó el avión a Santiago, se presentó en un coche alquilado y trajo consigo unos pasteles para el café. Era la segunda vez que estaba allí, en aquella casa fría al lado del río, con tierra alrededor, la suficiente para mantener una huerta y algunas gallinas y conejos. También había flores, un pequeño jardín delantero cuidado sin grandes intenciones. ¿Había salido de allí la mujer a la que amaba? No. Había salido de un mundo mucho peor, un inframundo que Gaspar quiso recorrer, visitar. Un inframundo que Julia le enseñó temblando. Cuando Gaspar se paseaba por aquellas casitas medio en ruinas al lado del río, Julia sentía que pisaba su corazón. Es suyo, se decía, lo que a mí me pertenece también le pertenece a él. Gaspar aún recordaba la fuerte impresión que le había producido la madre de Julia el verano anterior: una mujer con presencia, que al mismo tiempo lo asustaba y le admiraba. Le hubiera encantado poder estudiarla, si aquella mujer de su edad que no sabía menos que él se hubiera dejado. Ella era la que hacía los negocios en la familia, traía dinero como su marido, tenía hijas universitarias, trabajaba media jornada en una casa vecina. No era diferente a la señora que le limpiaba la casa a él. Hacía ahora un año Eudoxia le había escrutado de arriba abajo como se mira a un animal antes de comprarlo: «Mi hija te quiere», le había dicho entonces, «y tú pareces un hombre bueno... Lo pareces». En aquella ocasión todos se rieron, pero a Gaspar no le pasó desapercibida la frase. El verbo parecer, mientras los ojos de aquella mujer perforaban su ser. Ahora no le observaba. Lo recibió con los brazos abiertos. Él había ido a ver a Julia varias veces a Nueva York, lo que ellos nunca habrían podido hacer.

Hubo una comida que la madre sirvió como le habían enseñado en la casa para la que trabajaba, acercando la bandeja por la izquierda del invitado y a la altura de su antebrazo para que éste se sirviera. De primero, merluza a la gallega pescada por el padre, y de segundo un cabrito en su jugo que habían comprado a unos cazadores. Gaspar sólo comió la mitad. Se pronunciaron las frases justas, las necesarias, para la transacción simbólica de la hija. A Julia todo le parecía innecesario. Eudoxia no se sentó a la vera de Gaspar sino en la cabecera de la mesa. José al lado del novio, camarada, conciliador.

Se habló de todo y de nada, y a los postres Gaspar inició con timidez su papel. Utilizó palabras. Se entendió que pedía a su hija, que se la llevaba, vamos. La madre casi se sonrojó, como si aquel hombre le estuviera pidiendo matrimonio a ella. Se recompuso enseguida:

—Mi hija lleva muchos años haciendo su vida, Gaspar. Desde que era una niña ha ido tomando sus decisiones, a veces con aciertos, a veces con errores. En muchas ocasiones he sufrido por ella, siempre lejos, entre gente extraña —iba a decir entre gente como tú, pero se calló—. La hemos ayudado de la única forma que podíamos hacerlo: apoyándola siempre... —titubeó—, somos humildes, ya ves... Lo que ha conseguido lo ha hecho ella —se estaba poniendo ridícula, su hija no lo iba a aprobar, lo atajó—. ¡Tiene un gran carácter, eso sí!

—¡Como el de su padre! —intervino José, para distender.

Se rieron los tres. Gaspar se aferró a la broma.

—¿Cómo es Julia, Eudoxia? ¿Tú cómo la ves?

—De agárrate —se rió la madre—, pero es noble, es mi hija, qué te voy a decir.

Julia no sabía dónde meterse. Miraba a Gaspar y sufría por él. Pensó en las vacas nobles y en las que dan coces. ¿También eso le iba a decir su madre a Gaspar? ¿Que a veces daba coces y atravesaba las puertas de los establos y había que ir a buscarla al monte?

—Está muy cambiada —continuó la madre—, desde que te conoce... Tiene un corazón —iba a decir de oro, pero se calló. La que tenía allí el corazón de oro era la hermana—. Ya sabes cómo somos los padres, Gaspar. Sólo te pedimos que la trates bien.

Sólo te pedimos. Callada como una muerta al lado de su padre, Julia sintió una pena tremenda de ver a su madre en una posición negociadora tan débil. ¿Por qué les hacía pasar por aquello? Todas sus palabras le sonaron a reprimenda. La transacción ritual de una hija que lleva diez años emancipada de la casa familiar. ¿Acaso no estaban contentos con ella? ¿Con sus éxitos, con su vida en Madrid? ¿Y con aquel hombre de Barcelona que la venía a pedir? Aquel hombre educado, mayor y divorciado, con hijo y un nieto, dio acuse de recibo.

—No tengas miedo, Eudoxia, estaremos bien.

No hubo en aquella comida ningún intercambio de regalos. Ningún anillo de compromiso más que el que Julia lucía en su dedo desde el viaje a Miami. A su madre aquella alianza no le dijo nada, cuando Gaspar le cogió el anular a Julia y se lo enseñó. Eudoxia le concedió al catalán el beneficio de la duda, estuvo de su lado, a favor, y a la altura de aquel hombre de modales exquisitos y seductora gestualidad que verdaderamente parecía enamorado de su hija.

Cuando los vio marcharse, una mezcla de orgullo de raza e intenso dolor la embargó. Su hija se iba con aquel hombre, su sangre se separaba de su sangre. Su sangre de raza joven se injertaba en la sangre vieja de Gaspar. ¿Y se la había llevado así, gratis? ¿Qué habían hecho ellos para que Julia les cambiara por aquel señor?

22

De Nueva York Julia había traído algunos regalos. Si por ella fuera sólo habría comprado el regalito para el nieto, pero Gaspar le aconsejó llevar algo también para Frederic y su nuera. Lo primero que hicieron antes de instalarse fue ir a visitarlos. Frederic miró a su padre con cara de incredulidad. Espe le enseñó su álbum de la boda. Una boda solemne y religiosa. Allí estaba Gaspar, de frac, junto a su ex mujer.

—Qué guapa es tu madre, Frederic —se le ocurrió decir.

Frederic dijo gracias. Tenía ganas de que se fueran, de que la visita terminara ya. «No he hecho bien», pensó Julia, «no tenía que haber hecho la más mínima mención». El niño que habían tenido era una verdadera monada, un bebé realmente bello, pero Frederic lo único que tenía en la cara era una tremenda decepción.

Gaspar salió de allí feliz, con la sensación de que esta vez su hijo había sido más amable que el verano anterior. Julia pensó que tampoco era necesario que el hijo de Gaspar la quisiera, con que la quisiera Gaspar.

La nueva casa, dentro del recinto de la inmensa propiedad familiar, había sido la casa de los guardeses, pegada por el norte a la casa grande de los padres; enfrente, la casa del hermano más joven, y por el sur colindaba con la del hermano mayor.

—Te ha quedado muy bien, es preciosa.

—La he hecho para ti —Gaspar le entregó las llaves para que la abriera.

Julia no sabía muy bien qué quería decir aquello. ¿Se la iba a regalar? Metió la llave en la cerradura. Entró. La reforma que Gaspar había hecho parecía más pensada para un hombre solo que para alguien que piensa casarse y tener hijos. Contaba sólo con tres espacios: un salón con cocina y jardín trasero, una única alcoba para dormir y una tercera estancia más grande para el estudio y la biblioteca. No veía por ningún lado el cuarto que ella necesitaría para trabajar. La biblioteca estaba rodeada de libros y había mesas con los apuntes de Gaspar por todas partes. Aquella distribución que comunicaba los tres espacios de la casa negaba toda intimidad. Él se imaginaba a Julia escribiendo a su lado. Le había puesto una mesa frente a una ventana que daba a una acacia, en una esquina mirando al jardín. La escenografía no podía ser más romántica, pero a Julia le dieron escalofríos sólo de imaginarse escribiendo con Gaspar a sus espaldas. Se sentó.

—Me temo que soy incapaz de trabajar en presencia de nadie, mi amor.

—Lo sé, lo sé —Gaspar la adoró cuando la vio como una niña caprichosa sentada delante de la acacia—. ¡Pero qué difíciles sois los artistas! Mira, podemos dividir la biblioteca con una puerta corredera, aquí —y señaló con su pie el centro de la estancia.

«Gaspar cree que soy una bohemia», pensó Julia, y

fue a dejar sus cosas al rincón donde menos pudieran molestar.

Julia quería pisar un poco de firme antes de dejar los anticonceptivos. Tanta espera no le hacía mucha gracia a Gaspar. «Si se queda embarazada ahora», pensaba, «yo tendré el niño con cincuenta y nueve. No es mala edad». Que Gaspar le controlara su ciclo menstrual a Julia la ofendía. De momento, tenía que conformarse con ella. ¡Pero si era el ser más adorable que había tenido en sus brazos! La colmaba de mimos y de atenciones, y Julia sabía que no estaba en Port Nou de vacaciones. Eran los primeros cimientos de su vida junto a Gaspar, le había costado un año abandonarse a su sentimiento, aquel año horrible de la distancia en el que sintió que le perdía si no se asía a él, y ahora Gaspar le devolvía con creces su confianza. No la soltaba de la mano ni para comer.

—¿Y por qué no un tabique? —le sugirió Julia al tercer día de dormir juntos—. Es más práctico, y más barato. Lo de la puerta corredera yo no lo acabo de ver.

Gaspar se hizo valer.

—No quedaría bien. Rompe la idea de lo que es una casa abierta.

Y tanto que era abierta. Tenía cinco puertas, y no se sabía cuál era la principal. Desde el primer día, primos, hermanos e hijos iban y venían de unas casas a otras sin llamar ni preguntar. Al quinto día Julia compró una lavadora. Para evitar la exposición al sol, mandó hacer unas cortinas sencillas, después de comentarlo con los dos hermanos y las dos cuñadas de Gaspar, que no se ponían de acuerdo en cuál era la mejor tela ni la mejor tienda ni el mejor instalador de cortinas. No entendió muy bien aquella necesidad de Gaspar de consultar con todo bicho viviente, incluida su madre y su reciente nuera, la colocación de unas cortinas. Al final fue sola a la tienda. Aquel primer intento de introducir una iniciativa propia en la casa, le resultó agotador. Cuando las cortinas estuvieron puestas, después de forcejear con el propio Gaspar y con todos cuantos consideraron que tenían opinión en el asunto, una tarde apareció Frederic, atravesó la casa por delante de Julia sin saludarla, se metió en el dormitorio y fue directo a las cortinas:

—Tienen una caída horrible —fue todo lo que dijo aquel experto en caídas de cortina—. No pueden ser de peor gusto, papá. ¿Las vas a dejar?

Julia se quedó helada. Casi le entraba la risa del bochorno que la embargó.

—Bueno, hijo —Gaspar se levantó de la mesa tambaleándose, como si le acabaran de noquear—. No son muy bonitas, tienes razón.

Sin otro objeto aparente para su rauda visita, Frederic se marchó. Llevaba unas bermudas y unas náuticas de verano.

—Quizás no sean muy bonitas —Julia intentó repararlo.

—Es que él es muy sensible a estas cosas. Ya ves que el gusto en casa es todo un tema. No se lo tengas en cuenta.

Gaspar decidió odiar aquellas cortinas para no odiar a su hijo, y Julia aceptó la situación: un altercado sin importancia. Lo importante era que las cortinas estaban allí y que ya no les achicharraba el sol ni les veían haciendo el amor desde el jardín.

Después de aquel episodio no volvió a intentar aportación alguna. Tampoco tuvo prisa por ponerse a escribir. Las obras de la división de la biblioteca le costaron a Gaspar sudor y lágrimas. ¿Era de buen gusto aquella reforma? ¿Era necesaria en realidad? Había mucho que construir entre ellos antes de pensar en ponerse a escribir o en formar un hogar con cortinas. De momento su trabajo en el periódico podía hacerlo delante de la acacia, con Gaspar a sus espaldas. Él permanecía poco tiempo en la biblioteca. Cada cinco minutos se levantaba e iba a ver a su madre.

Una tarde, desapareció un buen rato y ella trató de concentrarse. El jardín crecía asilvestrado en torno a la acacia. Los restos de la obra todavía sin recoger se acumulaban entre la maleza. Era un jardín precioso, recoleto y abandonado. Daba a una zona sombría y poco visible, que a Julia le gustaba mucho por su intimidad. Se levantó, fue a pedirle a Mohamed, el mozo marroquí que cuidaba la finca, una azada y una hoz y se puso a rozar las malas hierbas y a acarrear los restos de cemento y piedras acumuladas. Se sintió inmensamente feliz cuando la azada empezó a levantar la tierra. El olor a humus la embriagó, y en menos de media hora había hecho un buen trabajo: el suelo empezaba a estar uniforme, y asomaron de pronto unas escaleras antiguas de piedra que antes estaban cubiertas. Frederic apareció en la puerta que daba a aquel jardín. Estuvo un rato mirándola cavar. Ni la llamó por su nombre ni le dijo hola ni le sonrió. Julia lo vio cuando ya se iba.

—Frederic, ¿buscas a tu padre?

—Sí. ¿Dónde está?

—En casa de tu abuela.

Se secó el sudor y se limpió la tierra de las manos. Desde el episodio de las cortinas, la actitud de Frederic no había hecho más que empeorar. Los encuentros con él en la casa de sus abuelos a la hora de comer eran verdaderamente desagradables, pero Gaspar no parecía darse por enterado. Si Julia comentaba algo él se indisponía. Aquello se tenía que arreglar con el tiempo, como el jardín. ¿Pero quién iba a empezar con la obra, y cuándo? El rencor de Frederic hacia Julia se traducía en un incremento exagerado del amor de Gaspar. En aquella guerra sorda, a veces ella tenía la sensación de ser utilizada como munición. A veces incluso pensaba que aquélla era una guerra anterior a su presencia. A veces llegaba a pensar que Gaspar se había enamorado de ella para defenderse de Frederic, como el guerrero agotado que encuentra un buen escudo tras el que guarecerse. Siguió limpiando las escaleras. Enseguida apareció Gaspar. Venía con su hijo. No les veía juntos desde hacía varios días; «las cosas van mejor», pensó. Detrás llegaron en comitiva el hermano mayor y dos hijos de éste. En menos de cinco minutos hubo allí una nutrida facción de Ferrés de todas las edades y tamaños. Julia tuvo la sensación de que venían a pararla, como se viene a parar a un obrero de una obra ilegal. El hermano mayor le quitó de las manos la azada y se puso él mismo a cavar compulsivamente, dándole lecciones de cómo debía hacerse. No tardó mucho en arrojar la azada contra la pared, y se fue, sacudiéndose sus calzones de lino blanco. Gaspar la convenció para que dejara el trabajo. «Éstos no han trabajado en su vida y ver a alguien de su clan haciéndolo los indigna.» Eso fue lo que pensó Julia: que la consideraban de su clan.

—Me he puesto a arreglar un poco el jardín —se agarró a Gaspar, cuando se fueron.

—Ya lo hará Mohamed, no tienes que hacerlo tú. Te dejo escribiendo y a la que me levanto te pones a trabajar.

«Ya lo hará Mohamed.» Poco tenía que enseñarle aquel moro a Julia de cómo se retiran las malas hierbas.

Lo había hecho desde pequeña. ¿Y acaso era Gaspar el que decidía cuándo debía escribir? ¿También en eso tenía que intervenir? Trató de serenarse. Llevaban juntos un par de semanas. Cavar. No era eso lo que le pedían. Se había excedido, otra vez. Aquélla era la propiedad de los Ferré y era razonable que las decisiones de arreglar un jardín o dejar de hacerlo las tomaran ellos. Pensó que más le valía ser práctica: dejar de preocuparse por cómo estuviera la casa y dedicarse a disfrutar de su amor. Aquel trabajo era de criados. Se quedó a medio hacer. Gaspar le pasó una mano por encima del hombro y la metió en casa.

—Arréglate, ¿quieres?, y vamos a la playa.

Le extrañó que Gaspar quisiera bañarse a aquellas horas, no solían hacerlo por las tardes. Se pegó una ducha mientras él la esperaba en el camino. Salió con el corazón en la boca, después de vestirse a todo correr. No entendía aquella prisa de Gaspar.

—¿Te has puesto el bikini que te regalé?

Claro que se lo había puesto, aunque con las prisas no estaba muy segura de si del derecho o del revés. «Le desespera mi lentitud», pensó, mientras trataba de alcanzarle. Al lado de él, ella parecía la prudente anciana.

Cuando llegaron a la arena entendió por fin la causa de tanto trote. Frederic y Espe tomaban el sol con el niño debajo de una sombrilla. Una mujer mayor le hacía carantoñas al bebé. Cuando se acercaron, vio que era la misma mujer que salía junto a Gaspar en el álbum de la boda de Frederic. La abuela del niño había venido a pasar la tarde con su hijo y su nieto en la playa. Frederic había ido a decírselo a su padre. Gaspar tiró de Julia y se la puso delante a su ex mujer. Todo parecía una improvisación.

—Hola, Simoneta, ¿cómo estás? Te presento a Julia. La señora Simoneta no hizo ni caso, ni a Gaspar ni a la chica. Espe rellenó el vacío hablando con Gaspar. Julia se fue a colocar su toalla un poco apartada. Se puso a la izquierda del grupo, ni dentro ni fuera. «¿Será lo correcto?», pensó.

—Es siempre así de antipática, no te lo tomes como una cosa personal. Es que no lo puede evitar, ni siquiera conmigo tiene una relación normal.

—Pues claro, no te preocupes —Julia le tranquilizó, aunque le pareció de lo más normal que aquella señora quisiera disfrutar de una tarde tranquila con su nieto, sin ex maridos ni novias de ex maridos por medio—. Quédate un rato con ellos, yo estoy bien aquí.

—Depende de cómo la pilles. No siempre es así —Gaspar iba y venía de la sombrilla del nieto a la toalla de Julia—, ni siquiera te ha saludado. Será descortés.

—Pero es que no es necesario, Gaspar.

Él entendía las cosas al revés. Según él aquella mujer era la responsable de la mala actitud de Frederic.

—¿Pero qué le costará hacer ese esfuerzo por su hijo?, sólo le pido un poco de normalidad.

Julia se calló. Gaspar volvió de la sombrilla una vez más.

—Qué desagradable, nunca lo pensé.

—Estate tranquilo. Hemos venido a la playa, tranquilamente, ése era el plan, ¿no?

Estuvieron a punto de discutir. Aparte del gusto, había otro tema importante para Gaspar. Las formas. Y allí estaba, reclamándoselas a una mujer de la que llevaba quince años separado. Julia se acercó para hacerle alguna gracia al pequeño. Dirigió a la abuela una sonrisa playera, que ésta no devolvió. Frederic parecía contento de tener a su padre y a su madre a merced del nieto, aunque fuera de una forma tan pintoresca. Fue la primera vez que Julia vio las cosas de otra manera. Comprendía que aquel chico no la mirara, que no la quisiera ver. «Así que aquí estamos todos», se dijo, «qué buena escena para un Velázquez de nuestro tiempo», pensó: «Yo echándole crema en la espalda a Gaspar, y él con un pie en mi toalla y el otro en la del nieto, el hijo y la ex mujer.» «Con lo a gusto que me hubiera quedado cavando el jardín.»

Cuando se fueron a casa, Julia sintió, en el modo en que Gaspar la cogía de la mano, que había ganado unos buenos enteros en su amor. ¿Y no se trataba de eso? ¿De fortalecer los lazos que les iban uniendo contra las dificultades? ¿Pero acaso era aquello una dificultad? ¿Qué lo era para su amor? «Humildad», se decía Julia, «humildad». Ya no quemaba la arena. Todo se volvía blando bajo sus pies. «A su manera, Gaspar todavía quiere a esa mujer», pensó, «todavía se siente con algún derecho sobre ella», y lo compadeció. Apiadarse de él le causaba un placer que no había experimentado en su vida con nadie. Con nadie más.

En la tercera semana del verano, aparecieron los amigos franceses de Gaspar. Después de comer con toda la familia, a Julia se le ocurrió invitarles a tomar café en su casa nueva, un modo espontáneo de agradecerles que les hubieran prestado su finca el verano anterior. La señora Ferré se mostró encantada con esta iniciativa insólita de la joven y atípica novia de Gaspar. Se apuntó a la expedición. Ambas iban pensando por el camino en las tazas y las cucharillas descascarilladas que tenía Julia en su casa para servir. Aquella loza vieja no era para invitar a nadie. Gaspar la había traído de alguna casa vacía, por aprovechar, pero es que no les había hecho falta hasta entonces. Julia había intentado hacer alguna compra pero la comida se les pudría en el frigorífico. Siempre comían en la casa de la señora Ferré. Aquellas comidas colectivas, de número variable y generaciones dispares, eran sagradas. Desertar de ellas significaba desertar de algo importantísimo que a Julia le costaba horrores comprender. ¿De verdad que no se daba cuenta Gaspar de lo bueno que era hacer una compra entre los dos, cocinar juntos y comer a solas? Le parecía un poco de caradura comer allí un día tras otro; para su intimidad, además, tenían las cenas en el bar de la plaza, pagadas por Gaspar en una cuenta que saldaba a fin de mes. Intentó alguna vez invitar ella, pero aquel gesto resultaba completamente ridículo, como monedas tiradas por un turista a la fuente de los deseos. Enseguida se convirtió en uno de sus grandes placeres: ir con Gaspar al final del día, después de aquel baño de familia que suponía cada jornada estival, y sentarse en la terraza del antiguo jardinero de los señores Ferré a pedir lo que se le antojara. A Gaspar le servían y se marchaba. Pero ese día Julia no quiso esperar a la noche para tener con aquellos amigos un gesto de agradecimiento. Lavaría las tazas, las secaría, les enseñarían la casa a medio hacer. Le causó un placer tan extremo preparar ella misma el café que no llegó a enturbiarlo la mirada de escrúpulo de la señora Ferré cuando acercó sus labios a aquella vajilla desusada, ni la que madre e hijo se cruzaron al ver cómo Julia, sin la ayuda de ninguna criada, se acercaba y servía con la cafetera a sus invitados. ¡Y hasta parecía que disfrutaba! Fueron tan gentiles aquel par de amigos, y tan educados, que a ellos nada se les notó.

Gaspar y su madre acompañaron al matrimonio

hasta la mitad del camino, y Julia se quedó fregando. Era la primera vez, desde que estaba allí, que se mojaba las manos debajo del grifo. Fue un placer instantáneo. Gaspar volvió y la abrazó por detrás.

—Qué buena esposa eres —bromeó.

Venía muy contento. Julia había cautivado a sus amigos con su sencillez. Como regalo para la casa nueva les iban a comprar una vajilla.

—Con la falta que nos hace —se alegró Julia. ¿Un regalo de bodas? Tal vez.

—Ha dicho mamá que en Figueres ella conoce un buen sitio. ¿No te importa que venga, verdad?

—Pero qué dices, claro que no. Nos ayudará a escoger.

A Julia le hizo una inmensa ilusión aquel viaje a Figueres en busca de la vajilla nueva. Desde que había llegado a Port Nou no había visto más horizonte que el de la playa ardiente y las comidas colectivas en el jardín.

Al día siguiente se pusieron en marcha en dos coches. Los franceses en uno y Gaspar en el suyo, con su anciana madre en el asiento delantero y Julia en el de atrás.

La tienda en la que entraron se parecía mucho a la antigua mueblería de su pueblo, y Julia se puso a buscar inmediatamente los modelos que más le gustaban. Una a una fueron cayendo en vacío sus propuestas de estilo. Los amigos franceses y Gaspar iban detrás de la señora Ferré, como si aquella mujer tuviera en su poder el mapa que les llevaría a un tesoro escondido. Se revolvía tan ilusionada entre los estantes, sin ser capaz de decidirse por ningún juego, que Julia desistió de su búsqueda particular y acabó por enternecerse. La señora Ferré parecía una novia de ochenta años escogiendo su ajuar. Lo que sintió por ella fue una clemencia enorme: le dio la impresión de que era la primera vez en su vida que la sacaban de paseo y que le dejaban escoger. Al final de toda aquella complicada operación a través de pasillos, recodos, y sótanos, guiados por el gusto infalible y la agotadora inseguridad de la señora Ferré, Julia ya no sabía para quién era el regalo, si para Gaspar o para su madre, o para una hipotética boda entre los dos. Después de infinitas dudas, la señora Ferré escogió una vajilla completa igualita a la del Bar Montgrí, dura e irrompible, industrial. Todos aprobaron la tendencia funcional, moderna, sin pretensiones. A Julia no le podía parecer más fea. «A caballo regalado no le mires el diente», pensó.

Pero no tuvo claro en qué casa se quedaría el regalo hasta que llegaron a Port Nou. Gaspar descendió del coche con la caja en brazos y acompañó a su madre hasta su casa. Julia se fue a la suya a prender el televisor. Poco después apareció Gaspar con la caja por la puerta. La vajilla volvía a su dueña. La señora Ferré había tenido la suficiente sensatez para no quedársela, aunque Julia estaba segura de que Gaspar no había escatimado esfuerzos en que así fuera.

Por muchos ejercicios de comprensión que hiciera, Julia no encontraba ninguna normalidad en aquella relación entre la madre y el hijo. A veces le parecía adorable por parte de Gaspar, que veía cómo su madre iniciaba la curva final de la vejez. Otras veces tenía la impresión de que si ella no estuviera con él, Gaspar no le haría ni la mitad de caso a su madre. Y le daba por pensar que el amor que Gaspar desplegaba en torno a la señora Ferré, pendiente hasta el último extremo de llevarla y traerla con ellos a todos lados, era un amor extraído directamente del que Julia le daba a él. ¿Estaba Julia transfiriendo su sangre joven al caudal agotado de la señora Ferré? Lo cierto es que aquella señora cada día estaba más vívida y mona, y más orgullosa con la novia de Gaspar, mientras que Julia, conforme se iba acercando septiembre, empezaba a desfallecer de falta de aire y cansancio. Alguna vez llamó a sus padres por teléfono, pero verdaderamente su familia empezaba a ser la de Gaspar. No podía decir que la trataran mal; al contrario. Había comido más filetes de solomillo que en toda su vida, se había bañado cuantas veces había querido en el mar. Pero algo había en aquel trato perfecto y sonriente de inhumano: aparentemente armónico como el cuadro viviente del jardín, pero en el fondo agobiado, tenso, inclemente. En cuanto a tomar decisiones Julia no existía. Se lo tomó con paciencia. Pensó que ya habría tiempo de ir conquistando terreno. No allí, desde luego. En Barcelona, donde tendrían su hogar. De momento sólo la obligaban a ser feliz.

Hasta el quince de septiembre, justo un día antes de que Gaspar empezara sus clases, no se movieron de Port Nou. El tiempo ya estaba cambiado, los primeros vientos de la tramontana ennegrecían el horizonte por el Montgrí, y algunos de los sobrinos y nietos se habían ido ya. Aún quedaba un nutrido grupo en torno a la mesa de los padres el día de la despedida. El señor Ferré se había pasado el verano con un creciente impedimento respiratorio y de movilidad. Aquellas primeras muestras del inicio de la decadencia le habían sumido en un constante letargo semidepresivo, del que sólo despertaba para contradecir alguna orden de su mujer o hacer cambiar de lugar a las personas de la mesa. A aquel cascarrabias Julia le había tomado cariño.

El anciano, absorto durante toda la comida, aguantó hasta los postres, y luego, sin pedir ayuda a nadie se levantó de la mesa para retirarse. Cuando estuvo en pie, se desmoronó por el suelo como un saco de patatas. Sangraba por la frente. Nadie se acercó. A Julia le pareció una inmensidad el tiempo que aquel hombre permaneció solo tirado en el porche. Corrió a cogerle la mano.

—¡No lo toques!

Filip, el hermano mayor, la apartó bruscamente. Fue un gesto que le recordó el principio del verano, cuando le arrebató la azada con que cavaba en el jardín.

—Hay que ver si respira, hay que levantarlo entre tres —organizó Filip.

Todos los esfuerzos que se pusieron en marcha para cargar con aquel anciano, más pequeño y débil que ninguno de sus descendientes, no pudieron borrarle a Julia la impresión que recibió. Lo retiraban del porche dándose instrucciones, como si estuvieran moviendo un mueble muy pesado que les fuera a sepultar. A Julia le entraron ganas de llorar. Allí nadie lloraba, ni se alteraba. Se sintió estúpida, hipócrita. Aquél no era su viejo. ¿Qué había intentado hacer?

23

Estaban en Barcelona y había que tomar decisiones. No parecía que Gaspar tuviera prisa al respecto. Iban del brazo a todas las fiestas del final de verano, y Barcelona se abría ante ellos como una flor. Asistieron a todas las cenas, reservaron asiento en el palco del Liceo el día de la apertura de la temporada, eran asiduos a las veladas musicales de la Plaza Real. Julia se presentaba ante la sociedad civil y la sociedad civil le hacía un lugar. Algunos ya sabían quién era, otros ya tendrían tiempo de enterarse. Como los tenores que circulaban por el Liceo, Julia estaba dispuesta a dar el do de pecho en aquella escena. No había prisa. Tenía todo el tiempo del mundo para hacerles sentir a todos agradecidos por su presencia, para arrancar de sus manos los fervientes aplausos. Ahora pensaba en su mudanza de Madrid.

Estaban en la cama, y acababan de hacer el amor. El teléfono sonó. Era la realquilada de Julia. En octubre dejaba la casa.

—¿Qué hago? —lo comentó con Gaspar—. Tengo que decidir si dejo mi casa de Madrid. ¿Qué hacemos, mi amor?

A Gaspar aquella pregunta lo cogió en falso. Él estaba muy bien.

—Tienes que pensarlo tú. Ahí no te puedo ayudar.

Ayudar. ¿Pero es que no estaban juntos? Julia se amohinó.

—Pensaba que este salto lo daríamos los dos.

—Tú sabes que yo te recibo con los brazos abiertos —le dijo—, no sé qué aconsejarte, mi amor.

Julia se levantó de la cama. Cogió un cigarrillo y se fue al estudio. «¿Aconsejarme? Me has pedido que me case contigo el segundo día de conocernos. Cada noche me pides que tengamos un hijo. A todas horas me dices que me quieres, hace un año que nuestras vidas están unidas, te he enseñado mi belén, me has metido en el tuyo, pero llega la hora de tomar una decisión verdadera, una decisión real, y me dejas sola. Yo ya estoy en el barco contigo, y lo más gracioso es que es tu barco, no el mío, y en tu barco ¿tengo yo, un marinero raso recién llegado, que tomar las decisiones por los dos?»

Todo este parlamento interior, Gaspar pareció oírlo desde la cama. La comprendió de una manera no del todo satisfactoria para Julia:

—Te entiendo muy bien. No quieres hacerlo sola. Vayamos entonces juntos a Madrid.

No era un acompañante lo que Julia quería para hacer la mudanza, sino alguien que la empujara, que asumiera con ella aquella responsabilidad: pasar de la vacación a la convivencia, de la historia romántica a la historia de amor, del sueño a la realidad. Y tuvo la sensación de que Gaspar no lo hacía. Le pareció que la había lanzado al charco y que él se quedaba en la orilla, mirándola nadar. ¿Iba a ser ella una «acogida»? Te acojo, le había dicho, te recibo con los brazos abiertos. ¿Estaba Julia refugiándose en él? Se sentía como un pez boqueando en dique seco, con el anzuelo desgarrándole el pescuezo. ¿Es que no se daba cuenta del dolor que le estaba infligiendo? Aunque no le costaba entender su postura: era mucho más cómodo asumir a Julia con un par de bolsas de ropa que a Julia entera con su vida a cuestas, sus libros, sus mesas. Lo que Julia era, lo que se había forjado desde hacía diez años que vivía por su cuenta: un mundo de objetos que la respaldarían, que le darían fuerza. ¿Por qué no lo dejaba todo y lo vendía en el rastro como había hecho con los enseres de Nueva York? ¿Por qué no se olvidaba de una vez de quién era?

El día de la mudanza, cuando cogieron el avión en El Prat, Gaspar dejaba muchas cosas por hacer en Barcelona. Iba a Madrid para nada. Julia se lo notó. Y se sintió inmensamente agradecida y terriblemente sola. Si eso no era amor, si no era amor lo que Gaspar hacía por ella, entonces ¿qué era?

—No te prometo nada —Gaspar acojonado, mientras los operarios de la mudanza esperaban en la acera—; pueden fallarme los brazos, pero ya ves, el corazón no.

Julia tuvo la sensación contraria. Le pareció que Gaspar se zambullía a cargar cajas para descargar de todos los pesos su corazón. Se puso a trajinar de una forma tan desordenada que le daba miedo que se rompiera.

—No cojas las cajas, las cojo yo —se las quitaba de las manos. Gaspar se ofendió.

«Nunca lo ha hecho», pensaba. Tenía que haberle ahorrado aquel esfuerzo. Se sentía la promotora del cambio, y Gaspar se convirtió de pronto en un sufrido operario. Su cara de sufrimiento y su manera compulsiva y desprogramada de desarrollar la energía parecían querer decirle a Julia algo: que lo tuviera en cuenta para el resto de sus días.

Cuando acabó la mudanza Gaspar se hizo a un lado. Ella pagó las cien mil pesetas que traía preparadas. Se dio cuenta de que era la primera vez que soltaba dinero desde que estaba con él. El mozo cobró mientras Gaspar esperaba, ajeno a la operación. Dejaron las calles estrechas y sucias del centro de Madrid y se volvieron a Barcelona a olvidar cuanto antes la escena.

En una semana recompuso sus libros. Toda su biblioteca estuvo en pie en la habitación donde Frederic había estudiado sus oposiciones. Era la habitación del tercer piso, con un gran ventanal que daba al jardín. Desde allí se veían las dos grandes palmeras y el inmenso pino despeinado que sobrepasaba la altura de la azotea. En aquel cuarto, comprimidas, cabían todas sus pertenencias. Sólo quedaba una mesa en el centro que no era suya, una mesa grande que no se podía mover. Sobre el tapete aún revoloteaban los últimos apuntes de Frederic. Aquella mesa había pertenecido a la ex de Gaspar, junto con una bicicleta estática que yacía en la esquina, los dos únicos restos de su vida anterior. Maldita la gracia que le hizo a Julia heredar aquella mesa de madera y hierro. Gaspar se la encasquetó.

—Algo has ganado con el cambio —le dijo—. Has ganado una buena mesa.

Él se quedó con las dos ligeras tarimas en las que Julia siempre había escrito, y ella no se atrevió a despreciar el muerto de su ex.

Ese día Gaspar no comió en casa, y Julia contaba con su hijo a la misma hora de siempre. Desde que habían vuelto de vacaciones seguían comiendo juntos. A veces se sumaba Montse a las comidas, o venía Espe con el niño, lo que distendía un poco a Frederic. Cuando a las dos se oyó el imponente portazo que avisaba de su llegada, Julia bajó corriendo a recibirle.

—¿No está mi padre? —Frederic miró al suelo.

—Hola Frederic —Julia también miró abajo, por si había algo que recoger—. Tu padre ha salido. Vendrá después.

Frederic se sentó en la silla de su padre, de espaldas al jardín. No levantó la cabeza del plato durante toda la comida. No era aquello una novedad, pero ahora que no había nadie por medio a Julia le pareció el momento de intentarlo.

—¿Y qué tal con la exposición que estás montando? Me dijo tu padre que iban las cosas bien.

—Gracias. ¿Me pasas la sal?

«¿Será gilipollas?», pensó Julia, «o le digo ahora lo que le tengo que decir o seguirá llenándome la boca de mierda cada vez que la abra».

—Frederic.

El hijo de Gaspar la miró. Julia estuvo a punto de estallar.

—¿Cuántos artistas tenéis contratados?

Frederic siguió comiendo. Sonrió levemente, por la comisura de los labios.

—¿Y qué tal el niño? —probó Julia.

—Bien. ¡Dolores! ¿Qué hay de segundo? —«¿Por qué no se calla esta tipa y me deja comer?»

—¿Y Espe?

—También bien. ¡No tiene mucha sazón el asado, Dolores!

«Si crees que vas a ganarme esta guerra de nervios estás equivocado», pensó Julia.

—He traído mis cosas hoy —dijo—, me he trasladado.

«Ésta se cree que soy su compañero de piso», pensó él.

—Está la mesa de tu madre. ¿No te vendrá bien? Frederic se levantó. Fue a decirle algo a Dolores a la cocina.

—A este pollo le falta un poco de pimienta —le oyó decir—. Se ha pasado usted con el aceite, Dolores. Tiene usted que hornearlo durante media hora; no se lo acaba usted de aprender.

El modo de tratar a Dolores de usted, como si hubiera mucho respeto en ello, mientras le gritaba con voz de falsete y en un castellano casi deletreante, como si la cocinera fuera una extranjera que no hablara su mismo idioma, le pareció a Julia denigrante. «Pobre Dolores», pensó, «tratar así a una señora, menudo gilipollas».

—Mi madre también cocina —se le ocurrió decir, cuando Frederic volvió a sentarse.

Estuvo a punto de decirle que lo hacía para otros, a mil kilómetros de allí, y que a aquella hora su madre, como Dolores, estaba sirviendo la mesa de unos señores, no sabía muy bien si tan idiotas como él. Tuvo miedo de reventar por segunda vez. Frederic levantó los ojos.

—Lo hace bastante bien —añadió Julia.

«Sólo me faltaba ahora que trajeras aquí a tu madre», pensó Frederic.

«¿De qué se reirá este gilipollas?», pensó Julia.

Fue toda la conversación que mantuvieron. Desde la cocina Dolores seguía a lo suyo, moviéndose con más susto cuando se acercaba a la mesa, a la espera de su valoración. Cuando terminó de comer, Frederic pidió café.

«Todavía no tiene suficiente», pensó Julia, «debe terminar su protocolo. Debe hacerme sufrir un poco más. Esta comida le está resultando verdaderamente agradable, en realidad». Dolores llevó la bandeja a la mesa de la sala. Julia pensó en retirarse, pero no lo hizo. «Paciencia», se recordó. Quizás ahora podían intercambiar alguna palabra, fumarse un pitillo. El hecho de que no se fuera podía significar que le abría una puerta. Frederic bebió de un golpe el café y se puso a ver *Nissaga de poder*, con el mando en la mano, los pies sobre la mesa y los ojos clavados en la televisión.

—*«No em deixis mai.»*

—*«No. No et deixaré.»*

Fue todo lo que consiguió entender. Una mínima y romántica conversación entre dos enamorados. Frederic se levantó, cogió su chaqueta y se fue. Julia se acercó a la cocina. Dolores estaba terminando de recoger. A la madre de Julia le faltaba una media hora para acabar su jornada y volver a casa. La llamaría entonces, para decirle que la mudanza había ido bien, que estaba contenta, que todo iba bien.

—Dime una cosa, Dolores.

Dolores dejó de secar la loza.

—Él es así. No hay que hacerle mucho caso. Ya se le pasará.

—¿Pero tú crees que algún día cambiará? Yo creo que no. Que siempre será así.

—Se cansará, no sufras. El señor Gaspar es feliz contigo, y yo me alegro por él.

—¿Es tu hijo así?

Dolores no contestó.

—Mi madre trabaja también en una casa —dijo Julia.

Dolores la miró.

—Éstos —le contestó Dolores—, están educados a su manera. En cada casa es diferente, ya ves.

—¿Tú crees que Gaspar es feliz?

—Lo es —repitió Dolores—. Qué más quiere él.

Julia se sintió halagada. «Estoy aquí para hacerle feliz», se dijo. Se sentó en el taburete de la mesa de servicio. Luego meneó la cabeza. Pensó que no tenía que estar allí.

—¿Qué debería hacer? ¿No hablarle? No tenía que haber traído mis cosas tan pronto. Tenía que haberlo pensado mejor.

—No te angusties, mujer, son los nervios. ¿Quieres una tila? ¿Te la hago?

—Gracias, creo que me voy a mi cuarto.

Subió a la habitación. Era una buena mujer, no le había dicho nada en contra de Frederic. Era justo el camino que ella debía seguir, tratar de no mirar a Frederic como un enemigo, no cogerle miedo. Al abrir la puerta del cuarto vio unos zapatos y un tío tirado a lo largo. Era Frederic. Se había tumbado en su cama a ver la televisión.

—Lo siento —Julia se llevó un susto—, creí que te habías marchado.

Cerró la puerta y salió huyendo. Notaba, bajando las escaleras, el corazón bombeándole sangre. Trató de tranquilizarse.

—Está en nuestra habitación.

Dolores ladeó la cabeza. Miró el reloj. Era la hora de marcharse. Julia se ofreció a llevarla en coche hasta su casa. No quería permanecer allí ni un minuto más.

24

El piso de Dolores era muy pequeño, apenas setenta metros cuadrados en un edificio de tres plantas en
Castelldefels. Le enseñó el álbum de la boda del hijo, estaba muy guapa de madrina, y le enseñó el comedor con
su mesa, sus sillas y su tresillo. «Ahora te despides y te
vas», pensó Julia.

—Toma un café. ¿Quieres que te haga un café?

—No, gracias. Tengo que volver.

Julia no sabía muy bien a qué tenía que volver. ¿A
hacerse fuerte en su bastión? ¿A recuperar su sitio en el
palacio de Gaspar? ¿Era aquélla su casa? ¿Era aquél su
amor? De regreso, al subir la esquina de la calle notó
que el corazón empezaba a bombearle sangre de nuevo.
Una taquicardia en toda regla se apoderaba de ella, pero
ya no estaba en la acera la moto de Frederic. Respiró.
Había podido controlar aquella reacción durante el verano, en las comidas con Frederic entre otra gente, pero
ahora que se veía con aquel panorama en Barcelona,
todo lo empezaba a superar. «Yo no valgo para esto», se
dijo. «Tendría que haberme quedado en Madrid.» Ver el
coche de Gaspar en la esquina la tranquilizó. La espera-

ba en la puerta con una sonrisa llena de luz. «Que nunca se borre esa sonrisa de su cara», pensó, «pero yo no puedo seguir ocultándole lo que me pasa». Se atrevió a contarle lo nerviosa que se había puesto mientras comía con Frederic. Temió que le fuera a reñir.

—No tiene que ver contigo —Gaspar la apretó contra sí—. Tranquilízate. Hablaré con él.

—¿Por qué no alquilamos una casa para los dos? La pagamos a medias.

—¿Pero qué tonterías dices? ¿Adónde nos vamos a ir?

—Pues algo tendré que hacer. No quiero seguir sintiéndome como una allanadora.

—Julia, eres mi mujer —la recriminó Gaspar.

—Pues compartamos los gastos entre los dos.

—Si vas a sentirte mejor lo haremos.

Al día siguiente fueron juntos al banco. Abrieron una cuenta a nombre de los dos. El día que Julia metió su sueldo en aquella libreta se sintió satisfecha. «Adiós ahorros», pensó. «Pero qué ahorros malditos», se dijo luego, «¿por qué tengo miedo?» Gaspar fue por la tarde a hablar con Frederic. Estuvo más cariñoso que nunca con Espe y con el niño. Al final se sentó junto a su hijo y cumplió su deber. Pero ¿decirle, qué? ¿Es que no estaba claro? Todo aquello le pareció exagerado:

—Julia ahora vive en casa, ya lo sabes... Cuánto te agradecería... rey.

Frederic le escuchó. Tuvieron una conversación de padre a hijo, de hombre a hombre. A partir de ese día llamaba para avisar que iría a comer. Ya no se presentaba con un portazo sino que avisaba por teléfono a Julia. Antes preguntaba si estaba su padre. Cuando no estaba su padre él no iba. Julia encontraba su moto en la acera y sabía que estaba comiendo en el bar de la esquina.

Cuando estaba su padre Frederic escenificaba una amabilidad repudiante y fría. Nunca se dirigía a ella directamente, pero al menos hablaba de «vosotros», de «los dos». Era un comienzo. Gaspar se daba por satisfecho. En aquel juego de las buenas maneras sin pizca de afecto, Julia aún sufría más. No había sido buena idea quejarse de sus desaires. Lo único que le quedaba era ahorrarse con alguna excusa aquella espantosa hora de la comida: aquel tío clavado como un soldado; padre e hijo guardando las formas, dándose el parabién. Lo hizo una vez: vio la moto de Frederic a la puerta y le causó tal repugnancia la idea de pasar por aquella situación un día más, que se dio media vuelta y se perdió por Sarrià. Comió unos huevos fritos en un bar de obreros lleno de humo y con el suelo sucio. Pidió una cerveza. Sintió que no había disfrutado de un placer tan grande en todo el tiempo que llevaba con Gaspar. Empezó a ver por la tele *Nissaga de poder*. Pensó: «Yo soy gilipollas, qué hago aquí. Frederic con los pies en la mesa de la sala y yo comiendo entre cigarrillos y cervezas. Esto parece una novela de Moravia, y yo una de sus desgraciadas.»

Cuando volvió, Gaspar ya estaba solo. Ese día Frederic no se había quedado a tomar el café. Aquella sonrisa de Gaspar. Aquella sonrisa llena de luz la volvió a recibir.

—Pobrecito, qué angustiado está —le dijo, refiriéndose al hijo, mientras la ayudaba a sacarse el abrigo.

—¿Qué te ha dicho? ¿Te ha dicho algo? —Julia se hizo la ilusión de que Frederic estaba pasándolo tan mal como ella, y que se había sincerado. Deseaba perdonarlo.

—Es el trabajo, que no le va bien —dijo Frederic—. Lo entiendo tanto... este mundo de burócratas de la Generalitat... Siempre he pensado que Frederic no serviría para eso.

—¿Por qué no le va bien? ¿Qué le pasa? —preguntó Julia.

—Tiene a un tío por encima de él, uno de Convergència... y no es mucho lo que gana, además. Tengo que hablar con Eladi, a ver qué podemos hacer. Qué rabia, no tengo corazón para nada desde que estás tú. ¿Me perdonas, verdad? Tengo que ocuparme un poco de él. Voy a hacer un par de llamadas.

—Pues claro. Yo también tengo que ponerme a trabajar. Este cambio nos ha paralizado a los dos.

Gaspar pasó meses haciendo llamadas de teléfono, quedando con Eladi y buscando apoyos entre los amigos del partido para que ascendieran a Frederic. Julia aprovechó para matricularse en un curso de doctorado y en un curso de catalán. Tres días a la semana comía fuera. Los otros dos días Frederic no venía.

La economía que hacían era conjunta. Julia cerró su cuenta corriente en Madrid. Aquella cuenta a su nombre era lo último que le quedaba de su vida de soltera. Le encantó desprenderse de ella. Estaba contenta de que fuera así, de colaborar al cincuenta por ciento en los gastos de la casa. «¿Y si esto no funciona?», pensaba. ¿Pero por qué tenía que pensar en eso? Menuda mezquindad. ¿Acaso Gaspar pensaba en aquellos términos? Le encantó sentirse de igual a igual.

25

A mediados de noviembre, la casera empezó a acuciarles con cartas para que desalojasen la casa. Gaspar se resistía como gato panza arriba a abandonar aquel palacio destartalado en el que había vivido sus últimos veinte años. Aquella casa era de alquiler y Gaspar había agotado todos los plazos para seguirla ocupando. Saber que era una casa de transición le daba tranquilidad a Julia. La nueva que ocuparan sería un espacio intacto para los dos. Empezó a buscar piso por Barcelona, a entrar en las agencias y a patear las calles desconocidas de la ciudad. La bella Barcelona sólo se le antojaba un nudo de carreteras mal conectadas, y lo único que deseaba era volver corriendo cuanto antes con Gaspar. Aquel palacio también se había adueñado de ella. Bajar al centro le causaba picores, estrés. En sólo dos meses se había convertido en una habitante de la zona alta de Barcelona. Gaspar le había insistido en que se apuntara al Iradier. Cuando acababa de escribir sus artículos, Julia salía del palacio y se iba a la sauna a celebrarlo. Se veía reflejada en los cristales del gimnasio y trataba de no pensar en lo que les costaba aquella mensualidad. Con lo que ella ganaba se pagaba el alquiler de la casa, el sueldo de Dolores y el gimnasio. «No está tan mal, no soy una aprovechada», se decía. Echaba cuentas, trescientas mil pesetas. Luego se relajaba. Salía por aquella elegante puerta del Iradier, volvía al palacio y la mesa estaba puesta. La limpieza hecha. Ahora se daba cuenta de lo que significaba aquello: no era nada fácil salir de allí. Ella quedaba con los agentes inmobiliarios pero ninguna casa convencía a Gaspar. Julia trataba con aquellas vendedoras de pisos de alto standing, mujeres mayores hechas y derechas, de cuarenta, de cincuenta, de sesenta años, y las imaginaba viviendo en pisos pequeños del Ensanche, con hipotecas enormes, con hijos a los que cuidar. Ella, con veintisiete años, andaba a la busca y captura de una casa por encima de los cien millones de pesetas. También ella era rica, y aquel trabajo de buscar casa mucho más perentorio que ponerse a escribir. Tenía aparcada su segunda novela y llevaba exactamente seis meses sin poner su energía en otra cosa más que en su nueva vida: reordenar el palacio lleno de cachivaches y trastos desusados, aclimatarse a Gaspar y sus costumbres, hacer el amor, cumplir con sus artículos, ir al Iradier. «Menuda vida», pensaba, «si me ve mi madre me mata». Hasta el trabajo del periódico empezaba a hacerlo a regañadientes. ¿Qué hacía ella escribiendo un artículo para enviarlo a Madrid cuando tanto le urgía encontrar una casa para los dos y buscar un trabajo en Barcelona? Cuando volvía al palacio y encontraba a Gaspar escribiendo, su pensamiento era otro. En realidad ella sólo era un agente más, un agente inmobiliario de Gaspar. Aquellas mujeres al menos cobraban un sueldo, y una prima por cada casa que vendían. La casa que compraran juntos siempre sería de él, una casa para otro, comprada con el dinero de otro. ¿Pero es que no iba a dejar de pensar nunca en eso? ¿No iba a dejar de ser pobre jamás?

Podían mudarse a otro piso propiedad de Gaspar, pero éste estaba ocupado por la hermana de una antigua secretaria. Él no quería sacarla de allí. «Qué bueno es Gaspar», pensaba Julia, «piensa más en los otros que en sí mismo; pero qué gilipollas es, pensaba luego, si esa chica ni siquiera le paga. Ahora va a resultar que yo estoy poniendo aquí mi dinero para que veinte caraduras se beneficien de ello».

Aún había otro lugar al que irse. Estaba la casa familiar en el paseo de Gràcia. Allí tenían su casa los padres de Gaspar, y su despacho financiero el hermano mayor. Había un piso que acababa de dejar la ex de Gaspar. Lo fueron a ver. Era bonito, lleno de moquetas rojas, como Gaspar se lo había puesto cuando se separaron. Eso le había contado él, que le había arreglado hasta el último detalle para que no le faltara nada a la madre de su hijo. Se lo había dado todo: la casa, los muebles, hasta de la decoración se había ocupado. «Es un amor», pensó Julia, «trata bien a sus ex». A Gaspar aquel piso le convencía para vivir.

—Podemos arreglarlo. ¿Qué te parece a ti?

Todo el edificio era de la familia. Andarían revueltos como en el verano. No se los quitaría de encima ni para ir al baño. Julia fue sincera a más no poder.

—Nos pasamos el verano con tus hermanos y con tu hijo. Al menos que el invierno nos pertenezca por entero. ¿Por qué no buscamos algo nuevo?

—Yo no lo veo así —Gaspar frunció el ceño—, la familia puede ser un engorro pero también es un apoyo. Aunque te entiendo muy bien. Quieres tu nidito. Pues nada. Busquémoslo.

Cuando bajaban las escaleras Julia pensó: «¿Por qué no le dejaré a él tomar las decisiones?», y luego se dio fuerzas: «Vamos arreglados si le dejo a él tomar las decisiones. Acabaré comiendo todos los días en la casa de su madre.» Gaspar bajaba encantado detrás de aquella niña. Parecía decidida. ¿De verdad iba a ponerle aquella niña por fin un hogar?

Miraron algunos terrenos. En la montaña, sin salir del barrio, aún se podía comprar algo.

—Te costará dinero, pero también es una inversión —Julia lo animó—. No será más cara que cualquiera de los pisos que hemos visto.

Gaspar vendió propiedades en el campo y en la ciudad. Julia decidió aportar lo que tenía: diez millones. La idea fue muy bien acogida por Gaspar.

—Me parece muy bien. Y pondremos a tu nombre la parte que te toque.

«La parte que te toque.» Julia oyó aquella frase y se echó a temblar. Todo su dinero, el esfuerzo de su trabajo desde los dieciocho años, puesto en un lugar del que le correspondería «la parte que te toque». Una hermana de una secretaria viviendo de prestado. La ex viviendo de prestado. Y ella daba todo lo que tenía y Gaspar le hablaba de «la parte que te toque». «¿Hasta dónde llegará la parte que me toque?», se preguntó. «¿Cuánto me corresponderá de esa casa, la salita de estar?»

Aquellas conversaciones quedaron en el aire porque todo lo ocupó la enfermedad del señor Ferré. Un tumor cerebral empezaba a hacer metástasis en todo su cuerpo. Gaspar viajaba constantemente de Barcelona a Port Nou. La preocupación por el trabajo de Frederic fue sustituida por la ansiedad ante la inminente muerte del señor Ferré.

Julia empezó a estar sola en la casa. Frederic había

dejado de ir. Lo que para ella era un alivio, que a la hora de comer aquel chico no apareciera, para Gaspar se tradujo en una depresión. Llegaron los días oscuros del invierno. Gaspar la rehuía, salía de su casa y llamaba a la puerta del hijo. Volvía. Llamaba a su madre y hablaban largo tiempo. Llamaba a su hermano. Julia le pidió un poco de atención.

—Es tu padre el que se está muriendo, Gaspar, no eres tú. Dame la mano, vayamos al cine aunque sólo sea una vez. Estás muy raro conmigo. ¿Qué te pasa?

—Se está muriendo mi padre, Julia, y quieres que me vaya contigo al cine. ¿Es que no te das cuenta? Hace tres semanas que mi hijo no viene por aquí. Es el hijo que tengo. ¿No te das cuenta de que lo estoy perdiendo?

—Yo no tengo la culpa, Gaspar.

—No te echo la culpa. Eso es justo lo que no hago. Eres tú la que estás todo el tiempo reclamando. ¿Es que no lo entiendes?

—¿Por qué no te vas a Port Nou? ¿Por qué no vas y estás con tu padre este tiempo? Lo que no puede ser es que lo pagues conmigo. No soporto verte así, rehuyéndome, escapando. ¿Qué hago? ¿Quieres que me marche un tiempo? Tengo la sensación de que no puedo ayudarte, de que te molesto.

Gaspar la miró. Si le pudiera pedir que se largara lo haría ya.

—No digas eso. ¿No te das cuenta de que te quiero? Necesito tu apoyo, Julia. Tu apoyo tranquilo. En este momento no estoy para dar.

Claro que se daba cuenta. A Julia no le habló durante dos semanas, fue el tiempo que necesitó para volver a quererla, para volver a acercarse a ella. Durante los meses de noviembre y diciembre Gaspar cayó más hondo en la depresión. Cuando sonaba el teléfono y era Montse, todo cambiaba. Se volvía de nuevo alegre y locuaz. Aquella mujer que nada le exigía era su amiga. ¿Pensar ahora en construirse una casa? Pero quién se creía Julia que era. Mientras su padre agonizaba, allí estaba aquella ambiciosa, como una santa esposa, reclamándole atención. Esa noche Gaspar salió con su amiga a cenar. Cuando volvió, Julia le estaba esperando con la luz encendida.

—¿Y qué cuenta Montse?

—Muy bien, divertida. Tengo que verla más. Me hace bien hablar con ella. Ahora que papá se muere, no es fácil para mí reconciliarme con él después de una vida entera. Todo se me revuelve, es difícil que te lo explique, tú no lo puedes entender.

—Claro que lo puedo entender. Puedo entender todo lo que tú me digas, pero el problema es que no me cuentas nada. Apenas sé lo que pasa dentro de ti.

—Te conté mi relación con Montse y no te gustó.

—Tampoco te gustó a ti que te hablara de Ismael.

—No es verdad. A mí qué me importa el Ismael ese.

—Pues claro que no te importa, ni siquiera lo conoces, no lo has visto en tu vida. Sólo te he hablado de él porque tú me hablabas de Montse; la diferencia es que él no forma parte de nuestro entorno como sí lo forma Montse, no es alguien a quien yo recurra cuando me siento triste, ni siquiera lo llamo por teléfono para tomar un café. Ismael está a quinientos kilómetros de aquí, como toda mi vida ahora. Toda mi vida ahora eres tú. Y lo primero que tú hiciste fue hablarme de las virtudes de Montse. Me pregunto por qué no te casaste con ella, por qué me elegiste a mí. ¿Porque yo no tenía una hija con la que te tocaría cargar?

—Tú no eres justa, Julia. Yo me enamoré de ti. Y no hables así de Montse, por favor.

—¿Y yo no? ¿Yo no me enamoré de ti? Tu padre se muere, tu hijo no me habla, a mí me rehúyes y te vas a cenar con Montse. ¿Qué puedo hacer? ¿Quedarme callada? Ya me callo.

—Tenía que pagarle algo que le debía. Por fin tendrá una casa suya en Port Nou. Ahora que papá se muere, al menos he podido hacer eso por ella. Le he regalado el terreno que tenemos al lado del río. Me tocaba en la herencia, pero para mí es una vieja deuda. A ella no puedo darle mi amor.

Julia lo comprendió. Gaspar la abrazó.

—No tienes que sentir celos. Soy entero para ti.

—No son celos, Gaspar. A veces me siento terriblemente sola. Nada más.

Se consolaron con un beso. Se abrazaron hasta dormir.

—Gaspar...

—Qué.

—Mañana nos vamos a Port Nou y nos quedamos con tu padre todo el tiempo que haga falta.

—Te quiero.

—Y yo.

«He tenido mucha prisa en meterme aquí», pensó Julia. Esa noche pensó que tenía que haber hecho como Catherine Zeta-Jones, entregarse a su amor con un contrato de por medio. Luego pensó, más humildemente, en los diez millones que le había prometido a Gaspar.

Iban en el coche cuando ella inició tímidamente la conversación:

—Amor...

—Dime.

—Hay una cosa que me preocupa.

—Qué.

—Mis ahorros. Te dije que me gustaría aportarlos para la construcción de la casa.

—Claro, y a mí me parece bien.

—Pero he pensado, espero que no te molestes, que al fin y al cabo ese dinero es todo lo que tengo, y conservarlo me hace sentir segura.

Gaspar iba conduciendo.

—Te entiendo.

—Por mi tranquilidad y por la tuya. Creo que me sentiría perdida sin ninguna reserva a la que acudir.

—¿En caso de que tú y yo nos separáramos algún día?

—Sí. En ese caso.

—No te preocupes, yo te ayudaría —le cogió la mano—, pero me parece bien, claro que me parece bien.

Cuando llegaron a Port Nou fueron a ver el terreno de Montse. Luego fueron a casa de los padres de Gaspar. Estuvieron allí tres días. A punto de que llegaran las navidades Montse llamó.

—¿Cuál es tu talla, bonita?

—¿Mi talla? ¿Para qué?

—Para ver lo que te compro. ¿Qué te gusta, un jersey? A Gaspar siempre le regalo algo. ¿Qué le viene bien?

—No tienes que comprarme nada, Montse. A Gaspar cualquier cosa que le regales le gustará. Te lo paso.

Julia le regaló unos zapatos. A Gaspar le parecieron innecesarios. Le compró unos calzoncillos que acabaron en el armario de Frederic. Julia se vengó retirando una estantería del cuarto. Aquellos libros estaban a punto de asfixiarlos, los reubicó en la sala. Cuando Gaspar volvió la bronca que le cayó a Julia fue descomunal. Dejó de hablarle durante una semana. Fue tal la crisis a la que llegaron en navidades que los últimos días antes de ir a visitar a sus padres, Julia cayó enferma. Había vuelto de Nueva York con 56 kilos. A los seis meses de vivir con Gaspar pesaba 49. Cuando estaba haciendo la maleta para marcharse, Gaspar se apiadó.

—¿Qué les vas a decir a tus padres?

—¿Sobre nosotros? No sé ni qué decirme a mí misma. No tengo nada que decirles, antes tengo que aclararme yo.

—Tienes que comprenderme, Julia. Yo no estoy ahora para ningún cambio. Lo notas, ¿verdad?

—Si lo que quieres es que me quede en Galicia, que no vuelva, dímelo. Lo necesito. No tengas miedo, Gaspar. Quiero ayudarte, dímelo de una vez.

Era la verdad. Si algo podía hacer por él era renunciar. Llegaron incluso a hacer el amor, un amor físico, que moría allí mismo. Julia le miró esperando una respuesta. Se lo rogó.

—No te dé miedo decirme la verdad. Lo hemos intentado. ¿Qué quieres que haga?

Aquella cara de virgen postrada conmocionó a Gaspar profundamente. ¿Era él el causante de aquella hermosa escena? ¿Tenía en serio parte en aquel amor? La veía como un cuadro, como una Venus de Botticelli, el mismo amor encarnado del que él era autor. La miró tiernamente.

—¿Y nuestro hijo, Julia? ¿Cuándo me lo vas a dar?

—No digas ahora eso, por favor.

Lo que dijo Gaspar apenas se oyó. Tuvo la sensación

de que era generoso con ella por primera vez. Julia lo
leyó en el movimiento de sus labios:

—Haz tu vida. No vuelvas, mi amor.

Se abrazaron con desprendimiento. A Julia le pareció el primer abrazo sincero de Gaspar. Por fin la quería. Por fin le decía la verdad.

—Vendré a por mis cosas después de un tiempo.
Dale un abrazo a Frederic de mi parte. Y a tu madre.

—Se lo daré.

Una vez en Fingal, necesitó una semana para recupe-
rarse del desgaste físico que había padecido desde septiembre. Su madre nada le preguntó. Bastaba con mirarle a la cara para saber que Julia volvía derrotada de
su empresa de amor, y que asumía su derrota. Su hija
siempre había sido así: era capaz de meterse en empresas titánicas, y no cejaba hasta que llegaba al final.
La segunda semana Julia se dedicó a poner en orden
sus papeles, se hizo ilusiones de recomenzar su vida
desde el punto donde la había dejado al marcharse a
Nueva York. Llamó a algún amigo. Preguntó por casas
en Madrid.

La noche de fin de año Gaspar la llamó por teléfono. «¿Por qué me llama, Dios mío?» Julia se interesó por
la salud de su padre. Seguía agonizando. Apenas co-
menzado el año, él volvió a llamar:

—Ha muerto papá, Julia.

La informó del día del entierro. Su voz era suave,
acariciadora. «Me necesita», pensó, «me echa de menos,
tengo que estar con él». Las palabras de su madre la in-
dignaron hasta lo más hondo:

—Ese muerto no es tuyo, Julia. Estarán en familia.

Nadie te va a echar de menos. Recupérate, quédate con nosotros, no estás en condiciones de volver. «Ese muerto no es tuyo.» ¿Cómo que no? Le pareció el pensamiento más mezquino que había oído nunca. Cogió el avión. En el aeropuerto de Barcelona la estaba esperando la cuñada de Gaspar. Lo primero que vio al entrar en la casa de Port Nou fue, en el salón, junto al fuego, a Montse con Gaspar. También estaba la señora Ferré. Los tres se reían con algún chiste o anécdota que relajaba la situación. A Julia le pareció que su tristeza no venía a cuento, se sintió una hipócrita, una plañidera de alquiler. En el salón, el difunto permanecía en la caja. A su lado, el hijo pequeño lo velaba en el sofá. Julia fue a comprarle a Gaspar una camisa blanca. Gaspar no se la quiso poner. En la comitiva del cortejo, antes de entrar en la iglesia, se escandalizó del aspecto de la señora Ferré: iba vestida como una bruja, con ropas negras y desarrapadas, con un desaliño que no le había visto jamás. Llevaba el pelo desgreñado, y su aspecto tras la caja era el de una mendiga. A Julia le pareció un desaliño premeditado, la exhibición de un dolor que no encontraba por ningún lado.

Fue un trámite rápido. Después del entierro volvieron a Barcelona. Gaspar estuvo a solas en su despacho, escuchando la voz de su padre grabada en un casete y buscando un lugar donde esconder el recuerdo que se había traído de Port Nou: los restos capilares de la última rasuración de su padre antes de morir. Los había guardado en un folio blanco, y ahora los desenvolvía para volcarlos en una caja de cerillas. Lo guardó al fondo del primer cajón. Cuando se hizo de noche se abrazó a Julia. Julia se sintió acongojada. Nunca pensó que fuera a resultar así, aquella noche, sin más previsión.

—No me estoy tomando las pastillas.

A Gaspar le brillaron los ojos. Luego su voz se hizo grave.

—¿Quieres que concibamos hoy a nuestro hijo?

No había la posibilidad de que aquel hombre la comprendiera jamás. Aquel hombre era un romántico.

—He dejado de tomármelas porque no pensaba volver.

—Pero has vuelto, Julia.

—He venido al entierro de tu padre. Mañana sale mi avión.

—Pero estás aquí.

—Sí, estoy aquí.

Le faltó decir: «Hágase en mí según tu palabra.» ¿Para qué estaba allí si no era para darle un hijo? ¿A qué había vuelto, si no?

5. LA SEPARACIÓN

26

Sobre lo de casarse no pensaban igual. Fue tanta la buena disposición de Gaspar que no parecía que Julia se lo estuviera pidiendo, parecía que era él el que lo estaba ofreciendo. La noche antes de la boda, con todos los preparativos arreglados, tuvieron una pequeña discusión.

—Gaspar.

Estaban en la cama. Él se volvió.

—De pronto me sorprende, es como si tú fueras la doncella y yo el galán —se rió Julia.

—Duérmete, anda, mañana tienes que estar muy guapa.

—Al principio era al revés. ¿Te acuerdas en La Coruña? Eras tú el que querías casarte, y yo te frené.

Gaspar se regocijó en el recuerdo. Su mente viajó a la escena romántica de aquel encuentro.

—Estaba muy enamorado de ti —la abrazó.

—¿Y te acuerdas cuando me hablaste de tener un hijo?

—Pues claro —Gaspar la apretó satisfecho—. «Ten cuidado con lo que sueñas, porque se puede hacer realidad.» ¿No conoces eso?

—Me parece una gilipollez —dijo Julia—, como frase, quiero decir. Para lo nuestro se queda corto, porque este sueño yo no lo soñé. No lo soñé jamás. Te juro que en mi vida se me había metido un sueño igual en la cabeza. Yo no soñaba con el amor. Me lo has enseñado tú.

Gaspar se volvió ligeramente indispuesto.

—A veces no te entiendo, Julia. Es lo que queríamos, ¿no?

—Al principio lo querías tú; no me lo acababa de creer, lo de casarnos y todo eso. Y luego, curiosamente, ha sido al revés. ¡He tenido que pedírtelo yo! —Julia se rió.

Gaspar se incorporó. Se cruzó de brazos.

—Es verdad que lo de casarnos yo no lo veo tan necesario, pero me gusta dártelo. Por tus padres, por ti.

—Y yo te lo agradezco, mi amor. Estoy un poco nerviosa, la verdad.

Gaspar la atrajo hacia sí, le acarició el cabello hasta que se quedó dormida. Luego se levantó. Fumó un pitillo. No acababa de hacerle efecto la pastilla.

Cuando tienes ochenta años y un hijo tuyo se casa con una joven en la que no crees, el día antes estás acelerada, te caes por las escaleras, te vendan la pierna, el médico te dice que no debes moverte, pero tú consideras que el dolor no es importante, la herida en una pierna de ochenta años que avanza, que no se detiene, que sabe estar. Julia no llevaba el vestido que la señora Ferré le había comprado. A Frederic hubo que mandarlo a casa a cambiarse, no iba para la boda de un padre. Tenía los ojos caídos, vacíos, como si se los hubieran arrancado con la cuchara de los postres, cuando salió el pastel de cinco pisos que Julia se empeñó en pedir. Ni por asomo era como el de su boda, ni como la de su padre cuando se casó con su madre, ni como la de la gente que se casa con quien se tiene que casar. El padre de Julia, venido de Fingal, repartió puros. Aquel chico rechazó el suyo. Puso la mano en señal de stop. Si antes de que acabara la ceremonia hubiera habido un sacerdote que preguntara a los asistentes si había un impedimento, Frederic habría dado un paso al frente: «Ese señor que se casa es mi padre. Ese señor se casó con mi madre hace treinta años y juró ante Dios amarla y cuidarla hasta el final de sus días, y ahora está aquí, con esta chica que le ha dado un hijo para casarse con él.» Pero Frederic no había tenido una educación religiosa, Frederic se había educado en colegios caros y laicos. Se había casado como un buen católico porque Espe lo quiso, y había hecho el día antes su primera comunión. Ahora su padre se casaba por lo civil, con Frederic de cuerpo presente. Qué boda tan estúpida. Ni siquiera lo hacían en una catedral. No hubo dos novios en la cúspide de aquel pastel; eran dos osos. La cuñada se los regaló. Montse fue a tomar el café con su nueva pareja, vestida como si fuera jueves. La hermana de Julia había recorrido el día antes toda Barcelona buscando unos zapatos para estrenar. La madre de Julia había elegido un traje sencillo en la misma tienda que Dolores se compraba su ropa, en una mercería de Sarrià.

Al día siguiente había un entierro. Gaspar y Julia fueron al funeral. Luego cogieron su coche y se fueron a Andorra. No mencionaron la frase «luna de miel». Gaspar dejaba ese día muchas cosas por hacer en Barcelona. Llegaron hasta el Pirineo, durmieron en varios sitios, comieron pollo asado, hicieron fotos con una cámara sin carrete, y la última noche, después de comprar regalos para el nieto y para la madre de Gaspar, fueron a visitar la tumba de Antonio Machado. Algo le pasó a Julia allí. ¿Molestias del embarazo? Ella lo sintió como un viaje de su conciencia, se quedó sin palabras durante mucho tiempo, no podía hablar.

—¿Qué te pasa? ¿Te pasa algo?

—Me pasa algo pero no sé lo que es —dijo Julia—. Es como si se me hubiera vaciado la cabeza de palabras.

—Déjate de tonterías —dijo Gaspar.

A Julia le pareció que aquella frase procedía de otro hombre. Miró a la mesa de al lado.

—¿Has dicho tú eso?

¿Había pronunciado aquella frase Gaspar, el hombre de educación exquisita que le abría la puerta del coche, el que le acercaba la silla a la mesa de los restaurantes? Quizás tenía que ver con el entorno, la pensión en la que estaban comiendo, un lugar de gente baja, de franceses bajos, gente trabajadora, gente zafia. ¿Cómo se les había ocurrido pararse allí?

—Claro que lo he dicho. Parece que estás como tonta. ¿No estás contenta o qué?

Julia se quedó con los ojos como platos.

—No es muy bonito este lugar —dijo.

—Lo has elegido tú. Has querido tú que paráramos aquí. Yo no.

Habían discutido otras veces, alguna vez le había dejado de hablar, pero aquel tono no lo había oído nunca.

—¿Y tú? ¿Tú estás contento?

—¿No me ves? ¿No hago todo lo que me pides? Hemos venido porque tú querías.

Gaspar pagó la cuenta y se levantó.

—No me hables así, por favor.

—No teníamos por qué haber hecho este viaje ahora, Julia. Pero lo entiendo, entiendo que te hace ilusión y vengo, y te dedicas a tus misticismos.

—Lo siento, Gaspar, perdóname.

—¿Paseamos un poco a ver si se te pasa?

Pasearon junto al mar. Julia tuvo que pararse. Estuvo a punto de vomitar. Volvieron a la pensión. Recuperó el ánimo. Por la noche Gaspar llamó a Frederic, llamó a su madre, llamó a su hermano. Todos estaban bien.

27

En verano en Port Nou hubo otra discusión. Estaban comiendo en la mesa de los padres. Julia cogió al nieto de Gaspar en sus brazos. Le hizo una pequeña gracia y el niño le contestó con un manotazo en la cara.

—¡Ése sí que sabe! —se rió Frederic, desde la esquina de la mesa—. ¡A ése no se la dan!

Julia también se rió. Cuando estuvieron en casa lo comentó.

—¿Te has dado cuenta?

—¿De qué? —Gaspar la miró.

—De lo que ha dicho Frederic en la mesa, cuando cogí al niño.

—Es una broma.

—A mí me ha parecido muy feo. Si ni siquiera me habla, Gaspar.

—Mira, Julia, no vamos a empezar con este tema, de verdad. Si mi hijo no te habla es asunto suyo, yo no lo puedo obligar. Mi hijo no te habla a ti y yo no le hablo a mi hijo. Desde que estás tú mi relación con Frederic ha cambiado totalmente, ¿o no lo ves?

—Pero yo no tengo la culpa, Gaspar. No es eso lo que

yo quiero. Si comento contigo lo que me acaba de pasar es porque no quiero empezar a convertirme en una paranoica. Sólo quería saber si tú lo has notado también.

—Noto todo lo que te hace. ¿Es que no te das cuenta? ¿No te das cuenta de que a mí me duele más que a ti?

—Pues a mí no me parece una solución que sigáis así. No puedes dejar de hablarle. Eso sólo pone las cosas peor.

—¿Qué voy a decirle? No tengo nada de que hablar, ni contigo ni con él. Los problemas no se arreglan hablando, Julia. No hay nada que solucionen las palabras. Nada. Si algo he aprendido en todos los años que tengo es eso. No pienso perder el tiempo hablando de tonterías, pero ni un segundo. Si eso es lo que esperas de mí, que hablemos, bla, bla, no lo vas a lograr.

—No podemos hablar de este tema ni de ninguno. Cada vez que se produce una situación así yo lo paso mal, a mí no me es fácil acostumbrarme a esto. El otro día me llamó bruja.

—Ya lo oí. ¿También eso te molestó?

—¿Lo oíste? Te juro que lo pasé por eso de las brujas gallegas, como el típico chiste. Pero cada comentario suyo me parece destinado a hacerme daño, como un niño malo que está pinchando, pinchando, y que necesita que le frenen, pero es que nadie le frena.

—¿Qué es lo que quieres? ¿Que le pegue como me pegaba mi padre a mí? Julia, dejémoslo, de verdad, no vas a venir tú ahora a arreglar la relación que yo tengo con mi hijo. Es la que es.

—¿Y tengo que pagarlo yo? Tu hijo no es un niño, Gaspar, cada vez que se acerca me echo a temblar. Cada vez que se acerca a nuestra casa quiero esconderme en el último rincón. El otro día dijo a voces que había dentro un perro, refiriéndose a mí. Lo dijo delante de todos, de su hijo, de sus primos.

Gaspar se sentó en la cama, desmoronado.

—Por algo será —dijo Gaspar—. ¿No has pensado que tampoco tú pones nada? ¿Sabes que te digo? Que si no estás contenta te puedes ir.

—¿Pero qué dices? ¿Qué estás diciendo?

—Lo que oyes, Julia. Bastante tengo con mi hijo para que vengas ahora tú.

—Me estás diciendo que me vaya. ¿Eso es lo que acabas de decir?

Gaspar la miró. Le habló con mucha tranquilidad.

—Vete a casa de tus padres, tienes el niño allí, yo te ayudo en lo que pueda, del niño me hago cargo.

Empezó a vestirse para salir.

—Qué frío eres, Gaspar. ¿Cómo puedes irte ahora, adónde vas?

—Creo que tengo derecho a hacer lo que quiera, ¿no? Me voy a la fiesta de mi hermano —se la quedó mirando antes de cerrar la puerta—: tengo cincuenta y ocho años, Julia, estoy demasiado viejo para toda esta tontería, en serio.

Julia le siguió a través del jardín.

—Deberías haberlo pensado antes, ¿no te parece? Los años que tienes, lo que aguantas, lo que no. ¿Pero tú quién te crees que eres?

Gaspar la metió en la casa, su tono se apaciguó:

—Yo no sirvo para la violencia, Julia. Piensa bien lo que quieres, o te quedas o te vas. Esto es lo que hay.

—¿Esto es lo que hay? ¿Y qué es esto sino violencia? Una violencia muy bien servida, desde luego. ¿Qué más quieres que haga, si ni siquiera me mira a la cara?

Gaspar se fue con sus pantalones rojos. Julia se quedó sentada en el sofá. Se levantó a hacer la maleta. «Gaspar sabe más que yo», se dijo, «sabe que esto no va a funcionar, va por delante, lo sabe, ya le ha pasado otra vez». Luego pensó: «¿No va a funcionar? Al niño que llevo dentro le están saliendo los pies, la cabeza. No es posible que me lo haya dicho con el corazón, me lo ha dicho para asustarme, para hacerme comprender. ¿Qué eres, Julia? ¿Una niña o una mujer? ¿Qué te importa a ti que ese gilipollas no te mire? ¿Vas a dejar sin padre a tu hijo, por él?» Pensó en la cara de su madre. Luego se miró la barriga de siete meses. Deshizo la maleta. Se duchó. Se vistió unos pantalones a rayas y un blusón calado, y se dirigió a la casa del hermano de Gaspar. Sentía por el camino lágrimas de amor. Lágrimas que se vertían hacia dentro y la inundaban de una ilusión renovada. ¿Cómo se había atrevido a hablarle así a su marido, al padre del hijo que estaba por llegar? Se había portado como una verdulera. Qué estúpida era. Cómo no podía ver lo mucho que la quería Gaspar, lo mucho que la necesitaba, lo que arriesgaba a sus cincuenta y ocho años, su energía consumiéndose, devorándolo. Cómo iba a hacerle eso, marcharse, dejarlo solo, con el niño a punto de nacer.

El patio de la casa de Filip estaba abarrotado. Julia no vio a Gaspar por ninguna parte. Lo encontró en el salón. Lo vio a lo lejos, con una gran sonrisa y, en la mano, una copa de champán. Su dentadura blanca contrastaba en medio de la oscuridad y con el moreno de la piel. En medio de la gente le pareció un dios. Aquella hermosa sonrisa, ¿cómo se le había ocurrido querérsela borrar? Gaspar galanteaba con una mujer de setenta y tantos, una pizpireta anciana francesa muy bien arreglada. Mantenían una animada conversación, se intercambiaban chisposos piropos en francés. «Es adorable», pensó

Julia. «Se ocupa de las mujeres mayores, las hace sentir bien.» Aquella anciana se mostraba halagada, y Gaspar a su lado parecía un niño, le cogía la mano, se la besaba como le habían enseñado, como un joven educado. «Qué feliz está, no tengo derecho a interrumpirle este momento», Julia se retiró al patio, y apareció Montse de pronto con su novio. Se apoyó en ellos.

—Hola, mona. ¿Te pongo algo?

Estaban delante de las copas y el gazpacho. Julia se sirvió un gin tonic.

—¿Y no vas a comer? He traído un pollo buenísimo, espera que te lo sirvo.

Montse le trajo un plato con un poco de comida y se sentaron bajo el camelio. Era la primera conversación que tenían a solas. Fue corta y curiosa.

—Gaspar nunca se enamoró de mí, lo supe siempre —le dijo Montse de pronto, mientras ambas miraban a Gaspar.

«¿A qué viene ahora esta confidencia?», pensó Julia. No sabía qué decir.

—Cuando salíamos, quiero decir —sonrió Montse—, cuando estábamos juntos, antes de conocerte a ti. Pero lo entendí nada más verte.

Julia se quedó mirando al novio de Montse. ¿Era aquello un recambio o un novio de verdad? «Qué suerte tengo», pensó, «Gaspar sí que está enamorado de mí». Se levantó a buscarle. Él fue a su encuentro con una sonrisa abierta. ¿No habían roto? ¿No la había mandado a casa de sus padres con el niño sin nacer?

—Qué bien que te has animado, mi vida —la sacó a bailar.

Julia notó que estaba un poco achispado. Se abandonó a él. Se agarró a su cuello. «Soy la mujer con más suerte del mundo», le susurró, «estoy enamorada de ti».

28

El día que se puso de parto, Gaspar dormía cuando Julia notó los primeros dolores. No lo quiso despertar. Eran unos dolores lumbares, inequívocos. «Ya está», pensó, «aquí viene mi hijo». Estuvo a solas un rato, sin despertarle, disfrutando de aquellas últimas horas de expectación. Esperó hasta que no pudo más.

—Creo que ha llegado. Nos tenemos que ir.

Le movió un hombro, Gaspar se levantó. La llevó en el coche y estuvieron un rato en un banquillo, esperando para entrar al paritorio. Los padres de Julia estaban con ellos desde el día anterior. Julia miraba a su madre y se retorcía del dolor. Luego miraba a Gaspar y lo odiaba. Veía en él a un hombre asustado. «Maldito, ¿eres tú el que me has hecho esto? ¿Por qué no me dejas sola con mis padres y mi dolor?» Una enfermera negra fue a por ella y la encerró en el cuarto de dilatación. Julia había pedido que Gaspar y su madre estuvieran, pero nadie entró. Aquella mujer miró la hora, luego miró un aparato que había en la pared, y se lo conectó al brazo.

—No puedo más, me duele mucho. ¿No está mi marido por ahí?

—Estate quietecita y déjate de tonterías, ¿vale? Tu marido ya entrará. Te falta más de lo que te parece. La dejó sola, Julia se arrastró hasta el baño con el aparato. Quería morir. La enfermera volvió a entrar.

—¿No me han puesto la epidural? Me han dicho que me la van a poner.

La enfermera negra miró el reloj, volvió a salir. Julia se subía por las paredes. Gritó. Dos horas después, en el paritorio, su hija nacía y se la llevaron a un cuarto. La dejaron tranquila. Fue demasiado tiempo, hasta que volvieron y la trasladaron a una habitación. Gaspar estaba allí, con la niña en brazos. ¿Cuánto tiempo llevaba con ella? Parecía que la hubiera parido él. Sus padres la miraban, con camisas nuevas, sin saber qué decir. Hubo visitas muy especiales. Los padres de Espe. Espe y su hijo. Frederic no.

Cuatro días después, Julia desayunaba con su madre y la recién nacida a un lado. Era sábado y Dolores no estaba en la casa. El padre de Julia se estaba duchando. Gaspar estaba en su despacho. La madre de Julia subió a su cuarto y encontró su cartera tirada en la cama, abierta y desvalijada. Le rogó que no se lo dijera a Gaspar. Ese mismo día adelantaron su viaje de vuelta a Fingal.

—¿Pero por qué os vais ahora? ¿Por qué no quieres que se lo cuente a Gaspar?

—Prométemelo, por favor. El dinero no tiene importancia, déjanos ir. Podemos ir solos al aeropuerto, no nos tiene que llevar.

Cuando salían por la puerta su madre le dio un beso. Julia estaba vestida con un camisón de seda que le llegaba a los pies.

—Te veo hecha toda una señora —se despidió su madre—. Cuida de la niña. ¿Lo harás?

—Claro, mamá.

Toda una señora. «¿Acaso no soy tu hija?» ¿Qué había visto su madre en ella, qué le quería decir con aquella frase? No sabía por qué miraba al bebé y le caían las lágrimas. ¿Acaso no era su madre también una señora? ¿Acaso aquella mujer que se iba con su marido a su pueblo no era ya su madre? ¿Qué había pasado entre ellas que las separaba, por qué huían de su casa?

Gaspar los llevó al aeropuerto y los dejó en la entrada. Cuando volvió, Julia le contó el episodio de la cartera. Gaspar no le dio la menor importancia.

—Habrá sido tu padre. Seguro que ha cogido algo de dinero para irse de putas a las Ramblas.

¿Irse de putas? Aquella frase en la boca de Gaspar. ¿Es que no sabía Gaspar quién era su padre? ¿Cómo podía ser tan ingenuo, a sus cincuenta y ocho años, para lanzar una acusación así? El tono de voz de su marido, tierno, adorable, hacía imposible detectar en sus palabras la menor mala intención. Parecía una broma, una frivolidad. «Se cree que son dos gitanos.» ¿Pero cómo iba su padre a robar a su madre? ¿Cómo podía Gaspar pensar algo así?

—Mi padre se estaba duchando. Los únicos que estábamos en casa éramos tú, él y yo.

—Pues no sé, cariño, habrá sido un viaje mental de tu madre. A veces la gente cuando la sacan de su sitio enloquece.

—¿Quieres decir que se lo han inventado para largarse?

—Quiero decir que no están acostumbrados.

—No entiendo nada, Gaspar. Venían preparados para quedarse una semana, se han quedado sin dinero, eso es todo lo que les ha pasado. Alguien les ha robado. ¿Por qué iban a mentirme?

—A veces la gente nos sorprende —dijo Gaspar.

—A mí mis padres no me sorprenden —se defendió Julia—, en absoluto. Mis padres no son *gente*.

—No le des más vueltas, ¿quieres? Déjalos que regresen a su casa. Es posible que se sientan mejor allí. Por cierto, ha vuelto Frederic.

—No sabía que estuviera fuera, pensé que no había querido venir.

—A ver cómo le sienta conocer a la niña, pobrecito mío. Ha dejado el trabajo en la Generalitat. ¿Te lo había dicho? Se ha ido a la India. Le he animado a que se vaya, a que viaje un poco. Frederic es un chico con muchas cualidades, le irá mejor si se dedica a lo que quiere. En parte su malestar tiene que ver con eso, he hablado con Espe, me lo ha venido a contar. Y ahora, el pobre, con esta alegría que tenemos en casa, tampoco es el mejor momento para él.

—¿Y a Espe no le parece mal que deje el trabajo?

—Ella lo entiende bien. Frederic se ha quedado sin madre por mi culpa, y ahora ve que se queda sin padre. Ha venido ella a hablar conmigo, me ha contado lo deprimido que está. Le he dado algo de dinero para que se distraiga. Llamó ayer por teléfono. Le noté buena voz.

Esa semana Espe fue a comer con el niño. Julia tenía a su bebé recién nacido en brazos. A aquella chica alegre Julia la admiraba, no había dejado de ser correcta con ella desde que llegó, no era una mujer que se desmoralizara. De repente, el hijo de Espe se sacó el zapato y lo estampó en la cara de la recién nacida.

—¡Apártate, niño! —Julia se asustó.

Espe cogió a su hijo en brazos.

—No le digas eso, ha sido sin querer.

—Le ha tirado un zapato a la cara, Espe. Y no ha sido sin querer.

—¡Pero es un niño. Tiene dos años!

—¿No se le dice nada a un niño de dos años que le tira un zapato a un bebé? —Julia notó que le temblaba la voz.

—A mi hijo le digo yo lo que me da la gana.

Espe cogió a su hijo, lo plantó encima de la mesa de comer, le cambió un pañal enorme, dejó la mierda de un niño de dos años encima de la mesa, y se marchó pegando un portazo.

Cuando Gaspar llegó Julia se lo contó. No sabía cómo había pasado.

—Era lo que me faltaba —resopló Gaspar—, con lo amable que es con nosotros. Espe es la única línea de comunicación que mantengo con Frederic, ¿lo sabes, no?

Poco después sonó el teléfono. Era Espe. Habló con Gaspar. Su versión de los hechos era que el niño había cogido el zapato, lo había tirado al techo y, en fin, el zapato había hecho una parábola y se había ido a caer a la cara del bebé. La versión de los hechos de Julia era: el zapato fue proyectado directamente a la cara del bebé.

—¿Por qué tiene que arreglar esto contigo? ¿No es más normal que me llame a mí?

—Ay, Julia, vas a tener que disculparte. Es verdad que ese niño es un malcriado, pero es mi nieto.

Julia llamó. Se disculpó. Espe estuvo exquisita, no ha pasado nada, qué tontería. Julia pensó que ese papel le hubiera encantado hacerlo a ella, que Frederic la llamara un día y le dijera «cuánto lo siento, Julia, siento mucho haber estado grosero desde el primer día, haberte despreciado durante un año y medio, haberme largado para no ver nacer a tu niña, no haberte mirado a la cara cuando me hablabas, ni cuando te casabas, ni cuando estabas embarazada, te ruego que me disculpes, no lo pude evitar». Cómo hubiera estado Julia en ese momento, como ahora Espe estaba con ella, qué tontería. Oía la voz de Espe al otro lado del teléfono, tan calmada, y la admiraba. ¿No podía ser ella así? Gaspar esa noche fue a ayudar a Espe con la cena de su nieto. Estuvo haciéndole compañía dos horas. Cuando volvió se abrazó a Julia. Estaba con su niña en la cama, acunándola.

—¿Qué tal está Espe? ¿Está bien?

—Maravillosamente —Gaspar estaba más que satisfecho de la actuación de su mujer—. La verdad es que Frederic tiene mucha suerte. Espe es un amor, y ese niño la tiene esclavizada, le deja hacer lo que le da la gana, va detrás de él como una criada.

—Sólo es un niño —dijo Julia—. La que me he pasado he sido yo.

Apagaron la luz. Poco después Julia la encendió.

—Creo que yo no voy a educar a nuestra niña así. No se puede no decirle nada a un niño que pega a otro más pequeño que él.

—Me he tomado la pastilla. ¿Quieres que hablemos?

—Ya apago. Dame un beso.

Se dieron un beso. Durmieron.

29

La ex de Gaspar se acercaba a ver a su nieto noche
sí noche no. Las noches que ella no venía Gaspar iba.
Alguna vez coincidían y la señora Simoneta se iba, le dejaba su lugar. Esas noches Gaspar volvía a casa desasosegado. Daba vueltas en la cama. Encendía la luz.
—Voy a ver a mi nieto y me encuentro a Simoneta
con la cara larga. En cuanto me ve llegar se marcha. Ni
siquiera con su nuera es capaz de mantener las formas.
Menos mal que Espe ya sabe cómo es.
Alguna noche la ex mujer de Gaspar estaba más locuaz. Entonces Gaspar tardaba en volver. Julia miraba
por la ventana y veía el coche de los consuegros aparcado en la acera. Aquellos señores educados y elegantes
conseguían suavizar la tensa situación. Se los imaginaba
charlando a los cuatro con Espe y el nieto, cumpliendo
unos con su papel de abuelos y otros con el de consuegros. Ese día Gaspar volvía contento. En una de esas ocasiones, trajo para casa una tacita de plata. Era un regalo
de la madre de Espe para la pequeña recién nacida.
Aquella señora era verdaderamente gentil. Había algo en
ella, una confortabilidad, que quizás se lo había dado el

dinero, pero se parecía mucho a la gracia natural de los bienaventurados. De esa clase de personas tan educadas que sólo tratarlas ya es un regalo. Si Gaspar hubiera nacido mujer le hubiera gustado ser así, la admiraba por completo, el modo en que había educado a Espe, el modo en que venía a buscar a su nieto y lo llevaba con ella de paseo, mientras el chófer y los guardaespaldas de su consuegro la esperaban en la acera con amabilidad. Verdaderamente, Frederic no podía haber elegido mejor. A Julia la tacita de plata le encantó. La llamó para agradecérselo. Cuando descolgaron en la casa de los Núñez, se le borró el nombre de aquella mujer.

—¿Eres... la madre de Espe?

—Sí, soy la madre de Espe.

—Quería darte las gracias por el regalo. Es un objeto precioso, me gusta mucho. Gracias por acordarte.

La señora Núñez conocía una tienda especial. No se había metido en cualquier cacharrería. Había elegido aquella tacita. Había perdido cinco minutos ocupándose de elegirla. Su voz, al otro lado del teléfono, sonaba con afecto.

—No la limpies, Julia, no hace falta. Es una plata nueva que se han inventado. Se limpia sola, con un simple trapo. Ya sabes la plata lo pesada que es de mantener.

—Lo tendré en cuenta. No la limpiaré.

A Gaspar no le cabía el gozo en el cuerpo. Sus consuegros aceptaban a su mujer. Una semana después los Núñez les invitaron a comer. Había tres criados en aquella finca. Uno de ellos les cocinó *calçots*. Julia los llamó *calçotets* y todos se rieron mucho. Fue un día en que Julia lo pasó muy bien. Se le llenaban los ojos de lágrimas sintiéndose querida entre aquella gente, los padres de Espe, en aquella finca enorme pero no tan bonita ni con tanta solera como la de los padres de Gaspar. Aquella finca que no era el producto de ninguna herencia, sino de un bien ganado a pulso por el señor Núñez, un hombre que a Julia le pareció cordial, como su hija, como su mujer. Gaspar en cambio tenía sus recelos. Aquel hombre estaba en sus antípodas políticas y sociales. Era de derechas, había estudiado en el CEU; no se había ido a Harvard como él. Le halagaba ver a Frederic emparentado con aquella gente que tenía más dinero que los Ferré, pero había algo que no le acababa de agradar.

—No son como los de casa, ¿no te das cuenta de lo distintos que son? —le dijo a su mujer, cuando volvían en coche.

—Pues a mí me parecen muy simpáticos —insistió Julia—, lo he pasado bien.

—Ella sí que tiene clase. Él... no sé cómo explicártelo, ya lo comprenderás. La composición social de Cataluña es un asunto complicado.

Julia se sentía verdaderamente afortunada yendo junto a Gaspar.

—Que son nuevos ricos, quieres decir.

—Él es un hombre de acción, tiene muchas virtudes, es campechano —explicó Gaspar, como si todas aquellas virtudes fueran más bien defectos—. Mamá es más bien cortada, un poco... —no encontró la palabra. Era una virtud difícil de explicar.

—¿Decadente? —intervino Julia.

—No, mujer —se rió Gaspar—. Es una cosa de cultura, de contención. Yo, por ejemplo, eso a ti te lo vi.

—¿Ah, sí? —a Julia la halagó aquella comparación.

—Quiero decir, que no es cuestión de dinero. Yo en

ti vi una nobleza, como si fueras de casa, no sé. A éstos los veo demasiado afirmativos, un poco ostentosos...

—Ellos vienen a más y vosotros vais a menos. Quizás es eso —intervino Julia—. Una clase que retrocede, otra que avanza. Tu clase desaparece, la mía —dijo Julia, tratando de no ofender—, también. Es posible que eso sea lo que nos haya unido. Tú a tu manera y yo a la mía, los dos nos extinguimos.

La joven de Fingal pensó que había dado en el clavo. Gaspar miró al bebé por el retrovisor. Julia vio que los ojos de su marido no se detenían en los de ella, cuando los levantó del capazo.

Cuando llegaron, el grifo del calentador estaba roto. Julia duchó a la niña con una olla de agua caliente, como lo hacía su madre con ella cuando era pequeña.

—¿Tú crees que hay que lavarla tanto? —Gaspar ayudaba con la camisa remangada—. Mamá me ha dicho que pierden su capita de grasa natural. La voy a llamar.

Gaspar habló con su madre por teléfono. Cuando volvía, oyó a Julia:

—Lo importante es cómo sea la gente, ¿no te parece? Qué importa lo que tengan, o lo que parezcan.

—¿Lo dices por los Núñez, todavía estás con eso?

—Lo digo por mí.

Gaspar se acercó. La abrazó con la niña en medio.

—Tú estás por encima de todo eso. Por eso te quiero.

Se besaron. Julia se rió:

—Así que piensas que soy una niña que se ha sustraído a su clase, ¿verdad? Piensas que soy una niña de clase baja con poderes mágicos. Los quieres para ti, ¿eh? Pues vas a tener que ganártelos.

Gaspar la persiguió. Se tiraron en la cama, con el bebé entre los dos.

—¿Sabes qué le han dicho a mamá en Palafrugell? —Gaspar se sonrojó en medio de la risa—, que tus padres deben de estar forrados para que yo me haya casado.

Julia echó una carcajada. Luego se puso seria, dramática:

—¿Y qué ha dicho tu madre? Les habrá dicho que sí.

Gaspar la acarició. Luego la besó treinta veces en la frente, en los dedos.

—Eres tan simpática, mi amor. ¿Tendrá nuestra niña tu pelo?

Ella lo retó:

—¿Qué vas a hacer conmigo cuando me cortes la cabellera?

—Me lo tengo que pensar... —Gaspar separaba los mechones de Julia, hacía mucho que no disfrutaba de aquel humor—. Has estado tan maravillosa con los padres de Espe. Nunca me haces avergonzarme. Es como si hubieras aprendido, no sé en dónde diablos. Es un don natural.

—No lo es, Gaspar —Julia siguió con la broma—: Aquí donde me ves, mis padres me adoptaron de un rey náufrago. Me criaron con ellos pero pertenezco a ese rey, y ese rey eres tú.

A Gaspar se le puso la carne de gallina.

—Lo hago por ti, tonto. Soy simpática porque te quiero, bobo.

—Sigue contándome ese cuento —dijo en serio—, a lo mejor tenías que escribirlo.

Julia improvisó un tono dramático, luego le dio la risa:

—Tu mujer se murió. Era una reina muy bella, de la que estabas muy enamorado. Vivíais en un palacio construido con piedras preciosas, en un lugar de Arabia, cerca del Mediterráneo.

—¿Era árabe yo? —Gaspar levantó el cuello.

—Pues claro que eres árabe, ¿qué prefieres, ser romano? En el tiempo están más cerca los árabes, ¿no? —continuó—: Acababas de ser coronado. Tuvisteis una niña preciosa que te arrebataron nada más nacer. Tus hermanos te declararon la guerra y mataron a tu esposa.

—¿Por qué? —se rió Gaspar.

—Por envidia, por qué iba a ser. Es lo que pasa siempre entre los árabes, se pelean entre hermanos.

—Sigue, ¿y qué?

—Tu esposa era la más bella y tú el más listo. Y además un adivino les dijo que aquella niña se llevaría el tesoro de la ciudad, que se iría con un extranjero, que la seduciría un mendigo.

—Pobre niña. ¿Eso le pasó?

—Eso era lo que decía el adivino. Todos tenían miedo de esos presagios, y te arrebataron a la pequeña. Enloqueciste. Les perseguiste con tus ejércitos por tierra y mar, pero todos te traicionaron. Unos te decían que la habían sacrificado, otros que la habían desterrado a tierra de bárbaros. Reclutaste a tus seguidores, te embarcaste en una nave y tras remontar el Mar Rojo pasaste a Egipto y te adentraste contra viento y marea en el mar desconocido. Pasaron muchos años de travesía. Te hiciste mayor en aquella deriva. A la altura del fin del mundo una galerna os destruyó. Creíste que era el fin, pero unos pescadores te recogieron. Parecías un mendigo pero todos sabían que eras un rey. Te hablaron de una niña que había llegado recién nacida al lugar y que vivía en casa de unos marineros. Aquella niña se había hecho mayor. Enseguida la reconociste: era la misma cara de tu mujer. Los padres adoptivos te la entregaron, la habían criado como una princesa y la dejaron volver a su reino. Sus ojos estaban arrasados de lágrimas cuando te la devolvieron.

—¿Esa princesa eres tú? —Gaspar le acariciaba el óvalo de la cara.

—¿Tú quieres que sea una falsa princesa o una princesa auténtica?

—No, mi amor —Gaspar la besó—, quiero que seas como tú eres.

—¿Quieres que siga?

—¿No tendríamos que dormir?

—Tienes razón. Tómate la pastilla.

Julia se quedó a darle el pecho a la niña en el balancín que Montse les acababa de regalar. Cuando estaba terminando, Gaspar se acercó.

—Espe le daba a su hijo cada cinco minutos de cada pecho. Mira, así.

Gaspar la cambió de lado. Julia cogió de nuevo a la niña, la puso en el pecho izquierdo, dejó que mamara lo que tenía que mamar.

—Podrías al menos hacerme un poco de caso, tengo más experiencia que tú —Gaspar se fue escaleras abajo. Los *calçots* del mediodía le estaban causando una fuerte acidez.

30

Julia acababa de bañar a la niña. Oyó un trote acelerado por las escaleras. Vio a Frederic en la puerta. Estaba completamente cambiado, con el pelo revuelto, largo. Le quitó la niña y la tiró por los aires. Luego se la devolvió. «La ha cogido como si fuera una pertenencia, me la ha devuelto como si yo fuera su ama de cría, ¿por qué me late tan fuerte el corazón?» Se quedó con la niña llorando en sus brazos.

Abajo, Gaspar escuchaba emocionado el relato de su viaje. Frederic estaba transformado. Le oyó hablar de la India. Aquellos paisajes maravillosos, y los rostros de la gente, tan humanos. «La pobreza de aquella gente, papá, tendrías que verlos. He tomado apuntes. Míralos.» Cada palabra que salía por la boca de Frederic inundaba de amor a Gaspar. Miró aquellos cuadernos que traía en la mano. Había un artista allí, lo había sabido siempre, desde las primeras muestras de su fracaso escolar. ¿Iba a enterrarse en las oficinas de la Generalitat para toda su vida? Su hijo venía empapado de autenticidad, había sabido ver las maravillas del mundo, lo que siempre le había enseñado Gaspar. Abrir hori-

zontes, expandir la visión. Y los jardines de Japón. Las delicias del masaje de las geishas, hechos con los pies.
—¿Te lo has hecho hacer? —A Gaspar se le pusieron los dientes largos.
—Pues claro. Es una maravilla, te lo recomiendo, papá.
El padre viviendo a través del hijo. El hijo contándole al padre lo que había visto. Conoció a una mujer. Gaspar lo pasó por alto. Eres un hombre casado, rey. ¿Cuánto hacía que no hablaban así, como en los viejos tiempos? Gaspar casi no se acordaba. Estuvo a punto de cogerle la mano. Le rozó un poco el brazo, le dio un beso masculino, casi se sonrojó. Cómo podía haberse portado tan mal con él, con su propio hijo, cómo podía haberle retirado la palabra durante tanto tiempo. Ahora allí estaba, Frederic no se acordaba. Había conocido a un sabio, a un maestro hindú. El hijo miraba a su padre sin sombras de resquemor, había aprendido la lección, el gurú le había mostrado el camino, la pureza del corazón, aquella mujer que estaba en el cuarto de arriba con el corazón en la boca y el bebé llorando habían dejado de existir. Miraba a su padre y se alegraba de verlo. Y Gaspar ¿cómo no se había dado cuenta antes del dolor que le había infligido a su hijo? ¿Cómo había podido alejarlo de su corazón?
—Creo que voy a necesitar un estudio, papá. Vengo con mil ideas, quiero encerrarme ya. Espe está de acuerdo, pero en casa no se puede hacer nada con el niño.
—¿Estás seguro, hijo? Yo sabes que te apoyo. Le podemos pedir a mamá.
—¿A mi madre? Mamá no tiene dinero.
—A la mía. A la mamá. Le podemos pedir que te deje un piso, deja que hable con ella. ¿Estás seguro de

que te quieres dedicar a la pintura? Va a pedírtelo todo, hijo.

Gaspar sabía lo que era el sacrificio, se lo había visto en la cara a algunos artistas a los que había conocido en su etapa del ministerio. Los había visto borrachos, drogados, los había visto destruidos. Los había visto pelotas, sinvergüenzas. Los había visto arrastrándose a sus pies, babeando delante de él. Los había visto ignorantes, malévolos, resentidos. También había conocido artistas afortunados, que se movían como embajadores en las grandes exposiciones, con abundancia de empresarios. Había conocido a algún genio. Había conocido chicos tocados por la luz. Había conocido a Dalí. ¿Estaría a la altura Frederic? ¿Quería para su chico una vida así?

—No tengo elección, papá —le dijo Frederic, con unos ojos redondos, de adolescente.

Aquella frase dejó a Gaspar perplejo. Salía de los labios de su propio hijo. La vocación. Un hijo suyo hablando de lo sagrado. ¿Sabe alguien lo que es eso? Las lágrimas del orgullo, del miedo. Las lágrimas del pánico.

—Es como el amor, hijo, no hay elección.

—Exactamente, papá. Es eso.

Gaspar se comprometió a buscarle un estudio. Su abuela le dejaba su piso de Barcelona, pero los padres de Espe tenían una casa en el campo. Se la prestaron para trabajar. Frederic montó allí su taller. Extendió por el suelo todos los bocetos. Gaspar le visitaba a diario. Dos meses después llevó allí a la niña. La pusieron con el carrito en la cocina y jugaron un poco al ping pong. Cuando volvió, Julia tenía noticias. Acababan de retirarle el trabajo del periódico. Podía seguir mandando colaboraciones, se publicarían cuando hubiera espacio. En Madrid había mucha gente que podía ocupar su lugar.

—No te preocupes por el dinero. No lo necesitamos. Ya escribirás.

—Desde que he vuelto de Nueva York ni pasé por el periódico.

—Ya irás. Puedes permitírtelo, Julia. Tienes la suerte de tenerme a mí. Tómatelo como una beca, mi amor. Julia se lo quedó mirando. ¿Era Gaspar su beca? ¿Era él su trabajo?

—¿Qué tal Frederic, está contento?

—No acabo de creérmelo. A ver si por fin encuentra lo que busca. No sabes el peso que me saco de encima viéndolo así. Ojalá le vaya bien. Tú sabes lo duro que es esto, conoces bien ese mundo.

Claro que lo conocía Julia. Estaba huyendo de él.

—Confía en tu hijo. Saldrá adelante —dijo—, déjale ser.

—No sabes el gusto que me da que me digas eso. Lo he protegido tanto. Ojalá empiece de una vez a volar.

Gaspar se sentía rodeado de amor. Su hijo por un lado, su joven mujer por otro, y un bebé en los brazos.

La casa nueva empezaba a verse en la falda del monte. Después de una visita a la obra, pasaron por el estudio de Frederic. Julia, con su niña en brazos, esperó a que acabaran su partida de ping pong. Veía al padre y al hijo felices, y miraba a su niña. El mundo de la lucha se quedaba atrás, la niña crecía, y hasta Frederic parecía cambiado, satisfecho con su vida. Ya no la hería con sus comentarios, no le callaba la boca cuando ella empezaba a hablar. Fue a comer con ellos. Se sentó a hablar con su padre de una primera exposición. Bien es cierto que no se acercaba a la niña, pero mejor así. Julia casi se lo agradecía. El nuevo Frederic ya no llevaba trajes de Antoni Miró. Se acostumbró a recibirle sin el corazón en un puño a la hora de comer, pero había algo que seguía inquietándola, que no le dejaba hacer la digestión. A veces aquel chico le parecía un animal rondando, su presencia la obligaba a estar alerta, no se podía relajar. No dudaba de la protección de Gaspar, ni de las buenas intenciones de Frederic, pero por algún agujero se colaba la inquietud. «Ojalá le vaya bien», pensaba, «llegará un momento en que le tenga cariño a la niña, en que se acerque a ella con algo de afecto. Cómo será, Dios mío, cuándo será». De momento Frederic agradaba a su padre. No había paso que no diera sin consultárselo, hablaba con quien su padre le decía que tenía que hablar. Gaspar se ocupó de prepararle la primera exposición en la mejor galería de la ciudad. La prensa local hizo una reseña. Una discípula de Gaspar se extendió en elogios al nuevo artista. Vendió veinte cuadros entre familiares y amigos. Cuando llegó el verano, Gaspar estaba feliz. Habían cubierto una etapa importante. Por fin su hijo parecía que despegaba, estaba orgulloso de él. La niña crecía y Julia se había ocupado de embalar con Dolores los treinta mil volúmenes de su biblioteca, dispuestos para la mudanza. La casa nueva estaba en pie. Los últimos tres meses, antes de irse de vacaciones, Julia había empezado a trabajar en una editorial. Habían hecho las maletas para irse con la niña a Galicia. Estaba llamando a la agencia para reservar los billetes de los tres. Gaspar la miraba desde el sofá.

—¿No te importa ir tú primero con Virginia? Creo que debería estar un poco con mamá, la veo hacerse mayor. ¿Me entiendes, verdad?

—Te apetece quedarte.

—No es eso, pero es que, no sé, siento un poco de mala conciencia. No me ocupo nada de ella.

—¿Vendrás después?

—Claro. Y estoy seguro, además, de que tus padres agradecerán teneros para ellos solos, sobre todo ahora, al principio.

Julia pensó lo contrario. «Pensarán que las cosas van mal.» Gaspar le dio dinero para el verano. Julia lo cogió:

—Me voy a quedar con el pesado de Frederic. Al menos aprovecharé para hacerle un poco de caso a Espe y al nieto. Ahora que estamos bien, es tan importante esto para nuestra vida. Aprovecharé para trabajar.

Julia llegó al aeropuerto con la sensación de ser una egoísta: con sus padres, porque los quería menos que a Gaspar; con la madre de Gaspar y con Frederic, porque se lo estaban arrebatando; y con Gaspar, porque no acababa de entenderle. La mala conciencia. ¿Qué era eso? ¿La había tenido ella alguna vez? Cuando consiguió alcanzar la cumbre de aquella bondad en la que Gaspar se perdía, cuando lo comprendió, cuando lo vio claro, cuando aprendió la lección que le estaba dando, cuando por dentro de su alma empezaba a asomar una sonrisa tan luminosa e inequívoca como la de él, aquella gentileza que la había enamorado, aquella sonrisa que era ahora también la suya, al cruzar con la niña el detector de metales, vio en Gaspar, al despedirse, un gesto de tristeza insoportable. Ahora sentía mala conciencia por ella, por dejarlas ir. «¿Será tonto?», pensó, «¿qué hago?, ¿me quedo? Voy a enloquecer». «Tengo que hacer lo que él me ha dicho», se dijo. Había sido tan generoso durante todo el invierno, ¿y ahora ella se sentía dolida porque Gaspar necesitaba repartir un poco su amor? Necesitaba quedarse solo, no era más. Sacrificaba sus vacaciones, su tiempo de estar con su mujer y su bebé, para estar con su madre anciana, con su hijo mayor. Aquello era el amor, el desprendimiento. ¿Cuántas cosas aprendía Julia al lado de Gaspar? Cuando el avión despegó se sintió la mujer más llena del mundo. ¿Es que no podía abrir un poco su corazón? Cuando llegó a Fingal era una mujer nueva. Una mujer que venía de Barcelona con su bebé, con una sonrisa llena de alegría, dispuesta a hacer familia. «Tengo que quererlos», se dijo, «tengo que querer a los míos como quiere a los suyos Gaspar». «Pero si yo ya les quiero. ¿Qué me digo?» Deshizo su maleta, se instaló. Hubo llamadas de un lado a otro. La tercera semana, Julia recibió una petición de socorro.

—Os echo muchísimo de menos, Julia. ¿Qué tal te va?

—Y nosotros a ti. Estamos esperándote. ¿Cuándo vas a venir? —su voz no sonó nada suplicante, casi parecía que era Espe la que hablaba desde dentro de la joven de Fingal.

—¿Estás divirtiéndote? ¿Qué tal la niña? Yo no he sido capaz de concentrarme en nada. Me tiene cercado mamá.

Julia le notó a Gaspar la voz gastada, cansada.

—¿Quieres que vaya? ¿No vas a venir?

—Aguántate, Julia. Es bueno que nos separemos, por los dos. ¿Has trabajado algo?

—He leído, sí.

—A mí me tiene frito este Frederic. Me acapara día y noche. Ya no sé qué hacer.

—¿Pero tu madre está bien? Vente, tonto. Están tus hermanos ahí, no se queda sola. Hazte una maleta y vente. Frederic ya tiene a su mujer.

—Oye, mi amor, he estado pensando en la casa nueva. La habitación de Virginia está demasiado cerca de la nuestra. Yo creo que tendría que ir abajo, en el sótano, junto a Dolores. Así de noche se ocupa ella y nosotros podríamos dormir.

—¿Por qué piensas ahora en eso? —Julia miró a su hija. Estaba en sus brazos contenta de oír la voz de su padre.

—Es que me preocupas tú. Tú necesitas ponerte a escribir, y podemos poner a la niña abajo, con Dolores. Ahora vamos a tener una casa muy grande, hay que organizarse.

—Soy yo la que me levanto, Gaspar. No te preocupes por eso, yo lo prefiero así.

—Te veo tan pegada a la niña... me preocupas. Frederic también lo ve. Me lo ha dicho. He estado hablando con él.

—¿Pero por qué te preocupas de mi trabajo? Haz lo tuyo, despreocúpate. Ni trabajas ni estás con nosotros. Aprovecha que estás solo.

—¿Por qué eres así conmigo? Lo hago por ti.

—Es que no te entiendo, Gaspar, qué haces ahí sin nosotras preocupándote de nosotras. ¿Por qué no vienes? ¿Por qué no dejas de sentirte mal? Quédate o vente, pero no me tortures. ¿Por qué piensas ahora en la habitación de Virginia? No me apetece que duerma dos pisos abajo. Ya lo hemos hablado. Ya lo hablaremos al volver.

—Piénsalo. ¿Me lo prometes? ¿Lo harás? Espe y Frederic se lo han montado así. Todo funcionará mejor si la niña baja con Dolores.

Julia colgó. Esa noche su cabeza se llenó de planos que no cuadraban, de habitaciones que no deseaba, de dudas, de inquietud. El verano se había terminado con la llamada de Gaspar.

31

—Le he notado angustiado, mamá. Creo que me voy a ir.

—Como quieras, hija. Entiendo perfectamente que quieras estar con tu marido.

Su madre le dio dinero de regalo. Dinero de su madre; a Julia le pareció que retrocedía diez años atrás. Se reunió enseguida con su marido en Port Nou. En la casa, todavía sobrevolaban los cartones, los apuntes y las pinturas de Frederic. Se había trasladado junto a su padre para trabajar. Toda la ropa estaba apelotonada y confundida en los armarios, con jerséis sucios de Frederic y baberos apelmazados de papilla. Espe también se había instalado con ellos. Había plantado algunas flores en el jardín. Julia y Gaspar discutieron en voz baja, en el salón.

—Me dijiste que estabas solo, que te quedabas para trabajar. ¿Por qué no me dijiste que les dejabas la casa? ¿Es que no les llega a ellos con la suya? Es cuatro veces más grande que ésta. No lo entiendo, de verdad.

Gaspar se ofuscó. Vio en Julia a una enemiga, una enemiga voraz.

—Es mi hijo, Julia, se la he ofrecido porque en su casa no puede, con el niño.

—¿Pero y tú? Es horrible, Gaspar, me llamas cuando estoy tranquila junto a mis padres, cuando por fin he conseguido estar bien sin ti pones fin a mis vacaciones, y me encuentro con este panorama. No me has dejado desde que vivo contigo ni plantar un solo árbol. Y los planta Espe y te encantan.

—Julia, tú nunca has sabido de estas cosas, ella sabe mucho del jardín.

—Tú no me has dejado interesarme por el jardín. Cada vez que lo he intentado me has parado. ¿Para qué sirvo entonces, cuál se supone que es mi papel? Me mandas con mis padres, te quedas con tu hijo. Vuelvo y mi casa está patas arriba. Podías al menos haberme preguntado. Es la casa de los dos. ¿Y tú dónde has dormido?

—En casa de mamá.

Aquella frase rodó al suelo como una plomada. Salió de la boca de Gaspar pero parecía que salía de un volcán muerto. Gaspar se tiró en el sofá. No levantó la cabeza en toda la semana. ¿Pero qué se creía Julia? ¿Que iba a mandar en su vida? Regañarle de ese modo, indignarse porque le hacía un favor a su hijo, a su propio hijo. Volvía para tirar por el suelo todo su trabajo, aquella ardua reconstrucción familiar. ¿Cómo se le había ocurrido llamarla? «¿Cómo se me habrá ocurrido volver?», pensó Julia, «¿qué necesidad tenía de meterme en este follón?». Acabó aceptando los árboles de Espe, acabó recogiendo los jerséis de Frederic. Hacía cinco días que Gaspar no le hablaba. Acabó por pedirle perdón.

—Yo ya no puedo, Julia, no me levanto de esto. Te enfadas porque tengo una deferencia con mi hijo. Creí que lo ibas a entender. Estamos a punto de estrenar una casa nueva, yo esto nunca lo hice con su madre, jamás construimos una casa juntos, jamás le di tanto como te doy a ti. Y si intento compensar algo me castigas. Ahora que estoy recuperando a mi hijo, ahora que pensaba que todo estaba arreglado, vienes tú y lo estropeas, ¡por unas flores en un jardín! Me has pedido una casa, te la he dado. ¿Qué más quieres? ¿Que les mande a vivir a Shangai?

—No te equivoques, Gaspar, a mí no me has dado nada. La nueva casa es tuya. Eras tú el que estaba desahuciado.

—Podía haberme metido en un piso de mamá.

—¿Y vas a estar eternamente cobrándomelo?

Gaspar tenía a la niña en sus brazos.

—Creo que es mejor que me vaya —dijo Julia.

—¿Adónde? ¿Adónde te vas a ir?

—A Barcelona. ¿Quién va a hacer la mudanza, si no?

—Yo me quedo con la niña, mi amor. Déjamela a mí.

Mi amor. ¿Ya no estaba enfadado? El corazón de Julia volvía a latir.

—No hace falta que te la quedes —la cogió de sus brazos—. Me la llevo conmigo.

—Claro que me la quedo. Si te la llevas no podrás hacer nada. Dolores me ayudará.

—¿Y tú no piensas trasladar tu biblioteca?

—Ya la trasladaré. Cuando termines tú con todo lo demás.

—¿Quieres que me ocupe?

—¿Sabrás? ¿Lo harás con cuidado?

En su viaje de regreso a Barcelona Julia condujo con un extraño sentimiento de huida. Huía de Port Nou. Huía de Frederic, de Espe, de aquellos árboles en su jardín. Era la primera vez que dejaba a la niña, pero quizás Gaspar tenía razón, estaba aferrándose demasiado a su hija. Y

Frederic. Dichoso Frederic. Seguía rompiéndole los nervios. ¿Qué coño tenía que meterse él en su vida? ¿Cómo iba a evitar que se colara otra vez? Cuando aparcó en Barcelona la alegría de su fuga se disipó. Ahora sentía todo lo contrario. No era ella la que huía. Era Gaspar el que la había conducido hasta allí. Sintió muy hondo que no estaba en Barcelona porque ella quisiera, que en el fondo obedecía órdenes de Gaspar no dichas. Parecía una rebeldía suya, pero era un mandato de él. Un mandato tácito. Se puso al trabajo de la mudanza con un sentimiento mezclado, de burra de carga que expía sus pecados. Mientras ellos tomaban el sol Julia hacía la labor de un hombre en medio de otros hombres. Aquellos mozos de la mudanza, de edades diferentes, sudados, le parecieron más humanos que Gaspar. Aquella bondad de Gaspar, aquella moral ejemplar, ¿era humana? «No estoy a la altura de él», se dijo, «nunca podré ser como Gaspar». Cuando se vio con ellos dentro del camión le apetecía pasar de largo por delante de la casa nueva. Largarse. Había una chica que cargaba también. Julia se dio ánimos. Gaspar la había ayudado una vez con su mudanza de Madrid; ésta, la de la nueva casa, fue su manera de pagárselo. Desembaló cada uno de sus libros con el mayor cuidado, repasó el polvo de cada lomo. Consiguió poner en pie los treinta mil volúmenes de la biblioteca. Luego acondicionó la habitación de su hija, al lado de la de ellos. «¿Debería hacerlo?», se dijo, «estoy desobedeciendo a Gaspar». La cama de la niña era un camastro viejo que Espe le había regalado. Ni se le ocurrió tirar aquella cama vieja. «Si me desprendo de ella Gaspar me mata», pensó. «Al menos la cama me la quedo. Cuando cobre el próximo mes le compraré con mi dinero una nueva. No voy a dejar a Virginia que duerma ahí.» Dos pisos abajo, donde Gaspar proyectaba la habitación para la niña, montó su estudio, junto a la habitación de servicio. Utilizó la mesa y las estanterías de la ex de Gaspar. Se quedó mirando aquellos muebles ajenos maltratados por los años. Eran todo su ajuar, la basura de la casa antigua de Gaspar. «Lo que daría yo por tener mis propios muebles», pensó, «pero no podemos permitirnos ese lujo. Bastante le he hecho gastar».

Cuatro días después la casa nueva estaba preparada para ser habitada. Llamó a Port Nou para comunicarles la buena noticia. Se puso Dolores.

—Están en el hospital.

Julia pensó en su suegra, la imaginó tirada en medio del jardín.

—Es la niña —Dolores sollozaba—. Frederic me la cogió, yo no quería dejársela. La puso en la moto, empezó a acelerar como un loco, pisó una raíz de un árbol. No es nada, Julia, seguro que no.

—¿Está Gaspar? ¿Por qué no me ha llamado?

—Está con la niña en Figueres. Se acaban de ir.

Julia cogió el coche. En una hora estaba en el hospital. Encontró a la señora Ferré sonriente y tambaleante, con la niña en brazos a punto de caérsele. Su hija llevaba un vendaje en la frente. La cogió con cuidado de no ofender a aquella mujer.

—No ha sido nada, Julia, ya se le ha pasado —la anciana sonreía con beatitud.

—El burro de Frederic, mi vida —Gaspar llegó con el médico, los dos sonreían.

—Pobre Frederic, estará asustado —Julia calmó su ira con una sonrisa. Se sintió toda una señora, una gran madre, una gran mujer.

246

32

Dos meses después comían en la casa nueva. La niña cumplía un año. Julia la llevó a una guardería de Major de Sarrià. Iba con la pequeña en su silla cuando vio a Frederic que subía por la misma acera. Con él iba su madre. Cuando se cruzaron Julia se paró. La señora Simoneta y Frederic miraron el carrito, lo sortearon, y siguieron su camino.

—Sí, cariño, es Frederic —Julia cogió la mano de su hija, señalaba a su hermano mayor.

Cuando volvieron a casa, Gaspar se acababa de levantar. Estaba en albornoz.

—Me he encontrado a Frederic con su madre y han pasado de largo.

Gaspar no le dio mayor importancia. Julia insistió.

—Ni siquiera ha mirado a Virginia. No me ha preguntado nada de la caída.

—Lo hace para no molestar a su madre. Seguro que llama enseguida.

Efectivamente, el teléfono no tardó en sonar. Era Frederic. Habló con su padre de su nueva exposición, le pidió que fuera a ayudarle a elegir los cuadros.

—¿Lo ves? —Gaspar se arregló para ir a ver a su

hijo—. Se encuentra un poco entre la espada y la pared.
—¿Pero no te ha dicho nada? ¿No te ha dicho que me ha visto?
—Ya se lo noto en la voz. No hace falta que me lo diga. —¿Y a mí, Gaspar? ¿No me notas a mí nada en la voz? ¿No me notas que crío a mi hija entre la espada y la pared? Pero cómo se atreve tu hijo a no saludarme en la calle, por favor.

—Pero qué dices, qué tonterías dices. Tenemos nuestra casa, tenemos a nuestra hija. ¿Qué te pasa ahora?

—Quiero existir, Gaspar. Llevo todo el verano sin ti. Por las tardes te vas al estudio de Frederic. Los fines de semana ya quedas con ellos antes de que tú y yo planeemos nada. ¿Dónde quieres que me meta? ¿Qué quieres que haga?

—Pensaba que te gustaba verlos. Eso me pareció.

—Claro que me gusta, pero también me gustaría disfrutar de ti. Ir a algún sitio. Y cuando no son ellos es tu madre. ¿Qué sitio nos queda a nosotros? ¿Qué sitio ocupo yo?

—Tienes mucha paciencia, lo sé —Gaspar intentó consolarla—. Y no sabes lo que te lo agradezco. Ser un equipo contigo, mi amor. Lo que tienes que hacer es ponerte a escribir.

—Me parece que voy a dejar la editorial.

Gaspar se bajó de la moto. Se acercó a ella.

—Ay, mi amor, cálmate, estás nerviosa con lo de la guardería. Estás un poquito nerviosa, de verdad. ¿No sería mejor que bajáramos a la niña con Dolores?

—Quizás tengas razón.

Cuando el estudio de Julia estuvo desmantelado, la pequeña Virginia se instaló allí. Dolores dormía a su lado. Con el último sueldo de la editorial Julia le compró una cama en Ikea. Aún le sobró para comprar un sofá nuevo y unas estanterías para el salón. Las estanterías hubo que devolverlas, a Gaspar le parecieron horrendas. Lo peor que había visto en su vida se traducía en aquel amasijo de aglomerado. Con el sofá se quedaron, a pesar de que Gaspar lo encontraba pretencioso y nada práctico. Siguió sentándose a ver la tele en la vieja butaca que había rescatado su madre de unos escombros en la ciudad. La cama de la niña se la tragó, no sin antes discutir.

—No pienso devolverla, Gaspar. La he comprado con mi dinero, y esa cama está vieja. El colchón está lleno de meos.

—Haz lo que te parezca, a mí me parece horrible.

—Tenemos la casa, pero es como si no la tuviéramos. No me dejas tomar ni una sola decisión.

—Es que haces muchas cosas que no son necesarias, Julia. Si al menos le preguntaras a alguien que te aconsejara. ¿Por qué no llamas a Montse? Ella conoce bien las tiendas de Barcelona, te ayudaría encantada. Tu dinero, mi dinero. ¿A qué viene eso? Déjate de bobadas.

—No son bobadas. Tú haces con tu dinero lo que te da la gana, pues yo también. Tú le regalas una finca a Montse y no te parece necesario que nuestra hija tenga un colchón nuevo. Pues a mí sí, a mí sí que me parece necesario. Creo que voy a preguntarle a Montse la cama que le tengo que comprar.

—Qué mala uva tienes, Julia, de verdad. Te lo digo porque es amiga y ella tiene buen gusto.

—De acuerdo, no tengo buen gusto. No me sé vestir. Tampoco sé relacionarme con Frederic, que ni me mira a la cara. Si me descuido tampoco sé darle de comer a mi hija. ¿Qué es lo que hago bien? ¿Hago bien el amor?

—No sigas, Julia, por favor. No soporto esta conversación. Pensaba ir a ver a mi hijo y ya no voy a ir.

Gaspar se retiró a su estudio. Julia se quedó odiando aquel sofá. Se levantó. Se puso a trabajar. Por la tarde, Dolores fue a despedirse.

—No voy a seguir, Julia. Tienes a la niña en la guardería. Puedo quedarme una semana más, hasta que encuentres a alguien. Yo empiezo a estar un poco mayor.

Julia se trasladó al sótano a dormir con Virginia. Dos semanas después llegó la nueva asistenta. La llevó al mercado, y después pasaron por la guardería. Salieron todos los niños pero Virginia no estaba. La cuidadora se quedó mirando a Julia.

—La vinieron a buscar hace ya tiempo. Un chico que dijo que era su hermano, de tu edad.

A Gaspar le pareció un detalle bonito. Cuando volvieron a casa con la niña no hablaron. Algo flotaba de mal gusto en aquella casa, aquellos muebles, aquella mujer enfadada.

—¿Qué te pasa ahora? —Gaspar se acercó.

—Si te digo lo que me pasa vamos a discutir.

—Es por Frederic, ¿verdad?

—Tenía que avisarme de que iba a recogerla. Es lo mínimo que se debe hacer.

—Se lo diré con cuidado, no te preocupes.

—Cómo que con cuidado. No se lo digas, será mejor.

—¿Por qué no se lo dices tú?

—Porque si yo se lo digo me enfadaré tanto que no

me reconocerías, Gaspar. Le diría tantas cosas, le diría lo que pienso de él. Os tengo miedo, ¿es que no lo ves?

—Lo hace por acercarse a la niña, tonta, no lo hace con mala intención —Gaspar le echó la mano por el hombro.

—Ya lo sé. Ya sé que aquí la única que tiene mala uva soy yo.

La pequeña lloró en su habitación. Julia bajó a consolarla. Cuando se quedó dormida volvió junto a Gaspar. Estuvieron un rato charlando, la niña volvió a llorar. Julia volvió a bajar para calmarla. Cuando subió de nuevo, Gaspar veía la televisión.

—Si pudiera relajarme, si por una vez pudiera relajarme —continuó Julia—, pero es verdad que le tengo miedo a Frederic, no lo puedo evitar. Cuando lo miro veo algo en sus ojos que me asusta. Es una sensación muy extraña, de inseguridad. A veces me parece que podría hacerle daño a la niña, que la utiliza. No le mira a la cara, y un día le da por ir a buscarla a la guardería y ni me avisa.

Oyeron llorar a Virginia. La pequeña se levantó, subió a gatas las escaleras, se asomó al salón.

—Quédate. Ya bajo yo.

Gaspar cogió a la niña y la llevó a su cuarto. Julia oyó unos gritos, la voz de Gaspar, luego oyó la mano, luego otro grito, otra vez la mano. Se quedó paralizada. No se atrevía a bajar. Oyó llorar a la niña, oyó los golpes. Cuando bajó las escaleras estaba temblando.

—¡Gaspar! ¿Qué haces?

—No entres, Julia, yo me encargo.

Aquellos golpes siguieron sonando. Gaspar salió de la habitación. Julia lo vio en el pasillo, en medio de la oscuridad. «Yo me encargo», dijo la voz, y era una voz tranquila. «Yo me encargo, espérame arriba.» Julia obedeció. No sabía lo que hacía. Bajó de nuevo al sótano. Entró en medio de la oscuridad. Encendió la luz. Su hija yacía estirada en la cama. Gaspar la golpeaba, no sabía parar.

—¿Qué estás haciendo? ¡Déjala ya!

Gaspar la miró. Luego se marchó entre las sombras, le tocó un brazo cuando pasó a su lado. Julia metió a la niña en la cama, le retiró el pañal. Sus dos pequeñas nalgas estaban llenas de cardenales que ascendían hasta la cintura, que bajaban hasta la parte de atrás de sus pequeñas rodillas. Las miró bien. No eran marcas de dedos. Eran venitas rojas, azules y rotas. «Dios mío», pensó, y lo pensó con la frialdad de un glaciar «que no recuerde esto mi hija, que no lo recuerde jamás». La pequeña sollozaba en medio de los espasmos. Era un modo de llorar cortado, contenido. Un llanto maduro, como el de una mujer. Le besó las mejillas, los ojos. «¿Cómo no lo he parado? ¿Cómo he podido no evitarlo?» Sintió un gran bloque de hielo en su estómago. «Para que no lo recuerde ella yo lo tengo que olvidar.» Cuando la niña se sosegó, Julia se levantó y fue a echarse junto a su marido. «Si no lo hago ahora», pensó, «nunca volveré a mirarle a la cara». Gaspar dormía resoplando. Lo acarició, lo besó. Lo consoló dormido. Por la mañana acudió a levantar a Virginia. Los cardenales no habían desaparecido. Cuando la dejó en la guardería pensó que la cuidadora se los vería, que le diría algo. A la hora de recogerla Julia se puso su mejor traje, su mejor cara cuando empezaron a salir los niños por la puerta. «Se ha caído por las escaleras», contestaría si le preguntaban, «ha tropezado y ha rodado por las escaleras. Gracias a Dios no ha sido nada, ningún golpe en la cabeza». La niña la recibió en el patio con la misma alegría de siempre. Parecía una más. Ella misma parecía una más en medio de la madres que esperaban con sus carritos. La cuidadora también sonreía. Cuando les abrió la puerta de casa, Gaspar parecía un padre cualquiera, uno más.

33

Encarna enseguida cogió el ritmo de la casa. A las dos semanas lo hacía todo sin preguntar. Aquella chica joven le parecía a Julia la salvación. «Quizás ahora sí puedo olvidarme de la casa, ponerme a trabajar», pensó. Por la noche, Gaspar pasaba su dedo por el polvo de las estanterías, la cama no acababa de estar bien hecha, en la despensa los alimentos no estaban en su lugar.

—Es cuestión de tiempo. Aprenderá —Julia disculpaba a Encarna.

—No aprenderá nunca si no tiene quien le enseñe —Gaspar cambió el canal de la televisión—. Tienes que ocuparte un poco de ella, al menos al principio. No puedes dejarla a su albur.

—¿Crees que no le dedico tiempo? Trato de concentrarme en lo mío, Gaspar.

«¿En lo mío? ¿Qué es lo mío?», pensó esta vez.

—Pasado mañana es el santo de mamá —dijo él—. He pensado que podríamos celebrarlo aquí, ¿qué te parece? Es una buena ocasión para inaugurar la casa. Todavía no lo hemos podido celebrar.

Esa tarde Julia fue a comprar una vajilla. Lo hizo a

espaldas de Gaspar. Cuando sacó el dinero del banco sintió que cometía un delito. Entró en su casa como un ladrón, con el paquete en los brazos. Gaspar la vio colocando la mesa con la ayuda de Encarna.

—¿Y eso qué es?

—He elegido la más sencilla.

—¿Por qué no me has preguntado?

Julia lo miró. Encarna se retiró a la cocina, no quiso presenciarlo.

—Porque no me dejarías hacerlo, Gaspar, por eso no te he preguntado. Empezarías a darle vueltas, me desanimarías. ¿Tengo que preguntarte cada vez que necesitemos algo?

—A mí me gustan más los platos que tenemos.

—Pero a mí me gusta recibir a tu madre con una vajilla bonita, invitar a tu hijo y a Espe con un mantel nuevo. He limpiado la plata. ¿Tampoco estás de acuerdo?

—Haz lo que quieras. ¿No te importa si llamo a Montse? Me haría ilusión que ella estuviera también.

Gaspar se retiró. Llamó desde su estudio a Montse. Hacía mucho que no se veían. Quedaron en su casa a tomar un café. Montse mandó a su hija al cuarto. Notó a Gaspar un poco flaco.

—¿Has comido? ¿Te hago algo?

—La veo que se esfuerza, pero es testaruda como una mula.

—Qué exagerado eres, Gaspar. Dale tiempo, lleváis dos años.

—Se ha ido sola a comprar una vajilla horrenda. Con lo fácil que le hubiera sido llamar a Espe para que la acompañara. Ni siquiera conoce las tiendas. Pero ella se niega, una y otra vez. Y encima mi hijo. ¿Qué mal puede hacerle Frederic a su hermana? Es verdad que Frederic no hace muchos méritos, pero tampoco puedo obligarlo a que la trague. A estas alturas no la trago ni yo.

—No imaginaba que fuera tan grave. ¿Y no se lo vas a contar?

—¿Qué le voy a contar? ¿Que no la aguanto?

—De verdad que te admiro, Gaspar. Esa claridad. Nunca lo he entendido muy bien. A mí me cuesta horrores dejar de querer.

—No es exactamente dejar de querer, Montse. Lo he intentado con ella hasta la saciedad, pero no hace más que exigir. Si al menos escribiera, si me dejara en paz.

—Tiene una niña de un año, Gaspar, y la casa no es pequeña.

—Tiene a Encarna, ¿por qué no la deja a ella? No sé. Estoy abrumado. De pronto, no tengo ninguna esperanza con nuestra vida. A mí estas cosas se me acumulan, Montse.

—¿No podéis hablarlo?

—No es la primera vez que trato de explicárselo, pero ella se agarra a mí. Intenta cambiar, pero siempre habrá algo que nos desequilibre, y ese algo será Frederic. Lo cierto es que lo está consiguiendo. Hace dos semanas que no veo a mi hijo, ahora que creía que estaba resuelto.

—¿Tú crees que Frederic es el problema?

—¿Qué quieres decir?

—Puede que tu vida se le haga grande, y que no se atreva a aceptarlo. Para algunas personas el amor se instala como un órgano, y dejar de querer significa extirpar algo que forma parte de nuestra carne, algo... —Montse se paró, vio la sonrisa de Gaspar, le gustaba lo que le estaban contando—... algo que significa dejar de querernos a nosotras mismas. Es muy posible que a Julia le cueste mucho separarse de ti.

—Si la dejo ahora se morirá —recapacitó Gaspar.

—Pues yo sigo viva —sonrió Montse—. A mí no me engañaste, ésa es la verdad.

—Tampoco a ella la engañé. La quise con toda mi alma. Y la vi capaz. ¿Tú crees que me hubiera metido en algo así si no confiara en ella? Pero se pasa la vida apuntándolo todo, anotando. No puede ser más corrosivo, de verdad.

—¿Y tú no lo haces, Gaspar?

Montse se sonrió como una madre. Le cogió la mano y entremezcló sus dedos con los de Gaspar. Éste le acercó sus labios en señal de despedida. La hija de Montse bajaba las escaleras cuando Gaspar estaba ya saliendo. «Pobre mujer», dijo Montse entre dientes, cuando la puerta se cerró.

—¿Quién, mamá? —preguntó la niña.

—Nada, hija, la mujer de Gaspar, que está enferma.

—¿Se va a morir?

En la comida, todo sucedió como estaba previsto. Se usaron los platos nuevos. A Frederic no le pasaron desapercibidos. Julia le pidió su ayuda para freír unas chuletas de cordero. Aquel detalle le encantó a Espe, que había llevado el pastel. Montse vino estrenando atuendo, y cuando pasaron a los postres llegaron los hermanos de Gaspar. En la sobremesa, la pequeña Virginia jugaba con el hijo de Frederic, que se retiró a hablar de política con sus tíos en un aparte del salón. Montse se sentó al lado de Julia.

—Qué bonito sofá. ¿Dónde lo has comprado?

—A Gaspar le parece horrible —bromeó Julia, sin

descartar a su marido de la conversación, y le salió una risa de esposa querida, provocativa.

Desde el otro ángulo del sofá, Gaspar le agradeció aquella salida, y la amabilidad que tenía con Montse haciéndole confidencias en alto, su soltura en la comida, su clase sirviendo el café. Mientras veía a la amiga y la esposa charlando juntas, sentía revivir su amor. Hasta el dichoso sofá empezaba a parecerle aceptable. Había adquirido alguna clase de matiz estético, alguna pátina de moralidad, viendo a Montse y a su mujer sentadas en él. La conversación que mantuvieron las dos se convirtió en un diálogo aceptado, a la vista de todos; cualquiera las podía oír.

—No le hagas ningún caso, querida —se rió Montse—. Tu marido es un maniático.

Gaspar se rió desde el otro lado, y se volvió para dejarlas hablar. Las palabras de Montse iban infladas de libertad, la libertad de la amiga que hace un comentario sobre un amante al que conoce bien. Julia también se rió. Aquél era su marido, aquélla era su casa, aquél era su sofá. Se pegó un poco más al muslo de Montse.

—Más que maniático —dijo—, si me dejo no podemos ni comprar toallas —y se deslizó a una confianza que por un momento le pareció una traición; intentó arreglarlo—. La verdad es que hemos gastado mucho en la construcción. Estamos sin blanca.

Dijo aquello, «estamos sin blanca», y se sintió muy feliz, casi de la jet set. Montse empujó con su hombro el de Julia, con una bastedad que la perturbó. Notó su aliento muy cerca, se alejó.

—Pero si éstos son millonarios, tonta, no te dé pena —le dijo, con un gesto entre cómico y despectivo.

Julia se apartó de aquel cuerpo, buscó con su mirada

la de Gaspar. Recibió de su marido una sonrisa aprobadora desde la mesa del comedor. Se había ido a hablar de política con los hombres. La señora Ferré alternaba con Espe, dos mujeres iguales, de generaciones diferentes.

—No tanto como parece —contestó Julia, como si ella también fuera millonaria, como si lo tuviera que ocultar.

—Que sí, mujer —insistió la amiga—. Es todo manía, te lo digo yo. Ni hacen ni dejan hacer.

¿Pero qué se creía Montse? ¿Que Julia se iba a poner a criticar a su marido? Le pareció que su momento privado con ella había llegado a su fin, y se levantó para servir un poco más de café. La señora Ferré se despidió la última. Y cuando Frederic y Espe se iban, el hijo de Gaspar tuvo la idea de llevarse con ellos a Virginia.

—¿No es un poco pequeña, rey? —Gaspar no sabía qué hacer.

Espe lo auxilió.

—Echará de menos a su madre, Frederic. Déjala estar, es pequeña.

Julia se fijó en los ojos de Frederic. No la miraban a ella, miraban a su padre con un fondo extraño de amenaza. Una mirada imperativa, necesitada. Notó que era absolutamente importante para aquel chico llevarse a Virginia de la casa de su padre. Notó que no quería que su padre se quedara con la niña. Frederic tiraba de Virginia y la niña iba hacia su madre. Julia la cogió en brazos y se la entregó.

—Creo que ella ya ha tomado una decisión —dijo, y antes de meterla en el coche le dio un beso en la cara.

Vio a su niña decirle adiós desde el asiento de atrás. Pensó en aquel nieto: le pegaría. El coche desapareció y Julia se quedó recogiendo la vajilla. Habían cumplido con la comida ceremonial, Gaspar estaba contento y Encarna dormía la siesta abajo. Cuando su marido se acercó a besarla Julia sintió su satisfacción.

Al día siguiente llamaron para recoger a Virginia. Frederic pedía quedársela dos días más. El lunes Espe la llevaría al colegio con su hijo. A Gaspar le pareció buena idea.

—No le va a pasar nada. ¿Quieres decirle algo? Parece que está muy contenta.

—La echo de menos. ¿No vamos a hacer de esto una pelea, verdad?

No hicieron una pelea. Durante el camino en coche hasta la casa de Frederic y Espe, Gaspar no abrió la boca. Parecía que condujera solo, como conducen los hombres cuando están o muy excitados o muy cabreados, simulando el estilo *rally*, saltándose los semáforos, aproximándose temerariamente al guardabarros de los otros coches antes de adelantarlos. A Julia no se le ocurrió protestar.

Cuando la recogieron notó otra vez las espadas de Frederic en alto. Le entregó la niña como si fuera un juguete estropeado. El episodio se cerró con gran satisfacción por parte de Gaspar, y con una angustia creciente en el alma de Julia. «Mi hija no es un rehén», se dijo, y se metió en la casa asustada, temiendo cuándo sería el próximo chantaje, la próxima vez.

Fue el fin de semana siguiente. El sábado Gaspar se levantó marcando el número de Frederic. Julia se mostró un poco reticente.

—¿Y por qué no vamos a ver una exposición? Tú y yo con Virginia, a dar una vuelta, a tomar algo.

Gaspar le sirvió una negativa consoladora, embadurnada de favor.

—Quédate en casa tú. Virginia y yo te dejamos

tranquila y aprovechas para trabajar. Comemos nosotros con ellos.

Julia no se atrevió a exigir más. Cuando se quedó sola en la casa le resultó imposible concentrarse. ¿Por qué no podían ellos, como cualquier pareja, tener su plan? ¿Por qué había que ir a meterse un día y otro a la casa de Frederic? A mediodía rebuscó en la agenda. Todos eran teléfonos de Madrid. Llamó a Fingal y habló con su madre, le contó que tenían una vajilla nueva, que habían celebrado el santo de su suegra. ¿Cuándo vendrían ellos a verla? Su madre la notó contenta, y las navidades estaban a la vuelta de la esquina. Hablaron de la niña. No hablaron del accidente de moto, no hablaron de la paliza. Julia ya había decidido comer sola cuando sonó el teléfono. Lo descolgó pensando que sería Gaspar. El corazón se le aceleró. «Ya vuelven», pensó. Era la voz de Teresa, la antigua novia de Frederic. Hacía casi dos años que no oía aquella voz. Quedaron en un bar de las Ramblas para comer. Julia le contó lo feliz que era, lo mucho que quería a Gaspar. Se sentía afortunada al lado de aquella mujer.

—¿Y Frederic? ¿No os veis? —le preguntó a Teresa.

—Nos hemos visto una vez. No lo veo muy feliz, la verdad. Y su hijo me dio un poco de pena, me parece que no le hace ningún caso. Con Espe ya es otro asunto. Ella aguantará.

—A mí no me parece que estén mal —dijo Julia.

—Espe es lo mejor que le ha podido pasar. No es la clase de persona a la que él pueda hacer daño.

A Julia no le pareció que Teresa hablara con despecho.

—¿Por qué lo dejasteis? —preguntó.

—Es difícil explicarlo. Yo no podía hacerle feliz. No

creo que nadie pueda, por otra parte. Frederic es un artista. Yo a su lado no era nadie.

—Pues a mí me parece que le falta un hervor, qué quieres que te diga.

Teresa se echó reír:

—Tiene mucho poder, te equivocas. Parece un hombre desamparado, pero sabe manipular.

—El poder que le ha dado su padre, Teresa. Frederic sin su padre no es nadie, y nunca lo será hasta que se olvide de él. Qué artista ni qué narices.

—No me refiero a su capacidad para abrirse camino, no es eso. Es un buen cabrón, Frederic, yo lo conozco, lo sé. Al final una tiene que apartarse y compadecerle, es la única solución. ¿Y qué tal contigo?, ¿te trata mejor?

—Lo llevo bien —dijo Julia—. No le hago caso.

Julia miraba a aquella chica de tristeza infinita y no le extrañaba que Frederic huyera de su lado. Se habían conocido en Nueva York. Un encuentro casual. Se la había presentado Gaspar. Quedaron algún día para ir al cine. Julia lo recordaba muy bien porque ese día Susan Sontag estaba sentada en la butaca de al lado. Aquella mujer con la melena mitad blanca, mitad negra. Habían ido a ver *La ópera de tres peniques*. A la salida del cine Julia le hablaba de lo enamorada que estaba, de aquella bondad que la había seducido de Gaspar. «Es que Gaspar es muy inteligente», le había dicho Teresa. No era eso lo que había cautivado a Julia, era otra cosa, aquella luz de otro mundo, aquella forma de ver las cosas, su generosidad. «Es tan inteligente que puede hacerte daño sin que tú te enteres», fue todo el comentario que Teresa le brindó. En aquella ocasión, Julia la vio como una chica herida. ¿Qué daño podía hacerle a ella Gaspar? ¿Alguien podía ofender a Julia? ¿Había alguien capaz de tal cosa? Se lo recordaba ahora a Teresa, desde su supremacía de mujer casada, de princesa que vence al dragón.

—¿Te dije yo eso? No me acuerdo de que hubiéramos hablado tanto.

—Sí, me lo dijiste. No acabé de entenderte del todo. Yo te hablaba de él, te decía lo mucho que le quería, y tú me hablaste de su inteligencia. No entendí muy bien a qué vino aquello. Yo no amaba a Gaspar por su inteligencia. Si le amo es por su bondad. Es, desde luego, mucho más puro que yo. A su lado siempre me siento tacaña, la verdad.

—Quizás estaba proyectando en Gaspar lo que Frederic hacía conmigo —dijo Teresa—. Gaspar y Frederic son padre e hijo, pero tampoco son completamente iguales. Has tenido suerte con él.

Teresa se sonrió con la boca, pero sus ojos estaban serios. Continuó:

—Frederic es la típica persona eternamente insatisfecha que vuelca todos sus problemas en los demás. Yo no hacía nada bien, yo estaba gorda, yo estaba fea. No lo entiendes hasta que te pasa.

A Julia le pareció que Teresa estaba empezando a hablar como una psicoanalista. Sólo deseaba volver a casa, con su marido y su hija.

Gaspar y Virginia estaban esperándola. Por la noche, cuando la niña dormía, Gaspar la atrajo contra sí. Jamás se sentía tan protegida como en esos momentos. Su marido musitó un «gracias». Se lo decía a veces: gracias, gracias por quererme. Ahora estaba agradecido porque volvía de comer con Frederic.

—Me ha llamado mamá para darme las gracias por

la fiesta de su santo, no sabes lo que te agradezco cuando te veo comprensiva con Frederic, y cuando te veo tan cariñosa con mamá, o hablando con Montse. Es como si algo estuviera cambiando. ¡Si eres tú la que me permites quererles, en realidad!

—Qué raro eres, Gaspar. A mí no me pasa eso —se rió Julia—. Yo no quiero más a mis padres porque te quiera a ti. Les quiero menos, en realidad. Eso pasa cuando te enamoras, ¿no?

Que Julia diera su opinión al respecto no le pareció mal a Gaspar.

—Es que yo siempre he tenido una relación extraña con mi familia. Ya te das cuenta, ¿verdad?

—Me doy cuenta de que estás muy pendiente de ellos, de que los necesitas. Mi educación ha sido muy distinta. Yo adoro a mis padres, pero siempre he vivido mi vida, es lo que me han enseñado, lo que sé.

—En el fondo no me gustan, no te creas —Gaspar hizo un mohín.

—¿Quién, tu familia? ¿Cómo que no te gustan si estás siempre detrás?

—Mamá es tan fría... es muy buena, sí, pero cuando noto tu calor, cuando te noto a ti... Eres tú la que me ayudas a reconciliarme con ellos. Y cuando te veo que los quieres, mi vida, se me abre el corazón. Frederic me ha dicho que se va de viaje un mes a Miami. Me ha pedido que le acompañe. Me da una pereza inmensa. ¿Qué crees que debo hacer?

—Pues quédate —Julia lo vio muy claro.

—Pero yo creo que a él le vendrá bien —Gaspar parecía rogárselo.

—Pues ve. Yo me quedo con Virginia, no hay ningún problema.

—¿Y por qué no aprovechas y te vas con la niña a Galicia?

¿Por qué iba Julia a abandonar su casa? No entendía aquella necesidad de Gaspar de prepararle a ella también su plan.

—No me voy a sentir sola; no te sientas mal por eso, de verdad.

Julia no se sintió sola. El día antes de que Gaspar se marchara, ella misma le hizo la maleta. Le causó una gran satisfacción doblar sus camisas, aquel gesto que al principio le repugnaba y que Gaspar le había enseñado a hacer. Él no le dejó ningún número de teléfono. Llamaría cuando pudiera, desde donde estuviera, aún no sabía dónde se iban a alojar. También a eso Julia se había acostumbrado, a no pedir nombres de hoteles, ni fechas, ni horarios de vuelta.

Pero fue un mes tranquilo. Las semanas transcurrieron con apacibilidad. Entre ella y Encarna pusieron en orden el interior y el exterior de la casa. Julia se compró algo de ropa. Fue un par de veces al cine, y a los tres o cuatro días empezó a escribir. En la ausencia de Gaspar notó que las palabras fluían solas, Encarna ya no la molestaba para preguntar. Su marido la llamó tres veces, la última para quejarse de las locuras de Frederic. Echaba de menos a Virginia, no aguantaba a su hijo ni un día más.

El día de su llegada Gaspar no la avisó. Se presentó con la maleta y con su sonrisa en la puerta. Julia se sorprendió a sí misma de la tranquilidad con que lo recibió. Le besó, se alegró, pero milagrosamente no dejó de hacer lo que estaba haciendo. Notó que estaba igual antes y después de verle, que no la conmovió. Una increíble paz la invadía al sentirse inmune con la presencia de

Gaspar. «No me ha alterado», se dijo, y lo que pasó por dentro de su cuerpo, una especie de fluido tranquilo, un regocijo sereno, le hizo comprender que aquello era por fin el amor. Y le pareció una bendición. Una bendición que Gaspar no la alterara con su llegada, que no la hubiera alterado con su marcha. «Soy una mujer», se dijo, «por fin soy la mujer que necesita él». Gaspar quería hacer el amor. La dejó que terminara de hacer lo que estaba haciendo y subieron al cuarto. Por la tarde fueron a hacerle compañía a Espe. Frederic todavía no había vuelto. Virginia y el nieto de Gaspar jugaron en el jardín.

34

En apenas dos días el trabajo de Julia se evaporó.
Aquellos folios que había empezado a escribir en su ausencia se quedaron olvidados encima de la mesa, y sólo
vivió para él. ¿Qué significa esto? Un corazón expectan-
te, pendiente cada minuto del estado de Gaspar. Había
en él un abatimiento que ya conocía, pero algo notó por
debajo de aquella ansiedad, algo nuevo. Como si viniera
de su viaje con un remordimiento. Era una ocultación
que se hacía patente a través de las caricias de Gaspar,
de sus mimos excesivos, como si intentara compensar-
la de algo, como si la quisiera más. Se le pasó por la cabeza la idea de que se hubiera acostado con alguien, pero
disipó de inmediato tal imaginación. Sabía que Gaspar
era escrupuloso, habría usado preservativos, ni siquiera
le preguntó. «Tiene derecho», se dijo, «qué importa si se
ha divertido un poco», y volvió a sorprenderse a sí misma con este pensamiento. En el caso de que así fuera no
lo consideraba una deslealtad; lo importante era tenerle
en casa, a su lado. Verdaderamente, había un cambio en
ella, una transformación en su sentimiento. Notó que su
amor estaba por encima de cualquier eventualidad, que

algo dentro de ella había decidido quedarse con la parte legítima de Gaspar. No pensaba ahondar en las tinieblas de un hombre que a su edad nunca le revelaría del todo su ser. Tenía que dejarlo tranquilo, ofrecerle su seguridad. No tenía que preguntarle, no tenía que temer. Pero en el abatimiento de Gaspar había otro componente que se le escapaba y que empezó a desestabilizarla a los pocos días. Apenas la dejaba tranquila, la necesitaba para cada pequeña decisión, sin que de nada le sirvieran las sugerencias de Julia, que intentó protegerse trabajando en su estudio, pero era Gaspar ahora el que llamaba a su puerta cada dos por tres. Le recordaba el desorden de la despensa, o le pedía que repusiera este vino o aquel postre. Cuando se iba, dejaba la puerta de Julia entreabierta. Ella se levantaba para cerrarla, hasta la hora de comer. «Le pasa algo», se dijo. Aprovechó para preguntárselo cuando estaban a la mesa.

—¿Qué me va a pasar? —Gaspar se levantó, como si algún muelle le hubiera pinchado—. ¿Te pasa a ti?

—Te veo preocupado. Pensaba que el viaje te habría sentado bien.

Gaspar se paseó con las manos en los bolsillos. No quería comer.

—Me preocupa Frederic, no lo veo centrado. Le he dejado haciendo el loco, y no sé si he hecho bien.

—Intenta al menos que no te descentre a ti. También tienes que protegerte, Gaspar.

Él se arrepintió de haber abierto la boca. Julia no la cerró.

—Creo que voy a buscarme un estudio fuera —dijo.

—¿Por qué? ¿No tienes suficiente con tu habitación?

—Tengo que ponerme a trabajar de una vez. Eso es lo que me preocupa a mí ahora.

—No te concentras. Tengo la culpa yo.

—Qué culpa ni qué culpa. Soy yo, Gaspar.

Algo vio Gaspar en la cara de Julia. «Diga lo que diga, ésta se sale con la suya.»

—¿Y por qué no le pedimos un piso a mamá? Eso no nos iba a costar nada.

—No quiero pedirle nada a nadie. Necesito un espacio mío. Lo pagaré yo.

Gaspar la miró con una censura feroz. Julia trató de explicarse.

—Va a venirnos bien. ¿Qué le ha pasado a Frederic? ¿Por qué te has vuelto sin él?

—Nada. Haz lo que te parezca —dijo Gaspar—. A mí tú no me molestas para trabajar.

—Intento ayudarte, Gaspar.

—¿Ayudarme a mí? —Gaspar se rió—. Si sólo piensas en ti, Julia. Pero si crees que la solución a tu trabajo es alquilar un estudio, de acuerdo. Hazlo.

—Hace tres meses estabas preocupado porque decías que tenía que ponerme a escribir. No me hagas ahora sentir mal. Quiero volver a ganar dinero, quiero reorganizarme.

Julia se acercó. Se sentaron en el sofá de mal gusto. Obtuvo de él una sonrisa amedrentada. ¿Era una aprobación?

Esa misma tarde Julia empezó con su búsqueda. Una semana después encontró una buhardilla mínima, y empezó una colaboración en un periódico de Galicia. Aquel estudio era lo más barato que había podido encontrar, pero era suficiente: cuatro metros cuadrados para trabajar. Tenía una mesa, un camastro, un váter y una mínima cocina americana. Por la tarde llevó a su marido a enseñárselo. Gaspar entró con la cabeza gacha. Lo primero que vio fue el colchón.

—Como picadero es perfecto —dijo.

«Si me ofendo por esto es que ya soy idiota», pensó Julia. «Picadero», menuda palabra. Se sintió halagada por los celos absurdos de Gaspar.

—Para mi trabajo tampoco necesito más —dijo.

Él le dio la mano al portero como un caballero. Julia lo presentó como su marido. El portero tampoco acabó de entender.

A la mañana siguiente, después de dejar a Virginia en la guardería, estrenó el estudio. Un mes después su disciplina de trabajo empezaba a dar frutos. La llamaron de Madrid para invitarla a una lectura. Hacía tres años que no pisaba aquella ciudad. Le pareció que era otra mujer, una mujer que se debía a su marido, a su hija, cuando se instaló en el hotel. Llamó al periódico para el que había trabajado, quizás podían hablar de una nueva colaboración. El director no se puso. Llamó a algunos amigos; todo el mundo estaba en otro lugar. A media tarde, después de hablar con Gaspar por teléfono, se le ocurrió llamar a Ismael. Abrió la agenda y marcó aquel número desusado desde hacía tres años. Al pulsar las teclas se dio cuenta de que sus dedos estaban llenos de anillos. Llevaba en la muñeca un juego de pulseras de oro que su suegra le había regalado, y el diamante de su boda en el dedo anular. Le contestó una mujer, «una mujer sin diamante», pensó Julia, y entendió por su forma de contestarle que aquella chica había sido hasta hacía poco la pareja de Ismael. Le dijo que ya no vivía allí y le dio un nuevo número. Enseguida pudo hablar con él. Quedaron a tomar algo en Chicote. Le pareció, de pronto, que

Ismael estaba diciéndole algo con la profundidad de su mirada. Apartó la vista para no perderse en sus ojos. Luego cenaron en un lugar cercano. Julia pidió un consomé que no probó, se dedicó todo el tiempo a contarle lo feliz que era junto a Gaspar, con su niña y con él, lo feliz que era en Barcelona, en su casa nueva, con un estudio aparte para trabajar. Fueron a tomar una copa al Candela. Yendo por las estrechas calles de Chueca, ella delante e Ismael detrás, notó que éste le cogía la mano. «Es la mano de un amigo», se dijo. No se la retiró. Caminaron así hasta que llegaron al bar. «¿Qué va a pasar?», se preguntaba Julia, mientras tomaban asiento en la barra. «No va a pasar nada, descuida», le contestaba la mano de Ismael. Así estuvieron, cogidos de la mano, durante un par de copas. Julia se dio cuenta de que a través de aquella mano estaba acariciando la mano de Gaspar. No la soltaba, no le molestaba. Cómo quería a su marido, se daba cuenta ahora que tenía en su mano la de Ismael. A Julia le pareció que le daba aquella mano para que se apoyara en él, para que se afirmara en el amor a Gaspar. Cuando cogieron el taxi Julia le pidió al conductor que hiciera primero el recorrido por la casa de Ismael, luego ella seguiría hasta su hotel. Así se despidieron, con el propósito de llamarse de vez en cuando, de no perder el contacto. Una vez sola en el asiento de atrás, por un momento pensó: «tendría que haberme ido con él», pero luego, en el hotel, se sintió feliz. Deseaba volver a su casa, junto a su marido y su hija, al trabajo del estudio, a la nueva rutina.

Cuando llegó a Barcelona, la emocionó la sonrisa de Gaspar. «Soy una buena esposa», se dijo, «esto es mi felicidad».

A los pocos días hubo una llamada inquietante. Julia vio bajar a Gaspar con cara de preocupación. Iba a ver a Eladi, no le contó más.

En el bar de la calle Mallorca, la cara de Eladi no era precisamente la de alguien que tiene algo bueno que contar.

—Han descubierto un agujero de tres millones en la gestión de Frederic.

Gaspar se encrespó hasta alzar la voz.

—Frederic es absolutamente incapaz. Hace dos años que no trabaja ahí.

Le pasaba pocas veces. Su voz adoptaba un timbre de ofensa profunda, una ofensa antigua, al honor. Era una fuerza que desplegaba ante Eladi, y éste la agradecía, aquella confianza de Gaspar.

—No es un problema —la tranquilidad de su amigo era todo el mensaje—, pero Frederic estaba al cargo de ese departamento. Las compras realizadas durante su gestión no se corresponden con los gastos. Puede ponerse el dinero, pero lo va a tener que aclarar.

Gaspar encendió un cigarrillo. Se prestó a escucharle con los ojos muy abiertos, quietos. Eladi prosiguió:

—Son todos contratos firmados por Frederic, eso es lo que hay. Tiene un plazo de dos semanas para justificarlo. Se puede pagar una multa. ¿No tienes a alguien que te haga las facturas?

—Está Patricio —se aferró Gaspar.

—Patricio no sirve. Es la persona a la que se le han hecho la mayoría de las compras. Y él es ahora el galerista de Frederic, me parece.

—Cuenta mañana con el dinero. ¿Lo sabe alguien más?

—La auditora es amiga de mi ex. No vas a tener problemas si mañana lo ingresas. Dile a Frederic que esté tranquilo. De todos modos, házselo saber. Por si le llaman del despacho, quizás tenga que comparecer.

Gaspar se puso el abrigo para salir.

—A este hijo mío le han tomado el pelo, Eladi, estoy convencido. Por algo quería él largarse.

—No le han tomado el pelo, Gaspar. Digamos que ha habido un error, que ha pagado más de lo que le han cobrado, y eso se tiene que resolver.

Eladi le dio a Gaspar un formulario bancario. Al día siguiente debía ingresar la cantidad mencionada en los fondos de la Generalitat.

Se despidieron sin darse la mano, con una pequeña palmada de Gaspar en el hombro de Eladi. Era la misma forma de palmear cariñosa que tenía el padre de Gaspar. Él volvió a su casa desasosegado, intentó mantener la calma para que Julia no le notara nada. ¿Pero quién se creía Eladi que era su hijo?, ¿un chorizo como él? Entró en su casa con la sonrisa incólume, y se fue directo al teléfono. Julia le oyó hablar con Espe. Frederic estaba a punto de llegar.

35

Antes del anochecer Espe recibió la visita de su madre. Estuvieron charlando hasta la hora de cenar. Aquella mujer notó que su hija temblaba. Se mantuvo a una distancia prudente, la escuchó.

—Me ha llamado Gaspar.

—Ni se te ocurra mostrarte cambiada. ¿No te habrá notado nada?

—La abogada me ha dicho que la demanda de separación llegará hoy sin falta al estudio de Frederic. Le he dicho que la enviara allí.

—Mañana cambias la cerradura de casa. Tú y el pequeño os venís. Trasladas todas las pertenencias de Frederic al garaje. Cierras la puerta de la entrada. ¿Le has dicho a la chica que se tome vacaciones?

No había en el gesto de la mujer la menor violencia. Parecía que estuviera dándole una clase de conducción. Espe escuchaba a su madre como se escucha a una vieja maestra.

—¿Ha vuelto a llamarte Elisenda? ¿Has sabido algo más? —preguntó la hija.

—No quieras saber más. Si decides conservar a tu marido tendrás que olvidarlo todo, no pretendo influirte en ningún sentido. A nosotros nos tienes, pero piénsalo bien antes de venirte, te lo pido por favor.

—Lo he pensado bien.

—Eres joven —la madre de Espe se atrevió a acercarse a su hija, midió exactamente las palabras que le iba a decir, la caricia que le iba a dar—, sé fuerte ahora, sé una señora. Si le dejas que te vea tendrás un escándalo. ¿Es lo que quieres?

La madre de Espe se llevó dos maletas con la ropa de su hija y su nieto. Espe se trasladaría a la casa de sus padres a la mañana siguiente.

—Querrá ver a su hijo, vendrá a por él.

—Mañana tú y yo nos vamos de viaje, y el niño se viene con nosotras. Si hay que resolver este asunto mejor que el pequeño no esté en medio. Por la casa no te preocupes. Que Frederic se lleve sus cosas y la abogada arreglará lo demás.

Se despidieron con un beso. Espe bajó todas las pertenencias de Frederic al garaje. Embaló hasta el último cuadro, todos sus trajes, hasta el último pincel. Cuando el trabajo estuvo hecho le dio una gratificación a la chica y la mandó a su casa. Estaba sola durmiendo a su hijo cuando llamó Frederic desde Miami. Tuvieron una conversación amable, venial. Espe le explicó que había una carta urgente esperándole en el taller.

—Te noto rara, Espe. ¿Qué te pasa?

—No estoy rara, Frederic. Estoy como siempre.

—No estás como siempre. ¿Por qué no puedes ir tú al taller?

—Tengo otras cosas que hacer —dijo Espe—; hasta mañana. Que tengas buen viaje de regreso.

Colgó. El teléfono volvió a sonar dos veces más. Espe lo dejó sonar.

En el aeropuerto de Miami, Frederic llamó a cobro revertido a su padre.

—Que ya lo sabré mañana, me ha dicho, y no ha querido hablar más. ¿Qué le pasa a esta tía, papá? ¿No la puedes llamar? Ve a ver qué le pasa, por favor.

—No uses ese vocabulario, rey. ¿Seguro que no te han cogido? Compórtate, por favor, que no tenga nadie que reprocharte nada; la chica esa con la que estás es amiga de Elisenda, no te líes con ella.

—La invité a una copa, papá, eso fue todo.

—¿Y el servicio, hijo, no te habrán cogido? Estás en casa de los amigos de tus suegros.

—¿Te pregunto yo a ti lo que haces con Elisenda? —Frederic se irritó al otro lado del teléfono—. Invité a la chica a quedarse, eso es todo. Estaba borracha como una cuba. Nadie ha podido ver nada más. ¿Por qué no hablas con Espe? ¿Por qué no te enteras de lo que sabe?

—Vente pronto, hijo. Aquí también hay algunas cosas.

—¿A qué te refieres? ¿Qué cosas?

—Falta dinero en el período de tu gestión.

—Qué cabrones, papá, es todo envidia. ¿Me crees, verdad?

—Te creo, hijo. Ven pronto, por favor.

Fue lo último que Julia escuchó cuando subía por las escaleras. «Te creo, hijo.» La puerta del despacho de Gaspar estaba entornada. Él la cogió por el hombro y bajaron a comer. Se sentaron uno enfrente del otro. Cuando Encarna se fue a la cocina Gaspar se secó con la servilleta.

—Me temo que Frederic está en un problema. Ha estado haciendo el loco por Miami y no me extrañaría nada que le hayan cogido. Me temo que le ha puesto los cuernos a Espe. No tiene ninguna suerte este Frederic.

—¿Lo sabes o te lo imaginas? —preguntó Julia, y al instante se arrepintió. Menuda pregunta estúpida. Le evitó a su marido tener que contestar—. Qué frase tan fea, «poner los cuernos» —dijo—. Parece una frase pensada para sacarse el muerto de encima y colocárselo al otro. No se le ponen los cuernos a nadie. Eso a Espe no la tocará.

—¿A ti no te importaría que yo me acostara con alguien? —preguntó Gaspar, sorprendido.

—Me daría pena por ti. Por lo demás, hay problemas mucho más gordos, problemas que no tienen frases que los describan. A veces nosotros tenemos ese tipo de problemas.

«¿Se lo digo ahora?», Gaspar se mordió la boca. Estuvo a punto de confesarse. Pero ¿qué iba a decirle? ¿Que se había liado con Elisenda, con la riquísima que le compraba los cuadros a Frederic?

—¿Me has puesto los cuernos tú a mí? —preguntó Gaspar.

Julia se lo quedó mirando. Aquellos celos de su marido la volvieron a halagar.

—Yo te quiero demasiado —dijo ella—, te quiero mucho más de lo que te imaginas —y se acordó de la mano de Ismael rozando la suya, en el bar de Madrid.

—No sé por qué hablamos de esto. —Gaspar se indispuso. Dejó de comer—. Lo que le pasa a Frederic es que es un ingenuo. Se cree que todo el mundo es tan tonto como él. Estoy convencido de que Elisenda lo ha pillado, y que se lo ha dicho a sus suegros. Este hijo mío no tiene el menor cuidado.

—Yo creo que te engañas con tu hijo, Gaspar. Yo no lo veo como un ingenuo. En un solo año pintando ha conseguido lo que no consigue nadie en muchos años de trabajo.

—En la vida, Julia, me refiero a que no ha tenido suerte en la vida. No le veo enamorado. Espe tiene una paciencia de santa, pero yo no sé si Frederic la aguantará. Y a mí, la verdad, tampoco me acaba de gustar. Es posible que tengan que dejarlo un tiempo hasta que se aclare. Ella le esperará.

Julia le miró sin dar crédito.

—No aconsejes a Frederic por ahí. Lo que pase entre él y su mujer es un asunto entre los dos.

Gaspar cortó un trozo de carne y lo dejó en el plato. Se levantó a cerrar las cortinas que dejaban entrar el sol.

—¿Te molesta la luz? —Julia se levantó a ayudarle.

—Estas cortinas son espantosas —Gaspar se alejó de Julia y fue a encender la televisión.

—¿No acabas de comer? —ella volvió a la mesa.

—No tengo hambre —la voz de Gaspar bajó tres tonos de grave.

Julia fue a sentarse junto a él. Gaspar se apartó amablemente. A ella le pareció que trataba de alejarse.

—¿He dicho algo inconveniente?

—Tú sabrás lo que has dicho.

—Me has preguntado lo que pensaba y te he respondido.

—¿Cómo no va a importarme la vida de mi hijo? Está pasándolo mal y lo menos que puedo hacer es ayudarle.

Aquélla iba a ser la última frase que pronunciaría sobre la cuestión, si Julia no insistiera.

—No creo que le ayudes mucho resolviéndole sus problemas. Si se ha acostado con una chica es asunto suyo, y un asunto muy íntimo, además. No tienes que meterte ahí.

—Si su mujer le deja se tendrá que venir aquí.

—Tiene su casa de Port Nou.

Gaspar la miró con un asco infinito:

—Eres tú la que me amargas, Julia. Tú eres la que me acabas de amargar. Frederic es un artista, como tú, y no se acaba de aclarar, eso es todo lo que pasa.

Su mujer se lo quedó mirando. Intentó mantener la calma. Notó que los dientes le castañeteaban, pero de algún lugar de su carne ascendió la voz. Ella misma se sorprendió:

—Escúchame, Gaspar, te guste o no me tienes que escuchar. Llevas unos días muy nervioso; lo noto. A veces tengo la sensación de que el gran problema de Frederic eres tú. Déjale en paz, por Dios. Deja de actuar por él. Y no me mezcles a mí con Frederic. Cuando te conocí llevaba diez años ganándome la vida, nadie me la regaló. Yo no soy una artista, Gaspar, no he parado de trabajar desde los dieciocho años, no soy esa artista bohemia, esa artista caótica que crees que soy.

Gaspar se levantó y salió a la terraza. Encendió un pitillo y se puso a fumar. Fumaba mirando a Barcelona, con las manos en los bolsillos. Julia le siguió; no se atrevió a acercarse. Había un campo magnético infranqueable, un aire viciado desde el salón.

—¿No vas a decirme nada?

—No tengo nada que decir —masculló Gaspar.

Aquella voz le llegó a Julia muy mitigada. Fue una frase entre dientes, con la cabeza gacha. Una emanación de odio lo impregnó todo. «¿Por qué no me habré callado?», pensó Julia. Se acercó hasta rozar su codo. Iba a continuar, pero Gaspar pegó un salto, como si Julia fuera el diablo.

—No te acerques —le dijo—. No te acerques, por favor.

Julia sintió que la sangre le bajaba a los pies. Se retiró a su cuarto llena de vergüenza. No le salían las lágrimas; notó que sus ojos estaban secos, su cara. Pensó en Virginia, era la hora de ir a recogerla. Bajó a rogarle que la perdonara, que olvidara lo que acababa de oír. Pero conforme bajaba las escaleras le llegó al recuerdo la mano de Ismael. «¿De qué me avergüenzo?», se preguntó. Lo entendió como se entiende de pronto que ha llegado el otoño, la última hoja del árbol había caído, aquel tronco seco era Gaspar. ¿Puede pedirle la hoja perdón al árbol? ¿De qué se tiene que disculpar? Fue una súbita constatación. En medio de la vergüenza sentía el repudio definitivo de Gaspar. Lo veía a lo lejos, de espaldas a ella, mirando a la ciudad. Conforme bajaba los peldaños se dio cuenta de que todo a partir de entonces sería un puro trámite, palabras que se dicen porque se deben decir, gestos que se escenifican para alcanzar el final. Era de aquellas ocasiones en las que Gaspar se desmoronaba y dejaba de hablarle durante días, semanas. Estaba ejercitada en esa gimnasia, sabía cuál era su mecánica. Se vio bajando las escaleras impulsada por un resorte que se accionaba solo. Cuando llegó al salón volvió a agarrarse al recuerdo de Ismael. El calor de aquella mano volvía a decirle que quería a su marido, que tenía que luchar por él.

Gaspar seguía en la terraza. Julia lo observó un instante antes de acercarse. «Lo estoy torturando», se dijo, «yo soy su desgracia, no le sé ayudar». Pero había en la escena una evidencia que ella no podía contradecir: un hombre de sesenta años que lo tiene todo, una vida nueva, dinero, una esposa joven, una hija pequeña. «No tienes derecho», pensó, «no tienes ningún derecho a sentirte desgraciado. Tú no tienes ningún derecho a castigarme así». Avanzó con firmeza, dispuesta a decírselo, a hablarle como a su marido, como su mujer. Se sorprendió a sí misma de la tranquilidad que la embargó. Sintió dentro de sí la pulsión del cazador, y su serenidad apuntando al objetivo. Le pareció que Gaspar era el lobo, y ella el leñador. «Mi padre es un lobo con piel de cordero», se acordó de la frase que Frederic le regaló nada más conocerse, en Port Nou. Y eso vio en su marido, al lobo engañado por una caperucita cruel. Aquella figura a la que ella se iba acercando desprendía tal agresividad que no se atrevió a dar más pasos. La invadió la pena de verle en el precipicio. «Yo soy su mal», se dijo, «soy yo». Veía a Gaspar de espaldas a ella, con su vestimenta oscura, de clérigo seglar, y una piedad infinita la invadió. «No puedo seguir maltratándolo», se repitió. «Lo estoy torturando.» Notó que sus piernas ya no temblaban, que podía avanzar.

—Gaspar —dijo, con una voz extremadamente baja—, tenemos que hablar.

Gaspar se volvió y la miró con los ojos caídos. Notó que en Julia no había temor.

—Ahora no puedo —le contestó.

—Cuando tú puedas —la voz de Julia era suave; se retiró—. Yo espero a que tú puedas. Espero lo que haga falta. Pero tenemos que arreglarlo, tenemos que hablar.

Le dejó tranquilo. Por la noche se agarró a un bloque de hielo. Gaspar se apartó de su cuerpo.

36

Al día siguiente Gaspar salió disparado a comer con su hijo. Frederic llevaba dos horas en Barcelona. Espe y el niño habían desaparecido. Leyó en su estudio una y otra vez la demanda de separación. ¿Qué eran aquellas letras denunciándole a él por escándalo en casa ajena, aquellas letras estúpidas hablando de infidelidad? Entre tanto, Gaspar ingresó en la cuenta bancaria los tres millones que le reclamaba Eladi de la auditoría en la Generalitat. Nada le dijo a Frederic. Éste recogía sus cosas en el garaje. Las trasladaron entre los dos hasta el estudio y hablaron y fumaron allí dos horas. Por la tarde Gaspar fue a ver a un abogado, habló largamente con él. Avisó a Encarna para que le preparara un cuarto a Frederic. A Julia no la vio hasta la noche. Entró en la cocina sin mirarla. Se sentó a la mesa.

—¿No viene Frederic a cenar? —fue todo lo que preguntó Julia.

Gaspar la miraba comer. ¿Cuándo iba a parar aquella mujer de manducar? Se levantó y se llevó consigo las fuentes de la cena, sin que Julia se hubiera acabado de servir.

—Le he dado las llaves para que venga más tarde —dijo, cuando volvió a la mesa.

—Al menos podrías decírmelo. No me gusta tener que enterarme por Encarna.

Julia lo miró de frente, pero Gaspar no la miró. Se largó de la sala. Transcurrieron tres semanas sin que le dirigiera la palabra. Entregado al divorcio de Frederic y a los trámites con el abogado, a la hora de comer se sentaba frente a Julia, decía «buenas tardes», y sin probar un bocado se levantaba. Era el único instante que permanecían juntos. Por las mañanas Julia seguía trabajando en su estudio. La quinta semana dejó de ir. Se dedicó a la casa, seguía a Gaspar cuando lo encontraba por el pasillo, le preguntaba en qué le podía ayudar. No hubo manera de que él le devolviera ni una sola palabra. Ella retrocedía en esos encuentros, volvía a su habitación. A finales de enero, al subir las escaleras, sintió un desgarro en la rodilla. Tres días después fue al médico de la Teknon. En el ascensor se encontró con el pediatra de Virginia. Se dio cuenta de que era la primera cara amiga que veía en un mes, exactamente el tiempo que llevaba encerrada, tratando de hacer las paces con Gaspar. El doctor Conget la vio muy delgada. Le preguntó qué pasaba. ¿Qué le iba a decir? ¿Que su marido no le hablaba? ¿Qué llevaba un mes encerrada con un hombre que no le hablaba?

—Es el cartílago, Jaume, ya me lo sé —Julia charlaba con el médico con aquel tuteo familiar, el de los pacientes con caché, con la suficiencia de los que no esperan vez.

—¿Seguro que estás bien? ¿Seguro que no necesitas nada?

El doctor Jaume Conget le suspendió el codo, ayudándola a salir del ascensor. La acompañó un pequeño tramo hasta la puerta del traumatólogo. Aquella forma gentil de ser llevada, aquello que le encantaba de Gaspar. Sintió un nudo en el estómago. Luego la sangre le subió a la cara.

—Estoy perfectamente, Jaume —le dijo, con la vehemencia que había aprendido de las señoras de la zona alta, aquellas señoras anoréxicas que le llevaban veinte años, las que no se quejan, las que ocultan su dolor. Y se rió fuertemente, como había visto reírse a las mujeres del Iradier, como había aprendido de Montse, una risa de mujer coqueta y macho socarrón, de mujer autosuficiente, bien tratada. Se rió, ja, como si todo su cuerpo fuera una broma, como si fuera un chiste la vida entera, el hospital.

—Si necesitas algo tú llámame —el doctor Conget la besó en la mejilla, y Julia se volvió a sonrojar.

Aquel hombre desanduvo su camino en dirección contraria, con su sonrisa. Julia también le sonrió.

—¿Haces mucho ejercicio? —el traumatólogo le exploró la pierna. Hacía un mes que nadie la tocaba.

—Voy cada día al gimnasio —mintió, y sintió que otra vez se volvía a sonrojar—, a lo mejor me he pasado.

—Pues vas a tener que dejarlo —le dijo el profesional—. Tienes el menisco destrozado. Cuando quieras pides la baja y lo operamos. Es un día, apenas dos.

¿La baja de qué? ¿De qué se tenía que bajar? En su cabeza se abrió un agujero, y le pareció que por él entraba el cielo abierto. Le hubiera gustado quedarse internada en el hospital, no salir más de aquella consulta, no volver a enfrentarse a Gaspar. Luego pensó en Virginia. Pensó en su hija.

—Buscaré el momento —dijo—, ahora estoy un poco ocupada.

Dijo aquello: «Estoy un poco ocupada», y se dio cuenta de que llevaba exactamente tres años sin hacer nada más que ir detrás de Gaspar.

—Tendrías que descansar, tú verás. En situaciones de fuerte estrés se presentan a veces estos cuadros. El cartílago se castiga solo, a veces ni siquiera hace falta un trauma. ¿Has notado cuándo se rompía?

—Creo que en la cinta —dijo Julia—, me parece que fue allí.

Julia miraba al traumatólogo revisando la radiografía y le parecía que auscultaba su alma, que no se la podía ocultar. Salió de allí orgullosa de su cojera. Cuando llegó a su casa le pareció que aquella lesión la dignificaba. «Gaspar se apiadará», se dijo, cuando metía las llaves en la cerradura de la puerta. «Le pediré por favor que hablemos. Me escuchará.»

Gaspar estaba en su estudio. Entró sin llamar.

—Quiero que arreglemos esto, Gaspar. Quiero que hablemos tú y yo.

¿Pero de qué narices tenían que hablar? Gaspar apartó los papeles del abogado de Frederic. La miró y vio que Julia se acercaba peligrosamente.

—Todavía no —dijo, estirando la mano para que ella no avanzara.

—No puedes dejar de hablarme, Gaspar. No podemos dejar las cosas así. Es lo mismo que hacemos siempre. Sé que te he herido pero yo ya no puedo pedirte perdón. ¿Sirve de algo que me perdones? ¿Servirá de algo si te lo suplico?

—Estoy con las cosas de Frederic —dijo su marido—. ¿Es que no lo entiendes? No estoy ahora para ti.

—Entiendo que me estás castigando, eso es lo único que entiendo. Entiendo que me castigas cada vez que pasa algo. No lo soporto. Basta con que me sonrías, con que me abraces otra vez.

Gaspar se levantó de su mesa. Llevaba el albornoz desabrochado. Las piernas largas y flacas avanzaron hacia ella. Llevaba tres días con el calzoncillo sin cambiar.

—Yo no tengo nada de que hablar contigo —le dijo.

—Yo sí —Julia se sentó en la butaca. Gaspar salió de la habitación. Fue tras él—, yo sí que necesito hablar. Tengo que saber a qué atenerme.

Gaspar se fue hacia el salón, se sentó en el sofá. Encendió el televisor. Estiró las piernas encima de la mesa de la sala, agarró el mando y lo apretó.

—Habla —dijo, sin apartar los ojos de la pantalla, con una cara de aburrimiento atroz.

«Habla», le dijo. Julia se sintió inmensamente ridícula, como un muñeco al que le dan cuerda, un muñeco al que le dan permiso.

—Me estás dejando, ¿verdad?

Gaspar alzó dos puntos el volumen del televisor. *Nissaga de poder* iba por el capítulo 304. Le interesó mucho más que la telenovela barata de su mujer. Se levantó para orientar el aparato hacia sí.

—Respóndeme, Gaspar, ¿tú quieres que sigamos juntos? Si eso es lo que quieres no podemos seguir así. Cada vez que tenemos un problema dejas de hablarme. Yo no puedo pedir infinitamente perdón, ya no me sale. ¿Qué es lo que quieres? Dímelo, por favor. Otras veces me has dicho que teníamos que separarnos y nunca lo quise creer. Ahora estoy dispuesta a hacer lo que tú quieras, tanto si quieres que nos separemos como si quieres que lo arreglemos. Noto que me estás dejando, que me estás dejando desde que llegué. En cualquiera de los dos casos, sólo te pido que me digas algo.

Gaspar la miró de soslayo. Con un cansancio infinito la miró.

—Yo no puedo más —dijo.

—¿Quieres decir que nos separemos?

—Sepárate tú —dijo Gaspar.

—¿Es todo lo que tienes que decir? —preguntó Julia—. ¿Qué me separe yo? Uno no se separa, Gaspar. Se separan dos. ¿Nos hemos casado los dos o me he casado yo sola? Tenemos que pensar en Virginia, en lo que vamos a hacer. Si no podemos remontar estos problemas, tenemos que pensar en ella.

—La niña se queda conmigo —Gaspar lo dijo mirando el televisor—. Sabes perfectamente que Encarna la cuidará.

Julia no daba crédito. «Sabes perfectamente que Encarna la cuidará. La niña se queda conmigo.»

—No, Gaspar, a mi hija no se le ha muerto su madre. A mi hija la cuido yo.

Gaspar no abrió la boca. Julia se levantó, lo dejó estirado en el sofá. Bajó a ver a su hija. Dormía plácidamente en el cuarto de los juguetes. No se lo podía creer. Quizás aún había una posibilidad, quizás todo aquello era una locura. Llamó, como una autómata, al hermano de Gaspar. Como si aquel hermano pudiera auxiliarla, como si se lo fuera a resolver. Filip prometió hablar con Gaspar.

—Él es el que se tiene que marchar —le dijo, antes de despedirla—. Gaspar tiene donde meterse y tú no. Tú te quedas en casa con la niña. Daos un tiempo para pensar. Dile que te lo he dicho yo.

Julia volvió a su casa con la determinación del mensajero. Repitió en su mente la frase que le había dicho Filip, palabra por palabra. No podía temblarle la voz cuando estuviera ante Gaspar. Era lo razonable, se dijo, antes de tomar cualquier decisión. ¿La escucharía? ¿Serviría de algo? Dios mío, sí, era una solución. Se separarían un tiempo, se tranquilizarían. No se podía arreglar nada en aquel *impasse*. Se encontró a Gaspar en el vestíbulo de la casa.

—¿De dónde vienes? —le preguntó.

—De hablar con tu hermano.

Gaspar la miró de arriba abajo. ¿Qué había ido a buscar a casa de su hermano? Ni la miró.

—Démonos una oportunidad. Separémonos un tiempo —repitió Julia— recapacitemos. Déjame con Virginia en casa, tú y yo no podemos estar en esta situación.

—Vete tú. A mí no me echa nadie de mi casa.

—¿Adónde quieres que me vaya, Gaspar? Yo no tengo a donde ir.

—Tú sabrás adónde te vas. De la niña me hago cargo; de ti no.

Estaban en el centro de las escaleras. Gaspar corría hacia su estudio. Julia se quedó abajo.

—No es eso lo que te pido. No te pido que te hagas cargo de mí ni de mi hija. Estoy pidiéndote que te vayas un tiempo, que me dejes pensar. Me siento enferma, Gaspar.

—Deja de darme lástima, ¿quieres? Es mi hijo el que se está separando, no tú.

—No voy a respetar el turno, Gaspar. Es nuestra vida la que se está arruinando. Si tienes otras cosas más importantes de las que ocuparte, hazlo. Yo me voy con la niña a casa de mis padres. Pero no volveré, te aseguro que no volveré.

Gaspar se quedó mirándola. No se creyó ni una palabra.

—No vas a hacer eso.

—¿Qué quieres que haga? Otras veces me lo has pedido tú.

—Puedes irte al sótano con ella, yo no os molesto. Ni siquiera tenemos que entrar por la misma puerta, no tenemos que vernos. Porque tú y yo no nos entendamos no tengo que separarme de mi hija.

—¿Pero tú estás loco? ¿Quién te crees que eres? Tú no eres bueno, Gaspar, no lo eres, y yo no soporto más esta humillación.

Humillación. A Julia aquella palabra le pareció vergonzosa. Jamás había salido de su boca. ¿Estaba humillándola Gaspar? ¿La había humillado desde que se acostaron por primera vez? ¿La había humillado cuando se casaron, cuando tuvieron a Virginia, cuando la expulsó embarazada de su casa, cuando empezó a dejarle de hablar? ¿Iba a humillarla a ella aquel hombre, el hombre bueno, el que le enseñaba lo que era la bondad? ¿Era aquélla la cima a la que llegaba una señora de la zona alta de Barcelona, a sentirse humillada por su marido, y a decírselo? Notó que la sangre le subía al cerebro. Y de pronto a Julia le salió un chorro que casi la asustó.

—¡Vete a la mierda! —le dijo.

—Repítelo, por favor —Gaspar se le puso enfrente, y parecía alegre.

—¡Que te vayas a la mierda, sinvergüenza! —Julia empezó a bajar las escaleras, se dio cuenta de que estaba bajando al sótano, se dio cuenta por la oscuridad. Volvió a subir cuatro escalones, volvió a enfrentarse a Gaspar, a contraluz—. Tú a mí no me humillas ni aunque quisieras. Déjame pasar —lo apartó para poder subir a su cuarto, por fin salía del sótano, por fin alcanzaba la planta principal—. Ni aunque te pasaras la vida intentándolo llegarías a lograrlo, idiota. Me ha humillado tu hijo durante dos años, pero a ti no te lo voy a permitir.

Gaspar se quedó escuchándola con cierto regocijo. Le pareció que la telenovela empezaba a ser buena. Se quedó mirándola mientras subía las escaleras, con cierto interés.

—Vete a la mierda tú, y el imbécil de tu hijo —Julia empezaba a sentirse en el papel, estaba a punto de llegar a su cuarto—. Búscale al nieto, búscale a la mujer, resuélvele la vida que la mía la resuelvo yo. Nunca me la resolvió nadie, Gaspar. Apareciste en mi vida. Y me enamoré, sí, ¿cuánto te duró a ti ese amor? ¿Desde cuándo no me soportas? ¿Desde cuándo me odias? ¿Quieres que te diga desde cuándo te odio yo? Desde el primer día, desde que te vi. Y yo que pensé que te podía querer. Qué valiente me sentí. Me diste pena, idiota, me diste pena rendido a mis pies. Pues sabes qué te digo, que si fui tan valiente para quererte seré más valiente aún para dejar de quererte. Me costará, pero lo haré. Vete a la mierda tú y tu santa bondad, tus buenas maneras, y dúchate, guarro, que te arregle la casa otra, que yo no lo hago bien.

Gaspar se irguió como un gallo. Jamás había visto un discurso tan entretenido, no se creía que él fuera el destinatario. ¿De verdad se merecía tanta pasión? Se sentía orgulloso, lleno de energía, como un mástil incólume en medio de la tempestad. Toda su rabia se volvió señorío. Por fin se destapaba aquella verdulera. La había cogido.

—Hablas como una pobre verdulera —le dijo.

Aquello a Julia le pareció todo menos una réplica. Desde luego no estaba a la altura de su papel.

—Te equivocas, Gaspar —se lo pensó bien—. Tú crees que te has casado con una verdulera pero te has casado con algo mucho peor. No insultes a las verduleras. Yo soy mucho menos que eso, en el mundo de donde vengo nadie compra ni vende nada, no somos gente de mercado. Una verdulera es mucho más que yo. Una verdulera tiene un puesto en el mercado, compra y vende, y yo a ti no tengo nada que venderte y tú a mí nunca me podrías comprar. Una verdulera es alguien que no se calla, alguien con dignidad, y yo llevo callándome demasiado tiempo. Para quererte a ti no hay que ser nadie, hay que haberlo perdido todo, de esa gente soy, Gaspar. ¿Verdulera? Qué más quisieras. Yo soy un ser indigno que te quiso querer. ¿Pero qué te creías? ¿Que me ibas a educar? ¿Que me ibas a educar tú que no sabes dónde tienes la mano derecha, que me ibas a inyectar tu lenguaje de hipócrita, ese lenguaje que llevas en vena antes de nacer, tú, que te dejas la mierda en el váter para que te la limpie tu mujer? Olvídate, señor caballero, yo hablo como lo que soy.

Gaspar se sintió muy ligero. Hacía tiempo que no lo descargaban tanto.

—¿Has acabado tu discurso? —la siguió hasta la habitación.

Julia le estampó la puerta en la cara. Pasó el pestillo de hacer el amor.

37

—No estamos bien, mamá. Creo que me voy a separar de Gaspar.

—¿Has hablado con él? Habla con él, hija. La vida no es fácil de ninguna manera.

—Ya lo he intentado. Si él no quiere arreglarlo yo no puedo hacerlo sola. Parece que soy yo la que me separo pero es él el que me está echando. Y lo hace sin palabras, con frialdad. Lo hace desde que nos casamos, desde la primera vez que discutimos. Ahora han pasado dos meses que no me dirige la palabra. Vamos para tres. ¿Qué más puedo hacer si me está matando?

—Arregladlo por bien, hija, habla con él.

—Pero si él no me habla. No me habla, mamá. ¿Cómo te lo tengo que decir? Me ha dicho que me vaya al sótano con Virginia, ésa es la respuesta que me da.

Julia colgó. Bajó a avisar a Encarna de que pusiera la mesa. Al pasar por delante del despacho de Gaspar le oyó hablar con Frederic por teléfono.

—Se quiere quedar con la casa, hijo. Es lo que intenta, quedarse con la casa y echarme fuera.

«Eso es lo que piensas de mí, desgraciado, ése es tu temor, que te desvalije», se asqueó Julia. El dolor que le causó semejante comentario le sirvió para hacerse cargo de lo que la podía esperar. Pensó que había llegado el momento de llamar a un abogado, y aprovechó la hora de la comida para hacerlo. Frederic vino a comer. Aquellos dos hombres, padre e hijo, se sentaron a la vieja mesa agrietada. Encarna les sirvió. Repasaron los pormenores del recurso a la demanda de Espe. Gaspar se había pasado toda la mañana pergeñándola. Julia no se atrevió a entrar en el salón. Los días siguientes la escena se repitió. Padre e hijo comían lo que Encarna les ponía, lo que esa mañana Julia había ordenado, y ella se retiraba a su cuarto sin comer. Era una escena graciosa. Se parecía mucho al comienzo de su historia de amor, pero ahora los papeles estaban invertidos. El padre y el hijo eran los amantes, y la esposa era la sombra hostil, a la que no se le habla, de la que no se espera nada. Julia veía pasar a Gaspar estirado hacia el salón. Aquel hombre era la viva imagen de la moralidad, una moral incólume que reparte justicia, que se ocupa de su hijo como es su deber. Cuando Frederic la había rechazado él lo había castigado dejándole de hablar; ahora era Julia la que se portaba mal y la castigaba con el mismo palo. «Se cree que es mi padre», se dijo, «está loco. Se cree que soy una hija a la que puede enseñar».

Subió a marcar el número del abogado. Antes de que nadie respondiera, colgó. A su mente acudió una última luz: llamó maquinalmente a Eladi y a Montse. Todavía no sabía para qué. Los invitó a cenar el sábado. «Quizás esta locura se disipe», pensó, «Gaspar necesita a sus amigos. Me lo agradecerá». Cuando se lo dijo a su marido, éste se quedó atónito; luego a Julia le pareció que entendía su gesto, que había comprendido que pedía la paz. «Se da cuenta de que le quiero, me perdonará.» Cuando llegó el sábado, Montse y Eladi se presentaron con sus parejas respectivas. Gaspar les abrió la puerta con una sonrisa. Todo estaba preparado en la mesa de mármol. Julia veía a Gaspar sonreír y de nuevo sentía que una esperanza se abría. No la miró durante la cena, no se dirigía a ella, pero no era necesario, Julia se sentía de nuevo capaz de levantar aquella ruina con sus brazos. Estaba satisfecha de verlo entre sus amigos, arropado, feliz. «Dios mío», se dijo, «ésta es la manera, olvidarme de él, hacerle sentir bien». Cuando pasaron al sofá para tomar el café, ella se sentó al lado de Gaspar. Notó de pronto que éste le echaba el brazo por el hombro, al tiempo que Montse y su novio hacían lo mismo, un gesto que Eladi repitió con su nueva mujer. Parecían un matrimonio bien avenido entre otros dos matrimonios, una pareja más. «No estoy loca», pensó Julia, «este brazo que está sobre mi hombro es el de Gaspar». Cuando los invitados se despidieron, ellos se quedaron solos en el vestíbulo. Los ojos de Julia brillaban. Gaspar la miraba apesadumbrado. «Ahora nos iremos a la cama y todo habrá pasado. Mi niña», se acordó de Virginia, «qué locura es esta de que nos separemos, no puede ser». Se acercó para besarlo. Gaspar le puso la palma en el pecho, en señal de stop. Julia se quedó a un metro de él, mirando aquel brazo que los separaba. Había en los ojos de Gaspar un gesto de legítimo repudio, de absoluta castidad. Julia lo comprendió. Se sintió miserable, baja, como una criada intentando mancillar la virtud de su señor.

—No, por favor —la apartó Gaspar definitivamente—. Muchas gracias por montar la cena. Buenas noches.

Le faltó darle una propina por tomarse aquel trabajo fuera del horario laboral. Él subió a todo correr los escalones hacia su dormitorio. Julia se quedó plantada en el vestíbulo. No entendía nada. ¿Por qué le había echado el brazo por el hombro? ¿Por qué ahora la rechazaba? Se bajó con Virginia al sótano a dormir.

Cinco días después el abogado de Julia se puso en contacto con Gaspar. Pasaron dos semanas hasta que Gaspar se dio por aludido. Entró en el cuarto donde Julia estaba leyendo.

—Entonces, ¿ya puedo comunicarle a Frederic que hemos terminado? —le dijo, después de atender educadamente a aquel joven letrado.

Julia lo miró sin fuerzas. Ya no le quedaba energía para responder.

—Qué cobarde eres, Gaspar. ¿Ésa es ahora tu preocupación, que Frederic se entere de que hemos terminado? No hemos terminado todavía, desgraciadamente para mí. Todavía tenemos muchas cosas que arreglar.

—Yo no pienso arreglar nada. Ya lo arregla tu abogado, ¿no?

—¿Qué quieres que haga, que me muera? No me das ninguna alternativa, Gaspar. ¿Qué podemos hacer? ¿Hay algo que hacer?

Julia veía en los ojos de Gaspar una sombra de liberación. «Le acabo de sacar un peso de encima.» Se lo notó.

—Entonces —repitió—, ¿se lo puedo decir ya?

—Dile a tu hijo lo que te dé la gana. A mí qué me importa tu hijo. Yo ya no soy tu mujer. No lo soy desde el primer día que dejaste de hablarme. Quizás nunca lo fui. Y piensa que tenemos que arreglarnos por las buenas, porque en caso contrario te tendré que demandar.

Gaspar se largó por la sombra. Allí se quedó aquella histérica amenazante. «Perro ladrador, poco mordedor», pensó.

Esa noche invitó a su hijo a su restaurante favorito. Hacía mucho que no iban allí. La noticia de su separación se llevó a cabo con gran ceremonia, con servilletas blancas y almidonadas sobre las piernas, con camareros solícitos que sirven botellas de vino encharcadas en hielo acabado de picar. Antes de salir se pegó una buena ducha. Frederic no debía verle así.

—Julia y yo nos vamos a separar, hijo —aquello le salió con un gran empaque, la espalda recta, el gesto amable. Un padre entero que da ejemplo ante los desastres.

—Cuánto lo siento, papá —Frederic puso la cara de niño pequeño. Lo siento por ti.

—Me ha llamado el abogado de Julia esta mañana. Así son las cosas, hijo —y siguió comiendo con gran estilo.

Los dos encontraron muy en su punto el solomillo de buey. Sólo en aquel restaurante lo sabían hacer. No le faltaba pimienta inglesa; la carne de primera. Un padre sereno y un hijo aplicado. Frederic se dejó aconsejar en el vino. Gaspar le cogió el pulso y se lo apretó.

—Ánimo, rey —le dijo.

El camarero era nuevo. Se acercó a servirlos; retrocedió ante aquel momento de intimidad. Dos amantes de la zona alta, uno viejo y otro joven, sabía perfectamente cómo comportarse con discreción.

Julia en su casa empezó a empaquetar sus libros. Cuando llegó la Semana Santa no habían avanzado ni un ápice en la redacción del acuerdo. Gaspar seguía dilatando las respuestas al abogado, y Julia se fue con Virginia a Fingal.

—Volveré para recoger mis cosas. En junio me iré definitivamente. Espero que para entonces todo nuestro acuerdo esté cerrado.

En Fingal, su entereza se deshizo por completo. No quería volver a verle. No quería volver a padecer el castigo de Gaspar. Su abogado se prestó para hacer la mudanza por ella. Se la enviaría a Fingal. Su madre no la aconsejó en la misma dirección.

—Tienes que volver. Has quedado en que volverías, y aún no habéis hecho las cosas por la Ley.

El eterno miedo de los pobres, el miedo de los pobres a la Ley.

—¿Qué Ley, mamá? Lo mejor que puedo hacer por Virginia es huir. No reaccionará hasta que no se vea solo. No moverá un dedo para firmar.

—Sé valiente, hija. Que nadie pueda reprocharte nada. Él es aún tu marido, no huyas así. No te vayan a denunciar por abandono de hogar.

—¿Pero qué abandono? Si me vengo con mi hija yo no abandono nada. Es él el que nos abandona, ¿no lo ves?

—Cuando tengas la separación te vienes, entonces sí.

El día antes de su regreso, Julia estaba bañando a Virginia. Al sacarla de la bañera sintió que una lanza le atravesaba el pecho. Rodaron las dos por el suelo. Un dolor insoportable le impedía moverse, quejarse. Sintió que su cuerpo la abandonaba, yacía en el frío de las baldosas, con la niña sobre la cara.

En coche hacia el hospital, mientras su hermana conducía, aquel dolor no dejó de crecer. Sentía su esternón partido en dos. «Eres tú, Gaspar, el que me atraviesas con esta lanza.» Y se acordó de los ojos de Frederic el primer verano en Port Nou. Ahora aquella lanza la acaba de rematar. Cuando llegaron al hospital había una familia entera de gitanos. A un chico de su familia lo acababan de apuñalar. Lloraban y se lamentaban por la muerte de uno de los suyos. Amenazaban al cielo. Clamaban. Un coche de la funeraria esperaba fuera. Julia se quedó mirando aquella tribu, debían de ser unos treinta, y pensó que a ella nadie la iba a vengar. Sus padres no eran gitanos. Sus padres, desgraciadamente, eran payos. «Vuelve y haz las cosas por la Ley, hija. Haz las cosas por la Ley.»

Eso fue lo que hizo Julia. Además del menisco roto, le diagnosticaron una infección de cartílago intercostal. Nadie le había clavado un cuchillo, no llevaba ningún moratón, pero en el avión se dio cuenta de que todo su interior estaba desgarrado. Con gran sabiduría, con una sabiduría antigua cuyo origen ella no alcanzaba a fijar, Gaspar la había ido desarticulando. No podía ir con aquellas radiografías a ninguna comisaría. Los huesos de los tobillos y las muñecas le dolían como si fuera una anciana. «Me has golpeado en el alma», se dijo, cuando aterrizó en el Prat. «Llevas golpeándomela desde que me vine aquí, cabrón.» Julia nunca había sabido lo que era el alma. De pequeña se imaginaba que era una sábana blanca en un tendal. A punto de salir por la escalerilla del avión, cuando cogió a su niña en los brazos y el dolor se ensañó en ella, en vez de una mueca de queja le salió una sonrisa: «Así que esto es el alma», se dijo satisfecha, «esta materia cartilaginosa que recubre el hueso, esto que se me desgarra, vaya».

En las puertas del aeropuerto, se encontró a Gaspar esperándola como un perfecto caballero. Con un aplomo total. Se dio cuenta de que aquel hombre que le hacía de chófer con impecables modales, como un conductor de funeraria que mantiene la calma en medio del dolor, era su asesino. Un asesino profesional. Gaspar no perdía las formas. La llevó hasta la casa sin mediar palabra. No había arreglado nada. No le había dado la menor contestación al abogado. Su amiga Montse le había traído de América los mejores antidepresivos. Los problemas de Frederic se empezaban a encauzar. Le pareció que hasta estaba animado, como si se hubiera metido una raya de coca, cuando le abrió la puerta y la hizo pasar.

38

El joven Emili, recién licenciado en derecho por la Universitat de Barcelona, recibió esa mañana el encargo de su jefe de ir a recoger todas las actas de propiedad a nombre de Gaspar Ferré. Después de varias pesquisas en varios ayuntamientos de la provincia de Gerona y en Barcelona, el abogado con el que Julia contactó quedó esa misma tarde con ella en su despacho:

—En total, hemos calculado un patrimonio de dos mil millones a nombre de tu marido. Ahí tienes los datos.

Julia había extraído del despacho de Gaspar dos grandes carpetas que contenían las nóminas del sueldo de su marido, y las transferencias a su nombre por rentas de bienes inmuebles.

—¿Sigues pensando que no le vas a pedir una pensión compensatoria para ti?

Aquel lenguaje a Julia la avergonzó.

—Yo ahora no gano dinero, pero lo ganaré. Estoy escribiendo, me he puesto a escribir.

—No seas ingenua, Julia. Tenemos que hacer las cosas bien. No tienes ninguna nómina, no tienes ningún respaldo.

Julia sólo quería marcharse cuanto antes de Barcelona. «Dejarlo todo. Dejarlo atrás.» Bajo amenaza de demanda, Gaspar acabó aceptando un borrador de mutuo acuerdo. Según este borrador Virginia se iba con su madre a Santiago, donde empezaría el nuevo curso, después de pasar el mes de julio con su padre. Julia había alquilado un piso por teléfono, la matriculó en un colegio cercano. De nada de esto Gaspar se quiso enterar. Todo le parecía espantoso, y lo único que quería era asegurarse las vacaciones íntegras de verano, Navidad y Semana Santa con la niña, verla en Santiago cuando le diera la gana, llevársela al extranjero. Introdujo una cláusula en su propuesta que a su abogado le dejó los ojos como platos: «La cónyuge no podrá moverse del estricto marco de la comunidad autónoma gallega.» Ésas eran las aspiraciones de Gaspar, de aquel demócrata de izquierdas, de aquel antifranquista, de aquel culto señor. Uno de los principios de la constitución española protege el derecho de sus ciudadanos a moverse libremente por su territorio, pero es que Julia no era una ciudadana libre, no al menos para Gaspar. Por descontado, la casa se la quedaba él, y el ajuar. Después de levantar dos casas, de poner en orden la vida de Gaspar, Julia se llevaba su hatillo de estudiante y una hija. No pidió más. Pero lo del verano lo discutió. Se peleó para que sólo fuera un mes; acabó cediendo todas las vacaciones sin restricción, para que aquella locura acabase de una vez. En medio de las delirantes deliberaciones, se encontraba con él por la casa. «Si sólo me abrazara, si sólo me dijera quédate, no te vayas.» Pero aquella frase nunca llegó. ¿Pensar en abrazar a Julia? ¿Pedirle que se quedara, que recapacitara? Ni por asomo se le pasaba por la cabeza. Aquella mujerzuela era una alimaña, ¿cómo no lo había podido intuir? ¿Cómo había podido enamorarse de una cosa tan baja? ¡Se había atrevido a separarse de él, a hurgar en su patrimonio! ¡Había investigado en sus papeles del registro! Cuánta razón tenía Frederic cuando hizo su diagnóstico. «Las chicas de ahora no son como las de antes, papá.» Eso le había dicho Frederic a Gaspar cuando Julia apareció en escena. Aquella niña que tanto había querido, por la que todo lo había dejado, su palacio de desahuciado, su vida de divorciado, ahora se descubría como una verdulera. ¡Hasta se había atrevido a mandarle a la mierda! ¡A él, a Gaspar Ferré! Aquella jovenzuela le había dado una hija y ahora lo dejaba plantado, arrancaba a Virginia de Cataluña, de su familia. Gaspar prefería no pensarlo, se sentía fatal.

En junio, tras muchísimo pelear, llegaron a un mínimo acuerdo económico. Aquel señor ofreció una cifra irrisoria para la manutención de su hija. Julia volvió a amenazar con ir por lo contencioso. Gaspar acabó claudicando. Le entregó un dinero para el mes de junio y de julio. Tuvieron una comida de aparente concordia, tras la firma del acuerdo, en las terrazas de la calle Mandri. Julia miraba a Gaspar frente a ella y lo veía sonreír. No parecía afectado. Era un bloque de hielo, un hombre entero. De pronto notó que su cara se reblandecía, que la miraba con ternura, con aquella sonrisa que la había enamorado, no había en su gesto ni una pizca de dolor. ¡Había alegría! «Dios mío», pensó Julia, «qué me va a decir. Que me diga que me quede, que me diga que me ama, que no me vaya».

—Estás muy guapa —dijo Gaspar—. Esa rabia fue lo que me gustó.

—¿Qué quieres decir? —se asustó Julia.

—Ahora que te veo así, imponiéndote, con esa voluntad tuya tan loca, defendiéndote con toda tu raza, así me gustas aún más. Estás preciosa, ahora que te vas. Julia no pudo contener la náusea. El dolor por su hija, por lo que se iba, no era nada al lado de aquel hermoso cuadro para Gaspar. Él siguió comiendo, con los ojos ausentes en su fantasía. «Se ha enamorado de una ilusión», pensó Julia, «he tenido una hija con un hombre que no me ha querido jamás». Iba a decirle algo pero ya no se atrevió. No había forma de que Gaspar comprendiera lo que ella sentía. «Me he enamorado de un loco», se dijo, «he querido a un chalado, a un perturbado». Aquel hombre se preparaba para su nueva vida, como un caballero inmune a la tragedia miraba pasar a su lado a los viandantes y les sonreía. Buscaba como un mendigo la vida, la buscaba por debajo de las sillas, en la tristeza de Julia, en los toldos de las terrazas, en todo encontraba una belleza sin igual. A su lado tomó asiento una joven con su novio. La chica debía de tener unos veinte años. Era una chica guapa, en los huesos, con la melena larga y unos vaqueros gastados. Julia vio los ojos de Gaspar hipnotizados tras la joven. Quedó completamente absorto y se dedicó a hacer guiños patéticos a la joven acompañada de su novio. El chico se volvió a Gaspar un poco incómodo. La chica le tocó el brazo y siguieron a lo suyo, sin prestar atención. No por eso Gaspar apartó la mirada, siguió bebiéndose aquella imagen de mujer, empapándose de aquel erotismo que le provocaba la joven. Julia sintió lástima por él. El dolor que tenía, la pena por sí misma, se volvió pena por él. Era un viejo al que se le caía la baba por una joven de veinte años, no pensaba en su hija, no pensaba en su mujer. Julia se dio cuenta de que Gaspar se evadía, necesitaba huir. Le tocó el brazo para salvarle del bochorno. Gaspar se volvió a Julia como hacia otro mundo. Seguía sonriendo, feliz:

—¿Sabes que Frederic ya tiene novia? —le dijo—, estoy muy contento. Se han ido de viaje a Galicia, por cierto, y fíjate qué simpático. Se ha ido a la dirección donde tú vas a vivir, y me ha traído una fotografía. Mira...

Se la iba a enseñar. Aquel hombre iba a sacarse de la chaqueta la fotografía de la casa que Julia acababa de alquilar. No le había ayudado a buscarla, no le había ayudado a nada, había estado a punto de destrozarla durante los últimos seis meses de su vida, pero ahí estaba Frederic para traerle una fotografía. Se imaginó a aquel desaprensivo rondando su casa nueva, la casa donde Julia se refugiaría de ellos, se lo imaginó paseándose por la plaza, disparando con la máquina a las ventanas, olfateando su territorio. Cómo había podido acercarse siquiera. ¿Es que no podía respetar su dolor?

Todo aquello le pareció de una perversidad sin límites. Se acordó de la primera fotografía que Gaspar le había hecho desnuda en el hotel, cuando se conocieron en Nápoles. «No tenéis alma», se dijo, «no teméis a Dios. Todo os pertenece. Lo que es vuestro y lo que no». Dejó la comida en el plato, dejó a Gaspar en la silla, cogió su chaqueta. Se marchó.

El día que dejó su casa de Barcelona, encontró a Encarna revisando sus bolsas de viaje. «Me lo ha pedido el señor Gaspar», le dijo, «la lencería no se la puede llevar». Julia se dejó registrar por su propia asistenta como si ella fuera la criada ladrona, una criada de las antiguas, expulsada y registrada. Miraba a aquella extremeña gorda hurgándole la bolsa y pensaba que pocas cosas en su vida había visto tan curiosas. No habría novela que superara aquel momento, de eso estaba segura. Nunca en su vida escribiría nada igual. Le pareció una escena tan impecable, que no se opuso. Se quedó mirándola y la dejó hacer, a aquella mujer que hasta hacía dos días le servía el vino en la mesa, que le servía la comida. A aquella buena sirvienta de su señor Julia la dejó hacer. Encarna cumplió con su deber y sacó de la bolsa unas sábanas de Virginia. La lencería. Aquella palabra en boca de Encarna casi le dio la risa. Todo lo que tenían eran sábanas rotas, la ropa que Gaspar nunca había permitido que fuera renovada.

Salió con una maleta de su casa. Virginia se quedó con su padre en Port Nou, hasta que la mudanza en la casa nueva estuviera hecha. Lo primero que hizo Gaspar cuando la vio marchar fue darlas de baja a ella y a la niña en el seguro médico del que disfrutaban. Antes de que la anulación se hiciera efectiva, Julia se pudo operar de la rodilla. Transcurrido un mes, una vez que el piso de Santiago estuvo arreglado, su abogado le envió una carta de la fiscal: el mutuo acuerdo que habían firmado quedaba invalidado, la fiscal no aceptaba los términos tan laxos de las visitas para el padre. Serían fuente de conflictos. Se debían precisar.

Qué oportuna fue aquella carta. Julia había llamado a Gaspar para ir a buscar a su hija y éste la echó para atrás.

—Más adelante —le dijo—, están mi nieto y mi hijo. Mejor que no vengas hasta que se hayan ido.

—Quiero reunirme con mi hija, Gaspar. Hemos quedado en eso, y mañana mismo cojo el avión.

Qué pintaba Frederic una vez más en su vida. Eran aquellas formas sibilinas de Gaspar que ella conocía: irla desanimando, retrasando, irse quedando con Virginia... ¡Y Frederic! ¡Qué pintaban Frederic y el nieto en aquella conversación! ¡Hasta para eso iba a utilizarlos! ¿Para intimidarla? ¿Para separarla de su hija? Le pareció una artimaña tan cobarde que cogió el avión decidida a sacar a Virginia de allí cuanto antes. Hacía un mes que no la veía. Se imaginó que estaría esperándola, pero la casa de Port Nou estaba vacía cuando llegó. Nadie se había preocupado de que el encuentro entre madre e hija se produjera en la intimidad del hogar. Tuvo que ir a buscarlos en medio de la playa. ¿Pero sabían algo aquellas gentes bárbaras, aquella familia extensa catalana, del significado de la palabra hogar? Tenían a la niña en la playa, tostándose al sol, en medio de las tetas desnudas de Montse, entre las piernas de una chica nueva desconocida para Julia. El nuevo fichaje de Frederic: éste la cogía por la cintura con mimos de galanteador. Julia miró a aquella chica y sintió pena por ella. Parecía una buena muchacha: pena y vergüenza.

Atravesó la arena con la muleta, quemándose los pies. La había atravesado una vez por amor y ahora iba a rescatar a su hija. Juró que sería la última vez. Virginia se desprendió de aquel grupo y corrió con su madre. La tiró en la arena. La besó. Gaspar y Frederic rodeaban a la joven novia, la lisonjeaban. «Mira», le decía Frederic, «aquélla es la casa de los *avis*», y le señalaba la casa de los franceses donde Julia se había alojado el primer verano con Gaspar. «¿Ah, sí?», decía la joven con ojos admirados. Gaspar refrendaba a su hijo, «ésta era la de la playa; mañana, si queréis, vamos a la casa de la montaña». Cuando le pareció, se despidió con muchos besos y muchas galanterías de su nueva futura nuera, y se fue tras Julia y Virginia.

En la casa discutieron. Gaspar no quería dejarla marchar. Todo su acuerdo estaba invalidado, pero Gaspar consideraba que Julia debía permanecer allí hasta que hubiera un nuevo acuerdo.

—Yo no voy a llegar a ningún acuerdo contigo, Gaspar, desde luego no aquí, ésta ya no es mi casa. Me quiero ir.

Se vio de nuevo en la misma situación que tres meses atrás: en una casa que no era suya, acosada por la familia de Gaspar. Sonó el teléfono. Era la madre de Julia: su abuela se acababa de morir. Le rogó que la dejara marchar al entierro con su hija.

Lo que sucedió después es fácil de contar. Mientras Julia se acercaba a la casa de la señora Ferré para despedirse, Gaspar aprovechó para esconderle las maletas. Cerró la casa con llave, cerró los coches para que no pudiera escapar. El hermano de Gaspar hizo desaparecer a Virginia con Encarna. Julia tuvo que oír los insultos que sólo un ladrón recibe cuando asalta la propiedad ajena, por exigir que le devolvieran a su hija, que le devolvieran sus maletas, que la dejaran marchar. Llamó a su abogado. Éste le aconsejó que se dirigiera a la comisaría de policía. «¿Qué digo, Gonzalo? ¿Qué nombre le doy a esto, lo que me está pasando?»

—Es una retención contra tu voluntad, Julia. A tu hija no te la pueden quitar.

Julia amenazó. Virginia apareció. La casa se volvió a abrir.

Gaspar acabó llevándola al aeropuerto. Conducía enfurecido, saltándose los semáforos. Julia a su lado se sentía muy triunfal. Por fin tenía cogido por los huevos a aquel cabrón, a aquella alimaña que la había querido separar de su hija. Antes Gaspar aún paró en la casa de Barcelona para que Virginia se despidiera de su habitación, ese lugar que estaban abandonando para no volver. Tanto romanticismo le parecía a Julia el colmo del sadismo. Vio entonces sobre el recibidor de la entrada la pequeña escultura que le había regalado un amigo en su boda: era la figura de una aldeana labriega encorvada sobre su labor. Aquella mujer de hierro, sin cara, con un pañuelo sobre la cabeza y en las manos una azada. Fue el único objeto que se llevó de la casa: la vieja campesina, la cama de Virginia, el sofá de mal gusto, sus libros. Todo el ajuar, todo lo que Julia había ido comprando a lo largo de aquellos años, se quedaba para el señor.

Así salió definitivamente de Barcelona Julia Varela, la mejor escritora de su generación. Se sentía como una secuestradora de su propia hija, sentía que le arrebataba una propiedad a aquella acaudalada y tupida familia.

Cuando estuvo en el avión respiró. Otra vida se abría ante ella. Sin trabajo. Sin un duro. Pero con Virginia.

39

En el entierro de su abuela no había ningún catalán. Lo primero que hizo, cuando se instaló en Fingal en casa de sus padres, fue presentar demanda de separación por lo contencioso. Aquella demanda entró a trámite antes de que cerraran los juzgados. En su cuenta corriente tenía ochenta mil pesetas, lo que le quedaba del único pago que había recibido de Gaspar. Éste no ingresó ni una sola peseta hasta cuatro meses después, tras la entrada en vigor de las medidas provisionales. «Tengo mis ahorros, menos mal», pensó Julia, «menos mal».

Pero aun antes de las medidas provisionales, cuando Virginia empezaba el curso en septiembre, hubo una visita de improviso. Gaspar se presentó como el zorro, sin avisar. Fue al colegio a montarle una bronca al director. ¡Un colegio de curas! ¡En dónde habían metido a su hija, por Dios! Fue a la casa de Julia. Ella no quiso dejar a Virginia sola. Temía que se la llevara a Barcelona. Gaspar le enseñó el billete de avión de la niña, pensaba llevársela con él. «Una semana», le dijo, «sólo una semana». Julia conocía muy bien la prepotencia de Gaspar, venía con aquel billete de vuelta cerrado. Acabaron forcejeando en la calle, en medio de los vecinos y tirando de los brazos de la niña. El señor fino de Barcelona, el referente cultural del país catalán, la emprendió a empujones con aquella escritorzuela, aquella jovenzuela desvergonzada que había ido a parir una hija a la Teknon, que había ido a meterse a la sauna del Iradier, aquella verdulera que se había atrevido a demandarlo, que desterraba a su hija de la Gran Cataluña y la ponía a vivir en un pisito alquilado de una comunidad autónoma subdesarrollada. Todas las caras que veía por la calle, aquellas caras de gallegos, aquellas caras que tanto le fascinaban cuando conoció a Julia, ahora le parecían un hatajo de tullidos y trastornados. Los bares estaban sucios, la gente tiraba los palillos de las tapas al suelo. Tenía que sacar cuanto antes a su hija de allí.

Acabaron los tres en la Policía Nacional. Escoltada por una pareja de agentes, Julia volvió a su casa con Virginia, cerró la puerta con siete llaves y Gaspar se volvió solo a Cataluña la grande con el rabo entre las piernas y desinflado como un gañán. La panza del lobo empezaba a rebosar de piedras. No había Almax que le curara la acidez.

El 10 de noviembre fueron convocados por el Juzgado número 17 de Barcelona a la vista de medidas provisionales.

Lo primero que vio Julia al entrar fue a un hombre encorvado en el descansillo de las escaleras. Era Gaspar. Parecía que le habían caído encima diez años. Estaba concentrado memorizando un papel que tenía en las manos. Cuando la vio pasar siguió impertérrito a lo suyo, chapándose aquella chuleta como un colegial. La seriedad con que aquel hombre se tomaba este acto impresionó a Julia. Hasta en eso le admiraba. Ella no tenía nada que prepararse, todo aquel teatrillo que se levantaba a su alrededor para escenificar el comienzo de la disolución de su matrimonio le pareció horrendo. Por mucho que lo intentara no se ponía en el papel. Sólo sentía pena. Una pena inmensa. Su abogado trató de repasar las preguntas previsibles de la jueza. Julia no las quiso estudiar. Estaba sentada en una silla de plástico naranja que le recordó a la que había ocupado hacía tanto tiempo en el aeropuerto de La Coruña cuando esperaba a Gaspar por primera vez, el día que él le había hablado de matrimonio, de hijos, de locura, de amor. Ahora estaban allí, en un cuartucho del Juzgado número 17 de Barcelona, esperando a ser llamados para responder, en medio de colillas aplastadas en macetas, entre mujeres cabizbajas agarradas a sus bolsos, y hombres que paseaban nerviosos de un lado a otro, contra las cuerdas.

En primer lugar la jueza llamó a Gaspar. Según el abogado de Julia, éste hizo un papel estelar. No dejó de seducir a la jueza, que le conocía por sus intervenciones en televisión, con toda clase de chistes, cuchufletas y burlas que dejaban a Julia en el lugar de la joven ambiciosa histérica que le había llevado a él, a un señor de Barcelona, a un pobre y solemne anciano, a responder de su vida privada ante un juez. ¡En su vida le había pasado una cosa semejante! ¡Él respondiendo ante la Ley! El abogado de Julia aseguraba que Gaspar había estado divertido, «como si estuviera en un plató de televisión», le dijo, «encantador», y que se habían reído con él. La indignó sobremanera ver a su propio abogado fascinado, y cuando le tocó su turno entró completamente desinflada. Aquel hombre había encantado al auditorio con su representación y ella no pensaba ni siquiera intentarlo. ¿Qué iba a decir en contra de Gaspar, que no le hablaba cuando discutían, que sólo la intentaba manipular? ¿Qué le iba a decir, que ese señor tan educado había golpeado a su hija, que la había mantenido en su casa seis meses sin hablarle, que la había intentado destruir? Entró por la puerta de la sala diciéndose a sí misma: «Tranquila, Julia, con que digas la verdad es suficiente. No necesitas más.»

Empezó el interrogatorio. No atendía bien a las preguntas. Todas sus respuestas iban encaminadas a la justificación de una sola pregunta que nadie le hizo en ningún momento: pero mujer ¿por qué abandonas tú a este buen señor?

«Lo dejo, señora, porque hace seis meses que no me dirige la palabra» «Me casé enamorada y le quiero, señora, pero no puedo más...» «Todo lo que hago para él está mal... me está destruyendo, señora.» «Quiero irme con mi hija cerca de mi familia porque aquí no siento ninguna protección, señora.» «Estoy criando a mi hija, señora, y necesito el apoyo de los míos.» «Ahora no trabajo, pero estoy volviendo a escribir, y trabajaré y ganaré dinero, señora.» «Siento que mi marido me ha abandonado, señora, y que me quiere destruir.» «Y tiene un hijo de puta que acabará conmigo si me quedo aquí.» No le dijo que ella era la mejor escritora de su generación pero lo pensó.

Toda la preocupación de Julia era no parecer interesada por el dinero de Gaspar. Estaba empeñada en demostrar que se valía por sí misma, que no le faltaría trabajo, que ella no era una prostituta que se gana la vida con una pensión. Tenía ese miedo infundado de los pobres a que les quiten a sus hijos por falta de medios. Era un miedo remoto, pero estaba ahí. Gaspar pedía para él la custodia de Virginia. A Julia le parecía indignante que un hombre de sesenta años quisiera quitarle la hija a una madre joven. ¿Cómo podía ser que la Ley contemplara siquiera la posibilidad de que Gaspar solicitara el ejercicio de este derecho? Gaspar tenía claro que no se lo iban a conceder, sólo era una formalidad del Estado de Derecho, pero también sabía que solicitar la custodia era una buena manera de retrasar unos meses la resolución del contencioso y ahorrarse el pago de la pensión. Cuatro meses en los que una mujer sin recursos y con hijos a su cargo puede pasarlas canutas, puede llegar a claudicar.

Un mes después de la vista en el juzgado, llegaron las medidas provisionales: la niña quedaba bajo la custodia de la madre, percibiría 100.000 pesetas en concepto de alimentos por parte del padre, y éste la visitaría dos veces al mes, y la tendría consigo en las navidades, la Semana Santa y tres cuartas partes del verano. Exactamente los mismos términos que ellos en junio habían acordado. La única diferencia estribaba en el calendario de las visitas, establecidas con rigidez para que no dieran lugar a discusión.

Ése había sido el principal temor del fiscal, que la niña no sufriera un sistema de visitas que se prestara a abuso e indeterminación, y este extremo fue el que Gaspar empezó a incumplir. Le resultaba intolerable que una jueza le dictara cuándo debía ver a su hija. Empezó visitándola cuando le dio la gana y sin avisar. La primera vez intentó irrumpir en la casa de Julia a empujones. Ella se negó. Retiró a Virginia del comedor del colegio sin que su madre supiera que Gaspar se encontraba en la ciudad. La esperó a la puerta de su casa, como un perro rabioso, cuando salía por la mañana para el colegio.

Cuando se la llevaba consigo a Barcelona, la devolvía cuando le daba la gana. Julia lo denunció una y otra vez. A Gaspar sólo le importaba no verse humillado por un sistema judicial del que se sentía absolutamente exonerado. ¡La Ley! ¿Iba a decirle la Ley lo que tenía que hacer él? ¿A su edad... a un hombre de su posición... a un señor como Gaspar Ferré, un hombre respetable, iba a decirle la Ley cuándo tenía que ver a su hija? ¿Qué días, qué horas? ¿Por qué?

Los juzgados no suelen resolver estas cuestiones. No se considera acoso un empujón ni intentar entrar en la casa de quien ya no es tu mujer, ni que ese hombre llame a su hija de dos años para explicarle que no puede verla porque mamá no le deja. No se considera acoso que ese hombre se aposte delante de su puerta durante toda la mañana, esperando a que salga para perseguirla por la calle, para insultarla delante de su hija, para presionarla. De eso nunca hay testigos, y la calle es además un espacio público. Hay muchas cosas que los juzgados no resuelven: ser perseguida por aquel a quien quisiste, por aquel que un día te dijo lo que era el amor. Tú que no creías en el amor, tú que no te fiabas ni de tu sombra, tú que te entregaste, que te confiaste, ser perseguida por el que nunca se entregó. Hay muchas cosas que una jueza no resuelve, Julia. Con una intensidad ciega ella pensaba en Dios, aquel Dios que le había mandado irse detrás de Gaspar. ¿Por qué lo había hecho? ¿Por qué no había escuchado su propia voz? Luego miraba a Virginia y sabía por qué. Aquél era un castigo merecido, pero temporal. El que te ama no te persigue, el que te ama no te retira la palabra, el que te ama te escucha, no se cansa. El que te ama nunca envejece, el que te ama no tiene edad. «Gaspar es mortal», se decía, «Gaspar no es mi Dios». Luego iba al banco. Y miraba aquellas cifras, aquel dinero ganado con su trabajo. Diez millones, sus ahorros de la juventud, lo que había podido juntar antes de dárselo todo a Gaspar. «Tengo diez millones y tengo a mi hija», se decía. «Poca gente a los treinta años tiene tanto», se enorgullecía.

En la casa nueva, desde el primer día, se agarró al trabajo. Llamó a aquellos teléfonos que hacía tres años que no llamaba, intentó recuperar sus contactos de Madrid. Algunas puertas se abrían con cautela, a otras les habían cambiado la cerradura, otras directamente le daban en las narices. «Te llamo yo», le decían, «te llamo yo». Pero aquellos yoes nunca llamaban. Fue a ver al director del periódico para el que trabajaba antes de irse a Nueva York. Aquel hombre la recibió en su suntuoso despacho. Julia se vistió como en los viejos tiempos, se sacó los anillos de su compromiso, las pulseras de oro de su suegra, encerró bajo siete llaves aquel botín. Nada más entrar al despacho de su antiguo jefe se sintió bien. Podía hacer algunas cositas, mandar algún artículo. Se lo publicarían cuando pudieran, no podían permitirse ningún compromiso. Julia salió agradecida de aquel despacho. Empezaría de nuevo, por abajo. El director la acompañó hasta la misma puerta del ascensor, lo que Julia consideró una gran deferencia. «No lo he perdido todo, todavía me respetan», pensó. Antes de apretar el botón, ella en el ascensor y el director fuera, aquel hombre dijo:

—Entonces, ¿no te casaste para siempre, Julia?

Fue una buena pregunta. La pregunta de un hombre con las bodas de plata cumplidas, con las bodas de oro a punto de caer; un hombre que no había dudado en echarle el guante la primera vez que con dieciocho años se acercó a pedirle trabajo. En aquella ocasión, Julia lo recordaba, había sabido zafarse de aquellas manos, y más que rabia, había sentido piedad. Ahora Julia tenía treinta años, y aquel hombre de sesenta, aquel hombre de la edad de Gaspar, tenía una curiosidad última que resolver. «Entonces, ¿no te casaste para siempre?, ¿fue una broma tu matrimonio?, ¿no le quisiste, en realidad?» Aquella pregunta ocultaba muchas, era sin duda una pregunta digna de un buen periodista. «¿Qué me reprocha este guarro?», pensó Julia. «¿Qué me tiene que reprochar?» Pensó en la mujer de aquel hombre, la mujer para siempre de aquel digno señor. «Si le contesto una impertinencia no me volverá a dar trabajo», pensó.

—Me hubiera gustado —contestó Julia—, me hubiera gustado, Fernando —y lo llamó por su nombre de pila, y pulsó el botón del ascensor.

Ante sus ojos, la cabeza de aquel hombre desapareció, luego desapareció su corbata, sus pantalones planchados. Luego los zapatos abrillantados. Después Julia pasó por el detector de metales. No pitó nada. Ahí recuperó un poco el ánimo.

En su casa, a mediodía, estaba escribiendo su primer artículo cuando recibió una llamada. Descolgó.

—¿Diga?

Oyó la voz de Frederic al otro lado. Su corazón empezó a palpitar. «Va a preguntarme cómo me siento, quiere hablar conmigo, saber cómo estoy.»

—Estás matando a mi padre —le dijo Frederic, con

una voz sosegada, que no titubeaba—. No te pases más, ¿me entiendes? Y ándate con cuidado porque...

Julia colgó. El teléfono volvió a sonar. No lo cogió. Por la tarde fue a denunciarle por amenazas telefónicas. Luego volvió a sentarse a escribir.

Esta edición de *La segunda mujer*,
Premio Biblioteca Breve 2006,
ha sido impresa en febrero de 2006
en Talleres Brosmac, S. L.
Pol. Ind. Arroyomolinos, 1
Calle C, 31 - 28932 Móstoles (Madrid)